MANESSE BIBLIOTHEK DER WELTLITERATUR

LANCELOT UND GINEVRA

LANCELOT UND GINEVRA

Ein Liebesroman am Artushof

Den Dichtern des Mittelalters nacherzählt
von Ruth Schirmer

MANESSE VERLAG

DIE ILLUSTRATIONEN SIND DER IN DER UNIVERSITÄTSBIBLIOTHEK BONN AUFBEWAHRTEN HANDSCHRIFT «PLUSIEURS ROMANS DE LA TABLE RONDE», SIGN. S. 526, ENTNOMMEN.

ISBN 3-7175-1244-7 (Leinen)
ISBN 3-7175-1245-5 (Leder)

 · Druck: Conzett+Huber AG, Zürich
Imprimé en Suisse · Printed in Switzerland

MERLIN

Seid gegrüßt, Ihr Herren!

Ich bringe Euch die Geschichte des Lancelot vom See. Ich bringe sie von weit her, und sie sagt von alten Zeiten. Manch einer hat sie schon vor mir berichtet, und ich erzähle sie Euch neu. Meinen Namen laßt mich verschweigen, denn es möchte sein, daß mir später einer nacherzählt und so schlecht, daß ich lieber nicht genannt sein möchte! Ihr aber vernehmt nun die Geschichte einer Liebe, die so mächtig war, daß an ihr ein Reich zerbrach: Es war die größte Liebe, die sich denken läßt, denn Lancelot vom See liebte die Königin Ginevra, was er nicht durfte, und die Königin liebte ihn wieder. Das Reich aber war das größte, das es je auf Erden gab; es umfaßte die halbe Welt, und sein Herr war König Artus, Uter Pendragons Sohn. Er trug das siegende Drachenbanner von Schottland bis über die Grenzen des römischen Reichs und vollbrachte mit seinem Schwert Escalibor Wunder, und wo er es schwang, herrschte der Tod. Er gebot über die Kleine Bretagne und die Blaue Bretagne dazu, wie man England zu seiner Zeit nannte. Er herrschte über das Sonnenland und das Nebelreich zugleich und ward geliebt, geachtet und gefürchtet wie keiner vor ihm. Und nie sind diesseits oder jenseits des Meeres wieder so stolze Schiffe gesehen worden wie die seinen, die mit geblähten Segeln wie Sturmvögel über die Wellen zogen.

So kommt es, daß keine Geschichten, weder die von Königen noch die von Weisen, so gerne gehört werden wie die von König Artus und den Seinen, denn Ihr schaut einen Augenblick lang in die Unterwelt, Ihr seht, wie Himmel und Hölle sich streiten um des Menschen Herz.

IM ANFANG GESCHAH ES, daß sich der Satan empörte und die Geister der Tiefe um sich versammelte; die schwarzen Scheusale saßen, flügellos, im roten Abgrund und berieten den Untergang der Menschen.

«Wir haben die Gewalt über sie verloren, seit Gottes Sohn auf die Erde gekommen ist und sich der Sünder erbarmt», schrie klagend der Erzfeind. «Nun treiben sie ungestraft Unzucht, Hoffart, Hurerei ihr Leben lang und entgehen am Ende der Verdammung!»

«Wo bleibt da die Gerechtigkeit?» schrien sie erbost.

«Haben wir nicht die Propheten gemartert, die verkündet und gesagt haben, *Er* werde auf Erden wandeln, um die Sünder zu erlösen?»

«Aber sie ließen es geschehen, daß wir sie peinigten, und *Er* ist gekommen und läßt die Sünder sich in Seinem Namen mit Wasser waschen, und siehe: ihre schwarzen Seelen werden wieder rein wie Schnee! Wir aber hocken am Höllenschlund, schüren die

Flammen und sind die Geprellten! Verflucht!»

«Überlisten müssen wir die Menschen, daß sie ohne Reue unsern Willen tun!»

«Überwältigt sie!» schrie der Satan.

«Wir brauchen einen», riefen sie, «der unserer Sache dient, uns die Menschen zurückgewinnt – einen, der wie wir den Anfang der Dinge kennt, das Vergangene weiß und das Gegenwärtige lenkt, einer müßte es sein – wie wir!»

Da begann einer der Schwarzgehörnten, Bocksfüßigen, Krallenhändigen zu fluchen, denn er war unfruchtbar: «Hätte ich aber die Kraft zu zeugen, ich brächte meinen Samen in ein Weib, das willig mir die Satansbrut gebären sollte! Einer von uns muß Menschengestalt annehmen und heimlich einer Dirne beiwohnen und mit ihr den Verführer zeugen, der die Menschen uns wieder untertan macht!»

Da ersannen die Teufel einen Plan, über den sie außer sich gerieten vor Freude, während die Flammen der Hölle höherschlugen.

Alsbald verführte ein Teufel die Frau eines reichen Mannes, aber die ging hin, nahm einen Strick, legte ihn sich um den Hals, und der Mann fand sie am Morgen erhängt. Eines anderen Tages fand der Mann seinen Sohn erdrosselt im Bett, worauf er selbst krank wurde vor Gram und starb. Zwei seiner Töchter trieben Unzucht und fielen dem Gericht anheim. Da hielt der Teufel den Augenblick für gekommen, die jüngste zu verführen, die ein unschuldiges Mädchen war. Und als sie eines Abends vergessen hatte, das Kreuz zu schlagen, und entschlummerte, ohne daß die Kerze brannte, da glaubte sie im Dunkel zu träumen, was wirklich geschah: Der Teufel kam über sie, bemächtigte sich ihrer und wohnte ihr bei in Menschengestalt.

Als sich das Mädchen aber schwanger fühlte, vertraute sie sich ihrem Beichtiger an, und der stand ihr bei gegen die Wut ihrer Mitmenschen. Sie wurde zusammen mit einer Wehmutter in einen steinernen Turm gesperrt, der nur ein Fenster hatte und vermauert wurde. Man versorgte sie durch eben dieses Fenster mit einem Korb, den sie heraufzog, und das Mädchen fristete sein Leben, bis seine Zeit gekommen war, und sagte in den Stunden der Angst, sie wolle das Kind, wenn es ein Knabe wäre, nach ihrem Vater *Merlin* nennen. Als sie das Kind geboren hatte, entsetzte sie sich über seine Behaartheit, doch legte sie es in den Korb, ließ es durchs Fenster hinab, und der Beichtiger kam und taufte den Knaben mit geweihtem Wasser auf den Namen *Merlin*. Hatte aber der Teufel die Kenntnis aller vergangenen und geschehenden Dinge in ihn gelegt, so empfing er nun eine zweite Gabe: das Wissen um alles Künftige, und das kam ihm von Gott. In seiner Seele aber, die dem Teufel hätte zu Willen sein sollen, war ein Licht von seiner unschuldigen Mutter her, und wenn das Mädchen ihn wiegte und sich ängstete, da lachte der Knabe Merlin.

Er, der geschickt war, das Böse zu säen unter den Menschen, hat Glanz auf die Erde gebracht, denn aus dem Knaben wurde der Zauberer Merlin. Alterlos und in mancherlei Gestalt geht er fortan durch unsere Geschichte. Es heißt, wenn er eine breit ausladende Eiche gesehen habe, deren Stamm vom Alter zerstört und im Inneren morsch war, so konnte er sich erinnern, wie er sie einst wachsen, ja, wie er die Eichel, aus der sie hervorgegangen, hatte fallen sehen, als ein Specht im Geäst einen Zweig schüttelte.

Er kannte den Keim aller Dinge, ihre Verwandlung und Erneuerung, er kannte das Geheimnis von Sonne und Mond, die Gesetze, nach denen die Sterne den ihnen zugeteilten Himmelsraum durchlaufen, kannte die Zaubergebilde von Wolken und Luft, die Rätsel des Meeres. Er kannte die Dämonen unterhalb des Mondes, die Träume senden. Er verstand den heiseren Schrei der Reiher, die Trauer des Pelikans, den singenden Flügelschlag der Schwäne, des Phönix' Auferstehen. Er wußte den Zug der Kraniche, die Bahn der schwimmenden Fische zu deuten und die blinden Ahnungen der Menschen, und er sagte alle Dinge so, wie sie später geschehen sind, voraus. Sein Lehrer, der Einsiedler Blaise, hat seine Weissagungen und Taten aufgezeichnet; entnehmt daraus, daß sich in Wahrheit alles so zugetragen hat.

So ist es nicht zu verwundern, daß sich Könige seines Rates bedienten und seinen Weisungen folgten. Vortiger, der britische König, war es, der Merlin zu seinem Baumeister machte, und dann bestellte ihn König Uter zu seinem Ratgeber.

So kam es, daß einst Uter und sein Bruder Pendragon, als sie Hof hielten zu Pfingsten, zusammen mit Merlin am Ufer der Themse standen; sie erspähten die Schiffe der Sachsen, sahen ihre windgeblähten Segel näherkommen und hörten die Planken knarren, als sie landeten. Da entwarf Merlin den Plan der ersten Sachsenschlacht für Britanniens Könige und ließ seinen roten Drachen zwischen Himmel und Erde fliegen, bis sie siegten. Als aber König Pendragon fiel – seit welchem Tage sein Bruder sich Uter Pendragon nannte – und ihm zum Gedächtnis mächtige irische Steinblöcke in der Ebene von Salisbury aufgestellt werden sollten, es aber eines Riesen Kraft bedurft hätte, die Steine zu bewegen, da ließ Merlin sie über Nacht durch Zauber von Irland nach Salisbury versetzen, wo sie noch heute zu sehen sind. Und des Tags scheint die Sonne in bestimmtem Winkel auf sie hernieder, und des Nachts trifft sie der Strahl des Mondes – je nach der Jahrzeit verschieden –, auf der Windfläche der aufwärts gerichteten Steine aber wachsen Flechten und Moos; und im Winter schreit der Nordwind in ihnen so, wie um die schroffen Klippen von Tintajol ...

In jenen Tagen war Tintajol von Herzog Gorlois und seiner Gemahlin Ygerne bewohnt. Dreimal im Jahr kamen König Uters Boten geritten: über die nebligen Wiesen vor Allerheiligen, über die vereisten Wege vor Weihnachten, unter den schattengebenden Bergeschen vor Pfingsten. Jedesmal luden sie den Herzog von Tintajol an Uters Hof nach Carduel, und nie vergaßen sie auszurichten, er möchte seine schöne Gemahlin Ygerne mitbringen. Denn König Uter sah keine Dame lieber als die Herzogin von Tintajol an seinem Hof. Kamen aber des Königs Vasallen von ihren im Lande verstreut liegenden Burgen, um die genannten Tage festlich zu begehen, ließ Uter die Burg Carduel mit brokatenen Decken ausschmücken, befahl er die schönste Tafel zu bereiten mit Wild und Fasanen, Rebhühnern und Trappen und verteilte die kostbarsten Geschenke – nur der Herzogin von Tintajol zu Gefallen.

An jenem Pfingstfest aber, an dem die Wiesen von Carduel besonders lange Gräser hatten und die Vögel mit ihrem Gesang den hellen Tag verschönten, sandte der König den Frauen bei Hof als Geschenke indischen Taffet und Talismane aus Elfenbein. Ygerne aber, der schönsten aller Frauen, ließ er einen goldenen Becher senden, daraus sie – ihm zur Liebe – den honigsüßen Claret trinken sollte.

«Um Eurer Schönheit und Eurer Gunst willen», sagte der Höfling, der das Liebespfand überreichte, «sind Euch die Ritter des Königreichs Logres gehorsam!» Als Ygerne darüber erstaunte, sagte er: «darum, weil Ihr das Herz dessen besitzet, dem alle Ritter untertan sind.» Da fragte Ygerne zum Schein: «Von welchem Herzen redest Du?» Und Ulfin sagte: «Vom Herzen des Königs!»

«Hüte Deine Zunge!» sagte darauf Ygerne, «denn ich werde alles dem Herzog Gorlois ansagen, und ich schwöre Dir, wenn ich nicht dieses eine Mal schweige, geht er Dir ans Leben!»

Ulfin aber, der ein Hofmann war, schloß

daraus, daß die Dame sich nicht leicht erobern lasse, und wollte nicht aufhören, für seinen Herrn zu werben. «Merke Dir», sagte die treue Herzogin, «ich werde nie dort sein, wo Dein König ist, ja, ich werde ihn meiden und mich zu verteidigen wissen!»

Als die Mahlzeit beendet und die Handwaschung vorbei war, nahm König Uter den Herzog von Tintajol bei der Hand und sagte: «Kommt! Laßt uns nun zu den Frauen gehen!», und sie gingen in den Saal, in dem Ygerne mit den anderen Damen zu Tisch gesessen, und der Herzog folgte ihm wie einer, der nichts Böses dabei erblickt, und sie vergnügten sich und waren fröhlich und laut bis zum Abend. Als sie gehen wollte, sagte der König zu Ygerne: «Wißt Ihr auch, daß Ihr mein Herz mit Euch fortnehmt?» Aber Ygerne tat, als hätte sie seine Worte nicht gehört.

In der Herberge aber brach sie in Tränen aus, denn sie hing an ihrem Gemahl mit großer Liebe und vertraute sich ihm an. Sie wollte nicht mehr in Carduel bleiben, sondern nach Tintajol zurückkehren – noch in derselben Nacht. Da hieß der Herzog das Gefolge sich rüsten und sein Pferd vorführen. Heimlich vor Morgengrauen brachen sie nach Tintajol auf, ohne Abschied zu nehmen von Uter, und kränkten ihn damit unverzeihlich.

Darüber war großes Gerede in der Stadt, und mancherlei Verdächtigungen wurden laut. König Uter mußte die Kränkung hinnehmen, doch wünschte er nichts anderes, als die Herzogin wiederzusehen, und sagte eines Tages zu Ulfin, dem Ritter, der ihr den Becher gebracht hatte: «Glaube mir, meine Liebe zu Ygerne wird mich noch töten. Ich kann nicht mehr schlafen, noch essen, noch trinken, und wenn Du keinen Rat weißt, dann ängste ich mich zu leben.» Da sah Ulfin seinen Herrn nachdenklich an und sagte: «Seht, Herr: ich bin gegen Euch ein armer Mann. Aber selbst, wenn ich eine Frau so sehr liebte wie Ihr Ygerne, ich dächte nicht daran, deswegen zu sterben.»

Doch riet er dem König, Rat zu halten mit seinen Baronen; und sie hielten eine große Versammlung ab und beschlossen, der Herzog von Tintajol müßte zurückkehren und seine Kränkung zurücknehmen, andernfalls wollten sie ihn mit Gewalt bekriegen.

Als aber die Zeit verging und schon der August vorbei war, und der Herzog sich widersetzte und fernblieb, da fiel Uter in sein Land ein und legte die Städte, die er ohne Mauern fand, in Feuer und Asche. Am Ende verteidigte Gorlois die letzte feste Burg, während er Ygerne sicher glaubte in dem schwer bewachten Tintajol. Vergeblich rannte Uter gegen Gorlois' Burgen an; sie widerstanden seinem Ansturm. Da saß er eines Tages in seinem Zelt und begann so heftig zu weinen, daß die, die bei ihm waren, hinausgingen; nur Ulfin trat zu ihm und meinte, der Mensch käme am weitesten, wenn er sich von Dingen, die er nicht haben könne, trennte. «Aber Du mußt wissen, daß ich aus Liebe zu Ygerne sterben werde. Denn ich kann nicht von ihr lassen, und ich weiß nicht weiter, und darum habe ich Mitleid mit mir selbst und muß weinen!»

Da wußte Ulfin keinen anderen Rat als den, Merlin zu fragen. «Ach», sagte da Uter, «ich vermag es nicht zu sagen, noch ihn zu bitten, denn er kennt mein Herz und Sinn, und ich könnte Merlin nicht belügen, ohne daß er es wüßte; es verdrießt ihn, daß ich die Frau meines Lehensmannes liebe. Aber ich kann nicht anders!»

Darauf setzten sie die Belagerung von Gorlois' Burgen fort.

An einem Tage nun, an dem der Nordwind mit seinem Blasen die Herden zum Wehklagen brachte, ritt Ulfin über die Flur; plötzlich sah er im niedergehenden Hagel einen alten Schäfer auf dem Felde stehen. Da fiel es ihm ein, ihn nach Merlin zu fragen, denn König Uter verlangte nun nach ihm. «Wißt», sagte er, «König Uter ist vor Kummer krank, seit Pfingsten schon!»

«Das ist eine lange Zeit!» sagte der Schäfer, während der Hagel sprang, «denn ich sah die Zimmetelster fliegen und die Störche nach Asien ziehen, ehe die Winterstürme hereinbrechen. Doch hört, wenn Ihr guten Rat annehmen wollt: kommt morgen wieder hierher, zusammen mit dem König, an die nämliche Stelle, und was der König am Morgen erbittet, das wird er haben des Nachts!»

Verwundert kehrte Ulfin mit seiner Botschaft in des Königs Zelt zurück; und am folgenden Morgen ritten sie beide zu der nämlichen Stelle im Feld. Gerade wollten sie an einem Bettler vorbei, der lahm schien; da redete der den König an und sagte: «Herr! Gott wird Euch gewähren, wonach Ihr am heftigsten verlangt, aber ich werde kommen und Euch am Morgen um das bitten, was Ihr in der Nacht erlangt haben werdet.» Während Ulfin ihn staunend betrachtete, sagte er: «Ich bin derselbe, der gestern hier die Herden hütete.» Der König erkannte Merlin an seiner Rede, er lachte und versprach dem Zauberer alles, worum er gebeten hatte.

Merlin aber verwandelte König Uter in Gorlois' Gestalt und Ulfin in des Herzogs Knappen, und als sie zur Vesperstunde nach Tintajol kamen, da wichen die Wachen vor ihnen zurück; in der Meinung, Herzog Gorlois sei heimgekehrt, öffneten sie die Tore und ließen Uter in Tintajol ein. Und Ygerne empfing ihn, wie eine Frau einen Mann empfängt, der lange Zeit ausgeblieben ist. In der dunkelsten Stunde der Nacht empfing Ygernes Leib Leben, denn in dieser Nacht wurde der gute König Artus gezeugt.

Zur selben Zeit aber machte der wahre Herzog Gorlois einen Ausfall aus der von ihm verteidigten Burg und fiel, zu Tode verwundet von Uters Mannen. Sobald aber das Gerücht von seinem Tod zu den Wächtern von Tintajol drang, kam Merlin durch die verschlossene Tür in Ygernes Gemach und weckte den König; und der küßte Ygerne und verließ sie, so schnell er nur konnte, und lief mit Ulfin eilends aus dem Schloß, so daß niemand sie sah.

Von Tintajol ritten sie zu einem Fluß, dessen Wasser in der aufgehenden Sonne glitzerte. Es heißt von diesem Wasser, daß es nach einem erstaunlichen Gesetz seine Farbe ändere. Die Quelle ist voll Staub und wird nacheinander grün, dann blutrot, dann klar und hell, einem Gießbach gleich, und jede Farbe behält sie drei Monate lang. Jetzt war sie weiß. Da hieß Merlin den König und seinen Ratgeber in den weißen Fluß eintauchen. Als sie wieder emporkamen aus dem Wasser, hatten sie ihre fremde Erscheinung verloren, und Uter und Ulfin erschienen wieder in ihrer wirklichen Gestalt.

Merlin aber erinnerte den König an seinen Lohn; er wollte den Knaben haben, den Uter in der vergangenen Nacht gezeugt, und der König hielt sein Versprechen. Auch nachdem er Ygerne zu seiner Gemahlin gemacht hatte, verschwieg er ihr alles. Sie konnte sich den Hergang jener Nacht nicht erklären und willigte darein, das erwartete

Kind demjenigen zu geben, der als erster in der Halle danach fragen würde.

So harrte Merlin auf die Frucht, die Ygerne trug. Und als die Zeit gekommen war, brachte Ygerne einen Knaben zur Welt, eine Stunde nach Mitternacht, bei Sternenschein. Sie gab das Knäblein ihrer Kammerfrau; die wickelte es in feinstes Linnen und kostbare Tücher und trug es hinaus. Kaum hatte sie die Tür zur Halle geöffnet, stand da ein alter, schwacher Mann. Sie fragte ihn: «Was tut Ihr hier? Worauf wartet Ihr?» Darauf sagte er: «Ich warte auf das, was Ihr mir bringt!» Da fragte sie: «Wer seid Ihr?» Aber er schwieg. Als sie noch zögerte, sagte er: «Du hast nichts zu fragen, Du hast nur zu tun, was ich Dich geheißen habe!» Da reichte sie ihm das Kind, und er nahm es. Dann ging sie zurück zur Königin und sagte: «Ich habe Dein Kind einem alten, schwachen Mann gegeben. Er stand am Eingang der Halle. Aber ich weiß nicht, wer er war. Er hat Dein Kind genommen.»

Da begann die Königin zu weinen wie jemand, der einen großen Schmerz erfährt.

Indessen eilte Merlin mit dem Kind auf seinen Armen zu Antor, einem ergebenen Lehensmann des Königs, der gerade selbst ein Knäblein hatte, Kai mit Namen. Merlin aber beschwor ihn, das Kind, das er ihm brachte, zu halten wie sein eigenes. Da nahm Antor das Kind, sah es an und fand, daß es von großer Schönheit war. «Ist es getauft?» fragte er. «Nein», sagte Merlin, «laßt Ihr es taufen im Münster und gebt ihm den Namen *Artus!* Euch werden Glück und Reichtum und Wohltat erwachsen, wenn Ihr es so aufzieht, daß Eure Frau nicht mehr weiß, ob es ihr eigenes Kind oder dieses ist, das sie mehr liebt!»

Da ging Antor hin und ließ Artus taufen. Seine Frau tränkte und nährte ihn und gab ihrem eigenen Kind Kai eine Amme.

Wenn Uter Pendragons Regierung auch keine glückliche Zeit war, denn die Chroniken berichten von vielen blutigen Kämpfen mit den Heiden, so war es doch eine rühmliche Zeit. Das Buch Merlin erzählt, wie König Uter auf Merlins Geheiß jene Tafel gründete, deren Rundung an das Gewölbe des Himmels und an das Firmament der Sterne erinnerte, und woran die tapfersten Ritter der Erde sitzen sollten, ohne Unterschied des Ranges. Ein Platz aber an der Tafelrunde sollte immer frei bleiben für den, der ohne Makel wäre, für den noch ungeborenen Erwählten.

«Wo befiehlst Du, Merlin», so fragte Uter Pendragon, «daß die Tafel errichtet werde?»

Da sagte Merlin: «Laß Dein Volk zu Pfingsten nach Carduel kommen und halte dort Hof! Gib mir Leute mit, die nach meinem Willen tun, so will ich vorangehen und die Tafel in Carduel bereiten.»

Es heißt, als der König und seine Barone dann Carduel erreichten, da fanden sie die

Tafel wirklich errichtet, und der König fragte Merlin, wer daran sitzen solle.

Da sagte Merlin: «Morgen will ich die ersten fünfzig Ritter wählen, die an der Tafel sitzen sollen. Doch werden sie nie mehr fort in ihr Land, nie mehr in ihr Haus zurückkehren wollen!»

Darauf wurden fünfzig Ritter von Merlin ausersehen, und der König befahl, ihnen alle Ehre und Gehorsam zu erweisen und ihnen zu dienen wie Königen. Sie ließen sich an der Tafel nieder und aßen und tranken und waren fröhlich und heiter und einander so zugetan wie Väter und Söhne, oder Brüder unter Brüdern, obgleich sie sich zuvor kaum kannten oder gesehen hatten, so daß sie sich selbst darüber wunderten.

Nun war seit jenen frühen Jahren von Uters Regierung schon manches Pfingsten in Carduel an der runden Tafel festlich begangen worden, und Merlin blieb unsichtbar. Als jedoch Uter in seiner letzten Schlacht gegen die Heiden todwund auf seiner Bahre lag, erschien vor ihm noch einmal Merlin und öffnete ihm den Mund, der seit drei Tagen verstummen wollte. Uter erkannte ihn und sprach: «Merlin! Was ist aus meinem Kind geworden, aus meinem und Ygernes Sohn?» Da tröstete ihn Merlin und sagte: «Sorgt Euch nicht, denn er ist groß und schön geworden und wird einer der Edelsten sein auf dieser Welt.»

Da traten die Prälaten und Barone näher, und der König redete auch zu ihnen. Dann sagte Merlin, nur ihm verständlich: «Sei getrost! Denn während Artus' Regierung werden sich die Abenteuer des Heiligen Gral erfüllen.» Da gab sich Uter Pendragon zufrieden und verschied.

Das geschah am Tag des Heiligen Martin, und es war schon kalt.

Nun waren die Vasallen des Glaubens, Uter sei aus dem Land Logres gegangen, ohne Erben zu hinterlassen, und sie wünschten sich einen gerechten Herrn und wahren Herrscher. «Ach, Merlin», fragten sie, «wie können wir den neuen König wählen?» Da riet ihnen Merlin, noch zu warten bis zu Weihnachten, dem Tag, an dem der König aller Könige zur Erde gekommen war. So versammelten sich die Großen des Reichs in jener dunkelsten der Nächte, in der das Licht aufging, zu London in der Kathedrale, um dort das Wunder der Christnacht zu feiern und den höchsten König zu bitten, daß *Er* ihnen Seinen Willen offenbar mache. Als sie die Mitternachtsmesse gesungen hatten und hinaustraten, da fanden sie den Kathedralplatz hell und in seiner Mitte einen Block, dessen Gestein niemand kannte, und darauf einen Amboß, einen halben Fuß hoch, und darin ein Schwert stecken. Wer aber das Schwert aus dem Amboß reißen könnte, so stand es geschrieben, der sollte ihr König sein. Sogleich drängten sich die Großen und Reichen, die die Macht hatten, heran, denn ein jeder wollte der erste sein, sich an dem Schwert zu erproben. Doch drängten auch die anderen, und es entstand große Unordnung und

Gezänk, und derartige Worte wurden ausgestoßen, die keiner mehr leugnen kann, und die besser nicht wiedergegeben werden, worauf der Bischof so laut sprach wie nie zuvor, damit man ihn hören sollte: «Ihr Herren! Ihr betragt Euch weniger weise und höflich, als es Euch ansteht! Aber eines will ich Euch sagen: Hier gilt nicht Reichtum, noch Hoheit, noch Ruhm, sondern allein der Wille Jesu Christi!»

Während die weltlichen Barone indessen noch immer uneins waren, kam über Londons vereiste Straßen auch Antor geritten mit seinem Sohn Kai und dem Knaben Artus, der damals sechzehn Jahre alt war. «Unser Herr», hörten sie den Bischof sagen, «hat mit diesem Schwert die Gerechtigkeit auf die Erde gebracht! Es soll die Kirche verteidigen und das Recht im Lande schützen, und Ihr prahlt mit Eurem Stolz!»

Darauf versuchten die zweihundertfünfzig mächtigen Herren nacheinander das Schwert zu bewegen, aber keiner der Stolzen und Starken vermochte daran zu rütteln.

Als sich am folgenden Sonntag, wie es üblich war, die Barone zum Winterturnier zusammenfanden, und die Stadt leer war, denn die Menge der Menschen war hinausgezogen, um das Turnier zu sehen, da geschah es, daß Kai, der seine Lanzen kühn geschwungen, inne ward, daß er sein Schwert vergessen hatte, und Artus, der ihm als Schildknappe diente, eilte, es ihm zu holen. Aber er fand die Herberge verschlossen, denn jedermann war zur großen Wiese gegangen. Da gab Artus seinem Pferd die Sporen und ritt allein über den Kathedralplatz, sah wieder das Schwert im Amboß und dachte, er könnte sich auch daran versuchen, ritt nahe heran und faßte es – noch immer zu Pferde – am Knauf, und Artus zog das Schwert heraus und schob es unter seinen Mantel. Als er es aber Kai bringen wollte, da verbreitete es einen solchen Glanz, wie man es nur von Jasons Schwert, dem auf Kolchis geschmiedeten,

& de ses compaingnons qui desconfirent les saisnes & enchacierent.

Or dist li contes en ceste partie que mlt furent lie cil del roiaume de carmelide des saisnes qu'il en

gehört hat. Da waren die Barone aufgebracht und ergrimmten, daß ein Knabe über sie Herr sein sollte, und Artus mußte das Schwert, das er mit seinem Mantelschoß bedeckt hielt, zurückbringen, in den Amboß stoßen und noch einmal vor aller Augen herausziehen, worauf sie noch mehr erzürnten, während der Bischof das Lob Gottes anstimmte über diese schönste aller Wahlen. «Denn glaubt sicher, *Er*, der den Knaben von unbekannter Herkunft erwählt hat, kennt ihn besser, als wir ihn kennen!» Dennoch baten ihn die Lehenshalter des Reiches Logres, bis Mariä Lichtmeß zu warten, und als auch dann niemand – außer Artus – das wundersame Schwert bewegen konnte, erbaten sie Aufschub bis Ostern. Alsdann ermahnte sie der Bischof in seinem Palast, dem Knaben Artus gehorsam zu sein; und in dieser Osternacht beugten sie sich seinem Rat, erklärten sich willens, von Artus Land und Erbe zu halten; Artus aber meinte, er könne kein Land zum Lehen geben, noch ehe er es selbst besitze und die

Königssalbung, die Krone und die Ehre des Reiches empfangen habe. Darauf baten sie ihn, damit bis Pfingsten zu warten.

Als sich wieder alle versammelt hatten, am Abend vor Pfingsten, schlug ihn der Bischof zum Ritter und legte das Ölhorn bereit und die Krone. In dieser Nacht wachte Artus in der Kathedrale, bis die Morgenröte aufging. Da sagte der Erzbischof vor den Rittern und Baronen und allen Vasallen, wenn einer unter ihnen gegen die Wahl sei, so möge er es vor aller Ohren sagen; doch riefen sie einmütig mit lauter Stimme: «Glück sei dem König!» Und diejenigen, die böswillig gegen ihn gewesen, beugten die Knie und baten ihn um Vergebung. Darauf kniete auch Artus nieder und rief: «Ich vergebe Euch, und so vergebe Euch Gott!» Da standen sie auf, nahmen Artus und trugen ihn auf ihren Armen dahin, wo die königlichen Kleider bereitlagen, und gewandeten ihn. Nachdem der Erzbischof die Messe gesungen, sagte er: «Artus, nun geh und hole das Schwert, mit dem Du die Kirche verteidigen und die Christenheit schützen sollst!» Der Erzbischof und die Prälaten, die Fürsten, Herzöge, Ritter und Barone gingen in langem Zug hinaus zu dem Steinblock vor der Kathedrale, und der Erzbischof sagte: «Artus, Du sollst nun bei allen Heiligen schwören und geloben, daß Du die Rechte der Kirche wahren willst, die Gebote halten, den Frieden im Lande sichern, und daß Du allen Unberatenen beistehen, alle Sitten und Pflichten halten und wahre Gerechtigkeit üben wirst. Und nun nimm das Schwert, womit Dich der Herr erwählt hat!»

Da weinte König Artus und manch einer mit ihm, und er sagte: «Der Herr möge mir Kraft geben, es wohl zu machen und zu erfüllen, was Ihr mich geheißen und was ich gehört habe.» Darauf zog er mit gekreuzten Händen das Schwert aus dem Amboß so leicht, als hätte es nie darin gehaftet, und trug es in seinen Händen – vom Zug der Ritter geleitet – zum Altar und legte es dort nieder; darauf wurde er gesalbt, es wurde ihm die Königskrone aufgesetzt, und sie taten ihm alles, was man einem König tut. Dabei verbreitete das Schwert ein solches Leuchten wie ein strahlendes Licht, und in seiner Helligkeit sahen alle, die dabei waren, die eingegrabenen Buchstaben glänzen: ESCALIBOR.

Als sie nach der heiligen Handlung vor die Kathedrale zogen, war der Felsblock verschwunden.

Aber es dauerte nicht lange, da verrieten die Barone unter Anführung des Loth von Orcanie ihren neugewählten König und standen gegen ihn auf. Doch wurden sie von Artus bei Caërlion besiegt. Merlin aber sagte zu denen, die sich erhoben hatten:

«Hört! Noch nie habe ich Euch belogen, Ihr Herren! Ich habe schon Vortiger gedient und Uter Pendragon! Ihr konntet wahrhaftig meinem Rat vertrauen!»

«Aber, wir waren besessen, Merlin», sprachen die besiegten Barone, «als wir einen mit heiligem Öl salbten, der weder Vater noch Mutter nennen kann! Wir waren so töricht und haben am Ende gar einen Bastard über uns zum König gesetzt!»

«Er ist nicht so gering, wie Ihr meint, Ihr Herren!» sagte Merlin. «Ja, es ist keiner unter Euch, der höher geboren wäre als er!»

Während sie so sprachen und die Barone sich gescholten hielten und verstockt wurden, forderte Merlin sie auf, mit ihm hinunter zur Themse zu wandern, denn es war ein schöner Tag. Als sie zusammen den Tower verließen, gewahrten sie einen Torhüter in ärmlicher Tracht, der bettelte sie um ein Almosen an, damit er sich Kleider kaufen könnte. Aber Merlin lachte und ging an ihm vorbei und schritt mit den Baronen, unter denen auch Loth von Orcanie war, durch die Straßen, wobei er so auffällig ging wie einer, der gerne gesehen sein möchte.

«Habe ich nicht einen Sturmwind gesandt, der Euch die Zelte über den Köpfen wegriß und Euch staubend umschäumte, daß Ihr nicht einen Steinwurf weit sehen konntet?

Habe ich nicht einen Feuerbrand vom Himmel geholt, der Eure Zelte fraß und Euer Wasser aufleckte – darum, weil Ihr gegen König Artus aufgestanden seid! Und glich in der Verwirrung nicht Eure Kampfbahn einem Krähennest?»

Da wurdcn dic Baronc trotzig und sagten: «Gewiß, Du hättest uns verderben können bei Caërlion, aber sollen wir deshalb glauben, daß König Artus von höherer Abkunft ist als wir?»

Indem sie so sprachen, waren sie auf den Markt gelangt und sahen in dem Gewühl einen Jüngling, der ein paar neue Schuhe in der Hand hielt und sich gerade dazu Lederflicken kaufte, um sie wieder herzurichten, wenn sie verbraucht und durchlöchert sein würden. Da lachte Merlin ein zweites Mal, und sie wunderten sich darüber.

Während sie weitergingen, begann Merlin zu reden und sprach: «Wißt, König Artus ist nicht Antors Sohn und nicht der Bruder von Kai, den er nach seiner Krönung zu seinem Seneschall gemacht hat ...!» Darauf erzählte er ihnen die Geschichte von König Artus' Geburt von Anfang bis Ende. Aber noch waren die Barone ungläubig und verlangten ein Zeichen, damit sie ihm glauben könnten, daß Artus in Wahrheit der heimliche Sohn Uter Pendragons war.

Da sagte Merlin: «Glaubt mir, es ist so wahr, wie daß der Torhüter, an dem wir vor einer Stunde vorübergingen, kein elend Darbender ist, sondern einen Schatz von Münzen unter seinem Sitz vergraben hat! Und Artus ist so wahr König Uters Sohn, wie es wahr ist, daß der Jüngling, den Ihr die Lederflicken zu seinen neuen Schuhen habt kaufen gesehen, weder die Schuhe noch späterhin die Flicken wird gebrauchen können, denn schon treibt er ertrunken in den Wellen!»

Da eilten die Barone, darunter Loth von Orcanie, ans Ufer der Themse und fanden den Jüngling ertrunken dem Ufer zu treiben. Da erschraken sie sehr und umstanden ihn. Merlin aber sagte: «Wenn Ihr mir noch immer nicht glaubt, so geht hin und fragt

Ulfin, denn er verwahrt bis auf diesen Tag einen Brief mit Uters unverletztem Siegel.»

Nachdem sie aber zur Burg zurückgekehrt waren, ließen sie unter dem Sitz des Torhüters graben und fanden den Schatz. Darauf hießen sie Ulfin das heile Sternensiegel Uters erbrechen und seinen Brief vorlesen und fanden alles, was Merlin gesagt hatte, wahrhaftig darin aufgeschrieben.

Es war Zeit, daß wieder Eintracht im Lande Logres herrschte, denn während des Streits waren viele der Ritter von der runden Tafel außer Landes gegangen, und König Artus bedurfte ihrer besonders, denn wieder fielen die heidnischen Sachsen in Logres ein, und Claudas, der König von Ödland, forderte ihn heraus, der Herr der Fernen Inseln wollte ihm den Lehenseid verweigern, und der Riese Frollo verheerte das Land im Süden. Da hättet Ihr des Königs Waffentaten bewundern können, während seine Reiter – wie der Sturmwind brausend –

über die Feinde herfielen und die Pferde der Fliehenden davonrasten, die Zügel zwischen den Beinen schleifend. Wollte ich indessen die Kämpfe von Mann gegen Mann und Artus' Heldentaten einzeln beschreiben, so hättet Ihr nicht Kerzenbündel genug, die Nacht hell zu machen. Doch wäre meine Geschichte weniger wert, wenn ich eine Schlacht, und zwar die Sachsenschlacht von Carmelide, überginge. Diejenigen Ritter der Tafelrunde nämlich, die bei dem Aufstand der Barone das Land Logres verlassen hatten, waren nach Carmelide gegangen, in König Leodegans Land. Carmelide war ein schönes und fruchtbares Land, reich an Nüssen und Äpfeln, voll springender Bäche und lichter Wälder. War man auf Schloß Carohais in Carmelide, so konnte man das Rauschen in den Wipfeln von Maulbeerbäumen hören.

König Leodegan war schon alt und mußte sein liebliches Land seit sieben Jahren gegen den mächtigsten Heidenkönig des Westens, Rion von Dänemark, verteidigen, der, grausam wie er war, den besiegten Königen die Bärte ausreißen und – den Geschändeten zur Schmach – auf einen roten Sammetmantel nähen ließ, welcher ihm, wann immer er Hof hielt, von einem Herold vorangetragen wurde. Nun wollte Rion nicht aufhören zu kämpfen, bis Leodegans Bart und dann der des Königs Artus als Quasten seinen roten Mantel zieren würden.

Da riet Merlin König Artus, sich erst des Beistands seiner Vasallen jenseits des Meeres zu versichern und zusammen mit den Fürsten der Kleinen Bretagne König Leodegan zu Hilfe zu ziehen. Längst schon hätte Leodegan, dessen Land an Logres grenzte, diesen Krieg verloren, wenn nicht die Ritter der Tafelrunde für ihn gekämpft hätten.

Leodegan hatte keinen Erben, und mit seinem Tod mußte das Reich Carmelide erlöschen. Er hatte nur eine einzige Tochter, Ginevra, die sehr jung war und klug, und der man nachrühmte, sie sei das schönste Mädchen der Blauen Bretagne.

Nun sandte König Artus Ulfin, der schon

Uter gedient, nach Benoic, und Girflet, Dos Sohn, nach Gannes um Hilfe.

Drei Wochen später – es war noch kalt, denn es war im Monat Januar – versammelte König Artus seine Vasallen; und es kamen die Lehensherrn von jenseits des Meeres, König Ban von Benoic und Bohort von Gannes mit ihren besten Bogenschützen, Landsknechten und Seeleuten nach Logres. Während König Artus noch Geschenke verteilen ließ, schönste Waffen und Pferde, da erschien, einen Rappen reitend, Merlin und überreichte dem König ein Banner mit einem Wappen darin, das alle erschreckte: ein Drache mit klafterlangem Schweif schien – durch den zitternden Lanzenschaft bewegt – Feuer aus dem aufgerissenen Rachen mit bläkender Zunge zu speien. König Artus übergab das Banner Kai, seinem Seneschall, und der trug es des Königs Heer voran. Merlins Feldzeichen trug sich seltsam leicht, und keiner wußte, woher er es genommen hatte.

So zog König Artus' Heer mit fünfzehntausend gerüsteten Reitern, dem Fußvolk und den mit Fleisch und Weizen schwer beladenen Wagen, von Spähern bewacht, nach Carmelide. Außer ihnen durfte keiner von König Artus' Untertanen vor Mariä Lichtmeß das Land hinauf- oder hinabreisen, bei Strafe an Leib und Leben, damit kein Verrat dem Feldzug schaden konnte. So ritten sie eng und dichtgedrängt auf ihren Streitrossen dahin, und Merlins Banner aus indischem Zindel knisterte im Wind.

In Carohais kam den vierzig Fürsten und Merlin König Leodegan mit großem Gefolge, darunter die Ritter der Tafelrunde, entgegen und empfing sie mit Freuden. Doch schon am folgenden Dienstag wurden sie von den Sachsenführern so schwer bedrängt, daß sie kaum noch Zeit zum Rüsten fanden und, um ihre Feldzeichen geschart – Artus' Mannen um das Drachenbanner, die von Leodegans Hause um den purpurroten Wimpel, in dessen Feld die goldene Krone von Carmelide leuchtete –, aus der Stadt ausbrachen und den ganzen

Wald durchzogen, während ihre Schreie hallten und ihre Pferde wieherten, daß das kalte Tal davon erscholl.

In jener Schlacht, so heißt es, seien die Streiche so dicht gefallen wie Hagel auf Schindeln, und die Erde habe gezittert von den Hufen der Tiere, und so viele Männer wurden erschlagen, daß man ihren toten Leibern entlang den Weg nach Carohais fand, ohne zu fragen. Noch nennt die Chronik ihre Namen, aber außer ihren Namen weiß man nichts mehr von ihnen.

Nachdem die Sachsen schon zurückgeschlagen schienen, geschah es, daß König Leodegan vor Carohais von den Feinden lebendig ergriffen wurde. Diejenigen, die an den Fenstern der Burg standen, sahen, wie man ihm die Füße unter dem Bauch seines Pferdes festband. Sie erlitten darüber solche Qual, daß sie heiße Tränen um ihren König weinten. Als gar die Tochter Ginevra sah, wie sie den Vater schleiften, wollte ihr das Herz im Leibe brechen. Doch verweilt hier die Geschichte nicht bei ihrem

Schmerz und berichtet von den kämpfenden Männern: denn Ulfin, der schon Uter gedient, wollte Leodegan befreien, aber er wurde niedergekämpft; da kam ihm Girflet zu Hilfe, aber Girflet, Sohn des Do von Carduel, wurde verwundet; darauf kam ihm Lukan, der Mundschenk, zu Hilfe; Lukan aber stürzte vom Pferd; nun eilte Kai, der Seneschall, herzu. Indessen kämpfte König Artus an der Brücke, die die Sachsen über Nacht aus Buschwerk und Ästen über die Furt gelegt und wohin sie Leodegan führten. Während die Lanzen zerbrachen, daß man das Eschenholz weithin splittern hören konnte, und die Furt sich rot färbte vom Blut der Krieger und die Wasser brausend die Leiber talab spülten, erhob sich ein dunkler Wind, und König Artus stürzte sich auf den, der Leodegan schleifte, verwundete ihn zwischen den Schultern und schwang sein Schwert Escalibor nach rechts und nach links, während es leuchtete wie brennende Kerzen. Als aber die Feinde sahen, daß der König von Carmelide befreit und ihr Krieg keineswegs zu Ende war, wandten sie der Furt den Rücken und flohen wie Spreu vor dem Wind in das Waldtal. Aber das hatte Merlin mit Wasser angefüllt und durch Zauber in einen See verwandelt. Diejenigen, die auf ihren Pferden entkamen, ritten die ganze Nacht hindurch, geschüttelt von Hunger und Kälte.

Artus aber und die Seinen kehrten auf weißschäumenden Rossen nach Carohais zurück, übergaben die Pferde den Knappen und legten in der Halle, wo ein großes, schönes Feuer brannte, ihre Waffen ab. Da hingen die Wappen der Könige: neben Artus' grünem Schild mit dem Muttergottesbild in der Mitte hing König Bans Banner mit den goldenen und azurblauen Kronen, getrennt durch einen schrägen Balken, der grün war wie Gras auf der Wiese, und daneben hing Bohorts gesticktes Banner.

Leodegan aber rief seine Tochter Ginevra. Sie kam, in ein schimmerndes Gewand gehüllt, ein silbernes Becken mit warmem

Wasser vor sich hertragend, um, wie es die Sitte gebot, dem hohen Gast zu dienen. Artus sah Ginevra schweigend an, denn nie hatten seine Augen ein holderes Mädchen erblickt. Der Glanz des Frühlings schien aus ihr zu strahlen. Sie zögerte, und König Artus zögerte auch, ihren Dienst anzunehmen. Ihre Augen leuchteten wie Sterne, und er sah ihr glänzendes Haar, in dem ein Kranz von Diamanten funkelte. Da neigte sich Merlin zu ihm und flüsterte, und König Artus ließ den Liebesdienst geschehen. Darauf dankte er Ginevra artig und sagte, er wäre froh, wenn er ihr etwas zuliebe zu tun vermöchte.

«Ach, Herr!» sagte da Ginevra, «Ihr habt es mir doch längst vergolten, hundertmal mehr, als ich es verdiene! Ich sah Euch doch vom Söller aus, an der Brücke aus Astwerk und Reisern, wie Ihr mit Eurem Schwert gekämpft habt, daß es leuchtete im dunkeln Wind; ich sah, wie Ihr den, der meinen Vater fing, bis auf den Nabel gespaltet habt! Nie hat einer wie Ihr, einem

Löwen gleich, gekämpft auf den Wiesen vor Carohais.»

So beredt sprach Leodegans Tochter. Sie reichte ihm einen goldenen Becher, und König Artus sah, daß ihre weißen Hände weißer waren als der erste Schnee, und er nahm den Becher und trank daraus so gern, wie er noch nie getrunken.

Während draußen über den Hof von Carohais die Beutewagen fuhren, neigte sich drinnen, beim Mahl, König Ban von Benoic zu Leodegan von Carmelide und sagte: «Es wundert mich, daß Ihr Eure schöne Tochter noch keinem Ritter vermähltet! Gewiß ist sie noch sehr jung. Aber bedenkt, daß Ihr keinen Sohn habt, dem Ihr Euer schönes Land forterben könnt! Und wie anmutig ist Eure Tochter, zart und höfisch, klug und fein gebildet!»

«Es ist wahr», sagte da Leodegan, «ich bin ein alter Mann, und mein Land hat in den sieben Jahren, während mich Rion von Dänemark bekriegte, große Not gelitten. Ich müßte einen jungen König finden, der mir die Last abnimmt, einen, der größer, schöner und tapferer ist, als ich es war.»

Da begann Merlin zu lachen und machte Ban Zeichen, daß Leodegan damit König Artus gemeint habe.

So sprachen sie während der Mahlzeit, und Ginevra ermunterte König Artus und sagte: «Eßt und trinkt, Herr, und seid nicht so zaghaft im Zugreifen! Ihr wart so außer Fassung nicht im Waffenkampf!»

Nun ließen es sich Artus und die wiedervereinigten Ritter der Tafelrunde wohl sein in Carohais; sie wurden hoch geehrt und verweilten dort noch manchen Wintertag. Als es aber Frühling wurde, kamen König Artus' Späher aus der Kleinen Bretagne, aus Ban von Benoics Land. Dort konnte man fünfzehn Meilen weit reiten, ohne einen geschützten Ort zur Herberge zu finden; man konnte drei Tage weit reisen, ohne einen Hahn krähen zu hören, so verwüstet war das Land. Claudas von Ödland hatte Bans Städte und Dörfer niedergebrannt und hielt Bans letzte Burg, die

Trebes hieß, belagert. Dorthin hatten sich seine Getreuen geflüchtet, und die Königin von Benoic fürchtete sich sehr.

Da blieb nicht Zeit, im Land Carmelide zu verweilen, denn so wie Ban seinem Lehensherrn über das Meer mit seinen besten Bogenschützen zu Hilfe gekommen, so mußte nun Artus ausziehen, um seinen Vasall zu schützen.

Als das Heer zum Aufbruch bereit und König Artus gerüstet war und Abschied nehmen wollte von Ginevra, da trat Merlin vor ihn hin und sprach: «Nur eines fehlt Euch noch, was Euch zum vollkommenen Ritter macht, so daß Ihr sagen könnt, eine Königstochter habe Euch zum neuen Ritter gemacht.» Da wollte Artus wissen, was das sei, und Merlin sagte: «Es ist der Kuß der Ginevra! Aber sie muß Euch gerne umarmen!» Da sprach das Mädchen: «Wenn es nichts anderes ist, worum Ihr mich bittet, so sei es in Gottes Namen gerne gewährt!» Und König Artus lief auf sie zu und umarmte sie und sie ihn wieder, und sie küßten sich und hielten einander umschlungen. Da wurde das Pferd des Königs vorgeführt, und Artus stieg auf, worauf ihm das Mädchen den Helm reichte, und er setzte ihn auf, und sie befahlen einander Gott an, und König Artus zog mit den Seinen von dannen, so, wie Merlin sie führte.

Längst war der Schall der Hörner verhallt und das Schlagen der Pauken und Trommeln. Schon war die Fastenzeit vorbei, und die Helden von Carmelide kämpften jenseits des Meeres.

Ginevra saß, allein von ihren Frauen umgeben, in der Halle von Carohais; sie spann und lauschte den Geschichten von König Artus und seinem Schwert Escalibor, von dem es hieß, es sei auf Avalon geschmiedet worden. Seit er ihren Vater gerettet, hatte sie begonnen, ihn mit großer Liebe zu lieben.

Wie vordem Ginevra am Fenster von Schloß Carohais den Kampf mitangesehen hatte, so stand nun, jenseits des Meeres, die Königin Elaine von Benoic an einem Fenster von Burg Trebes und hörte die Lanzen brechen und das Getöse der Schlacht so laut, als würden alle Bäume in den Wäldern von Benoic auf einmal gefällt. Und die Königin ängstete sich sehr um ihren Gemahl. Was Wunder, daß sie ihn bei seiner Heimkehr mit um so größerer Liebe empfing und König Ban bei ihr ruhen wollte, um sie von allen Ängsten zu heilen mit seiner Liebe! In der Nacht nach Bans Sieg, während die Kerzen draußen, vor dem Gemach der Königin, wo die Barone schliefen, brannten und der König und die Königin einander alle Liebe gaben, wurde Lancelot gezeugt. In dieser Nacht, in der die Sterne schienen und das Balsamlicht in Elaines Kammer bis zum Morgen brannte, hatte die ermattete Königin einen schweren Traum; darauf weckte sie Ban, und der hatte denselben Traum geträumt, darum standen sie in der Frühe auf und wollten zur Kapelle gehen, um zu beten. Sie gingen leise, um König Artus nicht zu wecken, denn er schlief noch mit den Seinen. Als sie in die Halle traten, sahen sie Merlin, er stand an einem der hohen Fenster und sah in der Dämmerung nach dem Lichtstrahl des Morgensterns; ja, er hatte die ganze Nacht dort gestanden und den Lauf der Gestirne betrachtet. Die Luft war so klar wie sonst nur zur Schneezeit, aber der Strahl der Venus schien zweigeteilt, und was er anzeigte, war die Vernichtung einer Liebe.

«Höre, Merlin!» sagte Ban bekümmert, «wir brauchen Deinen Rat! Ein Traumgesicht hat mich erschreckt. Die Königin und ich haben es zur gleichen Stunde in dieser Nacht gehabt. Du bist der klügste unter den Menschen. Sage, was es bedeuten mag: ich sah eine Menge wilder Tiere auf einer fetten grünen Weide grasen – an der Spitze der einen Herde war ein großer Löwe – eine zweite Herde wurde von einem kleineren Löwen angeführt, der aber eine

Krone trug – ihm folgten zwölf kleinere gekrönte Löwen – dem ungekrönten Löwen aber folgten vierhundert Stiere – da plötzlich stürzten sich die Tiere aufeinander und wälzten sich und wollten sich gegenseitig von der Weide vertreiben – während sie kämpften, näherte sich ein schrecklicher Leopard und beobachtete, im Dickicht verborgen, ihre Schlacht – dann brach er hervor – wild und stolz – und alle Tiere der Blauen Bretagne beugten sich vor ihm – und der gekrönte Löwe ging davon – allein – und so, als ob er nicht wüßte, wohin –»

Da sah Merlin sinnend in die Dämmerung des Morgens und sprach: «Der ungekrönte Löwe bedeutet einen großen Ritter, reich an Gut und Freunden, der gekrönte Löwe aber ist ein mächtiger König, der sich zwölf Könige unterworfen hat, die ihm als Vasallen dienen. Der Leopard aber bedeutet einen, der verkannt war und der kommen wird, um das Reich zu verraten ...» Merlin sprach leise, damit er König Artus nicht weckte. König Ban und Elaine aber waren ratlos, denn sie verstanden den Sinn seiner Rede nicht.

«Sage uns, Merlin», bat König Ban, «wer ist der große Ritter, von dem Du uns weissagst?»

«Ihr habt die Bedeutung Eures Traumgesichts vernommen», sagte Merlin, «ich kann Euch mehr nicht sagen, denn Ihr seid zu sehr erschreckt. Ich muß nun gehen.»

«Wohin gehst Du, Merlin? Nach Northumberland zu Meister Blaise? In den Wald von Broceliande, oder willst Du wieder in die calydonischen Wälder oder in das Haus mit den siebzig Türen und den siebzig Fenstern, um die Sterne zu beobachten?»

«Ich gehe an ein Wasser, das ist silberhell, und fließt zwischen Haselsträuchern dahin, und ich werde stehen und warten, bis mir das Bild des lieblichsten Mädchens darin erscheint!»

«Fließt das silberhelle Wasser in der Blauen Bretagne oder hier, im Lande Benoic, Merlin?»

«Du fragst zuviel!» sagte der Seher und schwieg.

König Artus und die Seinen blieben noch eine kurze Weile im befreiten Benoic, ehe sie zur Heimkehr rüsteten und Pferde und Wagen mit Weizen und gesalzenem Fleisch, mit Rüstungen, Waffen und Zelten beluden.

Es war um die Zeit des Jahres, wenn der Bach von Carmelide wieder in sein Bett zurückkehrt und an seinen Ufern so zierliche Gräser wachsen und liebliche Blumen blühen, daß die kleinen Vöglein aus Freude darüber singen, hell und süß. Da zog König Leodegan mit seinem ganzen Hof und Gesinde dem heimkehrenden König Artus und seinen Rittern, unter denen diesmal auch Gawain und Ywain waren, drei Meilen vor Carohais entgegen. Als sie zusammentrafen, umarmten, umhalsten und küßten sie sich in großer Freude, und die schönsten Mädchen von Carmelide kamen ihnen mit Reigen und Liedern entgegen. So geleiteten sie die Ritter zum Schloß, wo die Wände mit seidenen Teppichen und kostbaren Webereien behängt waren, und den Estrich hatte man mit Binsen bestreut, bis hin zu dem Saal, wo Ginevra, die Tochter Leodegans, sie erwartete. Sobald sie König Artus erblickte, lief sie ihm mit ausgebreiteten Armen entgegen, küßte ihn zag auf den Mund und hieß ihn und sein Gefolge willkommen. Die Könige und Ritter faßten einander bei den Händen und stiegen zum großen Saal hinauf, wo ihnen ein köstliches Mahl bereitet war. Danach ließen König Artus und König Ban, König Leodegan und die Ritter Gawain und Ywain ihre Pferde satteln und ritten ohne weiteres Gefolge zusammen hinunter, um sich am Anblick des Flusses und der Wiesen zu erfreuen. Schon wurden die Weiden grün, und die Ritter sehnten sich, unter dem Laubwerk der Bäume zu liegen.

Sie waren bereits eine Weile geritten, als sich Leodegan an König Artus wandte und ihn fragte, wann er seine Tochter heimführen wolle, scheine es doch nun an der Zeit. König Artus sagte, zu jeder ihm gefälligen Stunde, denn alles sei bereit. «Aber noch fehlt mir mein bester Freund und Ratgeber, und ohne ihn kann die Hochzeit nicht sein.» – «Wer ist das?» fragte König Leodegan verwundert. «Merlin», antwortete König Artus, «denn durch ihn habe ich alle Ehre und allen Reichtum erlangt.» Da sagten die andern, das sei wohl wahr, aber selbst wenn Merlin sich in den calydonischen Wäldern versteckt halte, von Pflanzenwurzeln sich nähre und das Wild belausche, so werde er doch zu Ostern nach Logres kommen. «Wißt», sagte da Ban, «er hält sich an einer silberhellen Quelle auf, die zwischen Haselsträuchern fließt, und wartet, daß ihm das Bild seiner Liebsten darin erscheine!» Die Vertrauten beratschlagten und setzten dann König Artus' Hochzeit mit Ginevra auf die Octave nach Ostern fest.

Doch wie vermöchte ich den Glanz dieser herrlichsten Hochzeit im Lande Logres zu beschreiben, wie könnte ich die Juwelen zählen, das Geschmeide schildern, den Zug der Könige, wie das Turnier, die Reigen und Lieder zu Ehren der jungen Königin? Ginevra übertraf mit ihrem Glanz das Blatt der Rainweide, und wo sie schritt, da schienen die Lilien im Felde schöner aufzugehen. Abends brachte das süße Lied der Nachtigall den Vermählten Schlaf.

Ruhelos aber wachte Merlin. Es wachte des Königs Verwandtschaft. Alle waren gekommen, auch Loth von Orcanie, der König Artus' Schwester Belisant zur Gemahlin hatte, und Morgane, die andere Schwester des Königs, die so wunderbare Gaben und Kenntnisse hatte, daß man sie «Morgane, die Fee» im Lande hieß. Sie kannte die Heilkraft der Kräuter und die Magie der Metalle; ja, es ging die Rede, sie könne wie Daidalos die Lüfte auf Flügeln durcheilen. Nun, da sie gekommen war, hielt sie sich immer dort auf, wo sie Merlin vermutete, denn sie liebte den Weltbewanderten um seiner Künste willen. Dann saßen sie beisammen des Nachts, und ein dritter saß bei ihnen, ein berühmter Gelehrter namens Guinebaus, der die schönsten Schachfiguren im Lande Logres schnitzte und Lieder ersann. Merlin sagte von ihm, er sei der klügste Pfaffe, dem er je begegnet, denn jener wußte ihm auf die schwierigsten Fragen zu antworten, so daß der Zauberer immer mehr Gefallen an ihm fand und große Stücke auf ihn hielt.

Morgane, die Dunkelhäutige, saß und lauschte auf jedes Wort, das Merlin und Guinebaus sprachen.

«Höre», sagte Merlin zu Morgane, «nicht nur die Kräuter, die Du kennst, heilen Wunden. Bedenke, eine Handvoll Erde von der Insel Thanet, in Wein aufgelöst und getrunken, entzieht dem Körper das Gift, und wirkungsvoller noch ist die Erde von Thule, der letzten Insel der Orkaden, welche ihren Namen nach der Sommersonne trägt, denn zur Sonnenwende liegt sie im Schatten fortdauernder Nacht.»

Morgane beugte sich vor und fragte:

«Liegt Thule dort, wo der Eisvogel zur Winterzeit Nester baut und brütet?»

Aber Merlin schwieg und fuhr erst nach einer Weile fort: «Von allen Inseln merke Dir Avalon, Morgane! Avalon ist die Insel des Glücks, die ihren Namen nach einem besonderen Apfel hat, den sie hervorbringt, köstlicher als die goldenen Äpfel der Hesperiden, die der Drache bewacht. Und Trauben wachsen die Fülle an den Hängen von Avalon, und über den aufgehenden Saaten steht immer die Sonne. So wie jetzt in Carmelide Frühling ist und diese Nacht voller Glück, so ist in Avalon immerwährender Frühling und immerwährende Ernte, und das Glück dauert, ohne aufzuhören, hundert Jahre lang und noch länger.»

Morgane hielt den Atem an und sagte: «Sprich weiter, Merlin, und sage mir mehr, sage mir alles, was Du weißt, von den Inseln, den Fischen, den Vögeln, den Elementen! Du hast den Zitterrochen schwimmen sehen und die Muränen schlüpfen, Du schicktest Elritzen an die Angel und zogst das Gift aus den Zähnen des Sägefischs – so sagt man!»

Und Merlin redete in dieser Nacht und ließ Morgane und Guinebaus die Geheimnisse der Schöpfung wissen. Er sagte ihnen, wie das Meer, darin die Fische leben, Ebbe und Flut hat und vier Kreisläufe wirkt, aus denen die vier Winde kommen. Ja, er beschrieb ihnen, wie die ganze Erde entstand und vom Himmel umgeben ist wie eine Nuß von der Schale; er sagte ihnen, wie Gott das Firmament mit Sternen zierte, und Wolken in die Lüfte fügte, daß sie, durch die Macht der Stürme bewegt, die Flüsse mit Feuchtigkeit füllen. Er erklärte ihnen, wie in der Luft Regen und runde Hagelkörner entstehen, und beschrieb ihnen die fünf Zonen der Erde, deren äußerste Teile der Mensch wegen der Kälte flieht und deren mittlerer wegen der Hitze unbewohnbar ist. «Zu den hyperboreischen Gestaden», sagte Merlin, «zieht singend der sterbende Schwan. Dort wohnen die seligen Menschen, brüten die Vögel zur Winterzeit, die niemand stört, kein Fuß mehr erreicht ... Den Eisvogel kennst Du, Morgane. Denke: wenn er brütet, ist das Meer sieben Tage lang still, und die Winde erschlaffen, die Stürme hören auf ... Es ist die Zeit des Zaubers, Morgane.»

«Sprich mir vom Zauber, Merlin!» sagte Morgane, und Guinebaus, der mit den goldenen Schachfiguren spielte, merkte auf. «Man sagt, Du verwandelst die Gestalt der Menschen, indem Du sie in ein Wasser tauchen läßt, das die Farbe stets ändert?»

«Du selbst kennst die Kunst der Verwandlung, Morgane, ich aber bediene mich des Wassers. Es ist Zauberkraft im Wasser, Heilkraft in siedenden Quellen, die mit Zischen und Brausen aus der Erde strömen und durch Alaungestein und Schwefel dringen. So kommt vom See Rogotis ein Wasser, das dreimal am Tag bitter schmeckt und dreimal angenehm süß. Die Äthiopier haben einen See, dessen Wasser dem Gesicht ein ewig junges, schimmerndes Aussehen verleiht, und wer von der Zeuma-

nes. Si vous dirons de la damoisele
qui emporta lanselot el lac.

Or dist li contes que la da
moisele qui lanselot em
porta el lac estoit une fee
et a cel tans apeloit on ce

Quelle trinkt, erhält eine wohlklingende Stimme. Wer aber vom roten Wasser Äthiopiens kostet, den befällt der Wahnsinn. Im Land der Garamanten gibt es Quellen, die am Tag gefrieren und sieden des Nachts. Es gibt Quellen, welche fruchtbar, und solche, die unfruchtbar machen. Ausgelöschte Fackeln entzünden sich wieder in der Quelle von Epirus, und im Aloe-See schwimmen selbst bleischwere Steine.»

Morgane hörte auf jedes seiner Worte, um sie im Sinn zu behalten, und sagte: «Nun lehre mich die Geheimnisse der Astrologie, Merlin, den Lauf der Gestirne, und was die Winkel, in denen sie zueinander stehen, bedeuten, und wie man sich der Sterne bedient im magischen Experiment!»

«Höre, Morgane», sprach da Merlin, «die Araber behaupten von dem ersten Stern der Dione, daß er blitzende Edelsteine erzeugt, wenn er durch das Sternbild der Fische wandert und dabei die Meeresfläche bestrahlt. Und diese Steine nützen dem

Menschen und machen, wenn er sie trägt, seine Wunden heil.»

Sie sahen hinaus in die Nacht, sahen am gewölbten Firmament die Mondsichel leuchten, und Morgane fragte: «Was bedeutet die rötliche Färbung des Mars, Merlin, so wie sie heute nacht erscheint?»

«Sie zeigt die Ermordung eines Königs an oder auch nur, daß ein anderer König sein wird!»

«Und was, so sage mir, bedeutet der zweigeteilte Strahl der Venus, der, der Sonne folgend, den Himmelskreis durchschneidet?»

«Ein solcher Strahl wandert über das Dach eines Hauses, in dem die Liebe stirbt, Morgane!»

Da fragte die gelehrige Schülerin: «Wie kann man aber den Strahl der Venus, der der Sonne folgt und sich dabei innerhalb des Tierkreises bewegt, über ein Haus lenken, damit er die Liebe vernichte?»

Da neigte sich Merlin und wunderte sich darüber, daß eine Frau wissen wollte, wie man die Liebe zerstört.

«Sage mir, Merlin», fragte Morgane nach einer Weile, «bin ich die erste Frau, welche Du die Geheimnisse der Natur lehrst?» Aber Merlin sagte:

«Nein, Du bist nicht die erste.»

Und sie fragte: «Wer war die erste?»

Und er sagte: «Viviane!»

«Wer ist Viviane?» fragte da Morgane.

«Sie ist das lieblichste Mädchen der Erde. Ihr Bild erschien mir, als ich an einer silberhellen Quelle stand. Sie kam dorthin, um zu spielen, und ich gewahrte ihr Gesicht im Spiegel des Wassers, und seitdem liebe ich sie.»

«Und Du, Merlin, wie erschienst Du ihr?»

«Ich tat mein Bestes: Ich stand, in den schönsten jungen Ritter verwandelt, den Du Dir denken kannst!»

«Liebt sie Dich wieder?»

«Ich weiß es nicht, aber sie lächelte, als ich ihr Bild ansah, im Wasser. Auch versprach sie mir, mich wunderbar zu lieben, wenn ich sie in allen Künsten, deren ich mächtig bin, unterweise.»

«Was hast Du sie gelehrt?»

«Ich habe sie gelehrt, einen magischen Kreis zu ziehen auf einer Wiese, wobei das Waldtal sich mit einem See zu füllen scheint, in dem Wälder wachsen, Häuser stehen, Menschen atmen. Ja, ich habe Viviane gelehrt, den See zu erfüllen mit lustwandelnden und im Rundtanz springenden Menschen.»

«So ist Viviane klüger als ich?» fragte Morgane.

«Sie ist sogar der Schrift kundig, jeden Zauber hat sie auf ein Pergament geschrieben!» sagte Merlin und versank in Gedanken. «Aber auch dieser Zauber genügt ihr noch nicht. Ich soll sie noch viel mehr lehren als das, soll sie lehren, wie man Menschen einschläfert ...»

«Warum tust Du das, Merlin? Sie ist es nicht wert! Du hast sie genug gelehrt!»

«Weil ich sie liebe!»

«Sie wird den Zauber gegen Dich wenden! Sie wird Dir Deine Macht nehmen, Merlin!»

Merlin wußte nicht, ob Morgane oder

Guinebaus gesprochen oder ob er die Worte nur gedacht hatte. «Ich liebe sie!» sprach der Sohn des Teufels und wußte in dieser Nacht sein eigenes Unglück voraus.

AN KÖNIG ARTUS' HOF

Längst war König Artus' Hochzeit mit Ginevra, der Königstochter von Carmelide, vorbei, und die Vasallen waren in ihre Länder zurückgekehrt; längst hatten sich Morgane, die Fee, und des Königs Loth Frau so herzlich von Artus verabschiedet, wie es unter Geschwistern üblich ist.

Der Sommer war gekommen, und in der Dämmerung holte die Lerche den Tag herbei, und der Herbst kam und schenkte die runden Äpfel. Doch war es König Artus nicht vergönnt, den Frieden lange Zeit zu genießen. Hatte er vordem die Sachsen besiegt, so mußte er sich nun die Iren in wilden Kämpfen unterwerfen. Aber anders als früher, wenn er ausziehen mußte zum Streit, half ihm nun Ginevra sich rüsten und band ihm knieend beide Sporen an und hängte ihm selbst das Schwert an die Seite. Mußte er fort, dann küßten sie sich so innig, wie es Menschen tun, die einander sehr lieben, und ritt er mit den Seinen davon, in geordnetem Zug, die Fahnen eingerollt und die Lanzen gesenkt, dann stand Ginevra und sah ihm nach, die schönste unter den Frauen der Blauen Bretagne.

König Artus' Ruhm war in aller Munde, und in allen Sprachen redete man von ihm. Pilger aus dem Morgenland berichteten, daß man vom König der Briten unter den Völkern des Ostens redete wie unter denen des Westens, obwohl sie durch die Weiten der ganzen Erde voneinander getrennt waren. In Rom und Karthago, in Armenien, Antiochien und Konstantinopel pries man seine Taten. Und der Neffe des Kaisers von Byzanz, Sagremor mit Namen, hatte nur den einen Wunsch: über das Meer zu ziehen, um von König Artus den Ritterschlag zu empfangen. Sagremor war fünfzehn Jahre alt und der wohlgestaltetste und kräftigste unter den Knaben in der vieltürmigen Stadt. Er bat Tag um Tag, ziehen zu dürfen, bis er endlich ausgerüstet wurde und, in prächtigste Gewänder gekleidet, mit seinem Gefolge ein Schiff besteigen durfte und übers Meer fuhr, um König Artus' Ritter zu werden.

Und noch ein anderer, sehr junger, überaus wohlgebildeter Knabe verließ Vater und Mutter, um vom besten Ritter der Welt mit dem Schwert gegürtet zu werden. Das war der Sohn des Königs Pelles von der Terre Foraine, in dessen Schloß, wie man weiß, der Heilige Gral gehütet wurde. Zwar fürchtete der alte König für seinen Sohn, denn die Sachsen verheerten das Land. Aber der Jüngling sagte: «Wir alle sind auf Abenteuer, mein Vater, und keiner stirbt einen anderen Tod als den, der ihm bestimmt ist.» Da ließ ihm der alte König unter dem Schatten einer Föhre ein Saumtier beladen mit Waffen, Kleidung und Münzen und gab ihm einen guten Schildknappen mit auf die gefährliche Reise.

In einem anderen Erdenwinkel brach einer auf, der Perceval hieß, und verließ seine Mutter Herzeleide, um an König Artus' Tafel zu sitzen. Es heißt, als Perceval in Carduel eintraf und dort an König Artus' Hof erschien, habe eine Hofdame der Königin, die bis dahin noch nie ein Wort in ihrem Leben gesprochen, und die sie darum das Fräulein Ohnelüge nannten, die Sprache gefunden, und sie habe Perceval zu seinem Sitz an der runden Tafel geführt, zur Rechten des Stuhles, der auf Merlins Geheiß immer frei bleiben sollte für den Erwählten, der noch nicht geboren war. Doch sei von ihm vorerst nicht mehr die Rede, und erzählen wir von ihm mehr, wenn es an der Zeit sein wird.

Zu der Zeit, da König Artus Hof hielt in Camalot, kam noch ein anderer von weither, um den Ritterschlag zu empfangen. Es war an einem Freitag vor Sankt Johannis, jenem vierundzwanzigsten Juni, der in Camalot festlich begangen werden sollte. Schon war eine große Zahl von Rittern und Baronen nach Camalot gelangt. König Artus erhob sich in aller Frühe, bestieg nach der Messe seinen Falben und verließ mit kleinem Gefolge die Stadt durch das Haupttor und ritt mit den Seinen hinaus in den Wald, um sich im Bogenschießen zu üben. Bei ihm waren seine Neffen, Ritter Gawain und Gaheriet, der Liebenswürdige, und Agrawain, der Mißtrauische; mit ihnen ritten Ywain, der Sohn des Königs Vrien, Kai, der Seneschall, Lukan, der Mundschenk, und Girflet, der Sohn Dos von Carduel, der schon Uter Pendragons Forste verwaltet hatte.

An jenem Freitag durchstreiften sie den Wald von Camalot vom Morgen bis zur Vesperzeit. Als sie über eine Wiese ritten, beobachteten sie einen jungen, starken Burschen, der den Bach entlang auf der Wiese daherkam. Er trug einen braunen

Rock und einen weiten Übermantel, aus Ziegenhaaren gewoben und mit Riemen zusammengehalten. Er ging in hohen Kalbfellstiefeln und hatte einen Bogen über die Schulter gehängt. Sein Gesicht war halbverborgen unter einer braunen Kappe. Gleichzeitig sahen sie eine Schar weißer Wildenten im Bache sich tummeln und baden, wie es Entenart ist. Der Bursche riß den Bogen von der Schulter, spannte ihn und traf die erste der Enten durch den Hals, erlegte eine zweite und eine dritte, und kam – die Tiere mit den Hälsen an seinen Riemen gehängt – König Artus über die Wiesen entgegen.

Unterdessen gewahrten alle auf der Straße nach Camalot einen kleinen Zug, an dessen Spitze zwei Knappen schritten, zwei weiße Saumtiere mit sich am Zügel führend. Auf dem Rücken des einen Saumtieres schwankte ein kleines, leichtes Zelt, so hübsch und zierlich, wie man zuvor noch keines gesehen hatte. Das andere trug Waffen und Rittergewänder und Bündel feinen

Lederschuhwerks. Auf die beiden Saumtiere folgten zwei Ritter auf weißen Pferden. Der eine führte einen Schild, der glänzte so hell wie Schnee, der andere fiel auf durch einen blinkenden Helm von besonders schöner Arbeit. Nach diesen beiden Reitern kamen zwei weitere, deren einer eine weiße Lanze trug, und hinter ihnen zogen Knechte und Schildknappen. Dann folgten drei Damen, deren Ritter, ihnen zur Seite, ebenfalls auf weißen Pferden ritten. So zogen sie auf dem breiten Weg, immer zwei und zwei in regelmäßigem Abstand. Ganz zum Schluß kam eine Dame geritten mit einem Jüngling, dem sie, fast am Ziel ihrer Reise angelangt, noch Lehren mit auf den Weg zu geben schien.

Der Bursche mit den Wildenten am Riemen war stehengeblieben und sah sie unverwandt an.

In der Tat beschwor die Reiterin ihren jungen Begleiter, er möge sich ohne Aufschub am kommenden Sonntag, auf Sankt Johann, von König Artus zum Ritter schlagen lassen, worauf ihr Begleiter sagte, sie hätten nur zu lange gezögert, denn wenn es nach ihm ginge, wäre er längst schon König Artus' Ritter.

Auch König Artus hatte den Zug beobachtet, sah ihn staunend näherkommen und sagte zu Gawain, er meine, noch nie einen so erfreulichen Zug von Reitern gesehen zu haben.

In diesem Augenblick erreichte die Nachricht, daß unter den reitenden Bogenschützen der König sei, die am Ende des Zuges reitende Dame. Sie gab ihrem Rößlein die Sporen, trabte an ihrem Zug vorbei und ritt dem König entgegen, der sein Pferd anhielt, als er merkte, daß sie auf ihn zuritt. Als die Fremde vor ihm war, sah er, daß ihr weißes Gewand aus herrlichem Sammet und der umgeschlagene Mantel mit Hermelin besetzt war. Der Zelter, den sie ritt, war von zierlichstem Wuchs, Zügel und Vordergeschirr waren aus blanken Silberschnüren, der Sattelknauf aus Elfenbein, kunstvoll geschnitzt. Die überhängende Decke reichte fast bis zur Erde und war aus dem selben Sammet wie das Kleid der Reiterin. Ihr zur Seite hielt jetzt ihr Begleiter, jung und von wunderbarer Gestalt, in bretonisches Tuch gekleidet, auf einem Jagdpferd.

Der Bauernbursche, der die Wildenten gejagt, stand immer noch unbeweglich, die Hand am Riemen, und schaute, und niemand erriet, daß der, der da stand und schaute, Merlin war.

Als König Artus die Fremde grüßte, hob sie den Schleier, erwiderte den Gruß, hieß ihn den besten aller irdischen Könige und sprach: «Herr, ich bin von weither gekommen, und nun bitte ich Euch um etwas, das Ihr mir nicht abschlagen dürft, denn es kann Euch weder Schaden noch Schande davon kommen.»

«Dann nennt mir Euren Wunsch», sagte der König, «und er müßte wahrhaftig unerfüllbar sein, wenn ich ihn Euch abschlagen sollte.»

Da bat die Fremde den König sehr, ihren

jungen Begleiter zum Ritter zu schlagen, sobald er ihn darum bäte, und ihm die eigenen Waffen, den eigenen Harnisch und die Ritterkleider zu gewähren, die er selbst mitführe. Da sagte König Artus:

«Ihr sollt mir willkommen sein, und habt auch Dank, daß Ihr mir den jungen Knappen zugeführt habt, denn er ist ein schöner Jüngling, und ich will ihn gern zum Ritter schlagen, wenn er darum bittet, doch schämt' ich mich, wenn ich mein Recht, ihn selber einzukleiden und zu wappnen, nicht gebrauchen wollte, denn anders ist es nicht die Sitte! Wenn er mein Ritter werden soll, so will ich ihn mit meinen Waffen wappnen, ihn mit meinem Harnisch rüsten und mit meiner Halsberge schützen. Und das übrige mag Gott vollbringen.»

«Herr!» erwiderte da die Fremde, «auch wenn es nicht der Brauch ist, einen neuen Ritter mit fremden Waffen zu wappnen, so tragt Ihr wahrlich keine Schande davon! Aber Ihr sollt wissen, wenn es nur möglich ist, diesen Jungen in anderen Kleidern und mit anderen Waffen, als er sie mit sich führt, zum Ritter zu machen, dann will ich meine Bitte vor einen anderen König bringen!»

Während sie so redete, gab Merlin die Wildenten dem Seneschall Kai und verschwand.

«Herr», sagte Ywain, «schlagt dieser Dame doch den Wunsch nicht ab! Gebt ihrer Bitte lieber nach und laßt ihren schönen Schützling nicht ziehen! Denn wer erinnert sich, je einen solchen Jüngling gesehen zu haben?»

Da ließ der König der fremden Frau ihren Willen und gab ihrem Wunsche nach. Sie dankte ihm und übergab ihrem Begleiter die beiden Saumtiere, zwei der schönsten weißen Pferde, und ließ ihm vier Schildknappen zurück, die ihm dienen sollten. Als sie vom König Abschied nehmen wollte, forderte er sie auf, zu bleiben. Aber sie weigerte sich und wollte ihr Pferd schon wenden. Da sagte König Artus:

«Daß Ihr nicht bleiben mögt, macht mich traurig, aber sagt mir wenigstens, wer Ihr seid und wie Ihr Euch nennt, denn ich wüßte es gerne.»

«Herr, einem König wie Euch darf ich meinen Namen nicht verschweigen, so wißt denn, man nennt mich Viviane vom See.»

Darüber wunderte sich der König, denn er hatte nie von ihr gehört. Die Fremde nahm nun Abschied, und ihr Schützling begleitete sie noch einen Bogenschuß weit.

«Nun, da ich von Dir scheide», sprach sie zu ihm, «will ich Dir ein Geheimnis entdecken, das Dich überraschen wird. Du bist nicht mein Sohn, Du bist der Sohn eines der Edelsten des Landes und seiner Frau, die eine der schönsten und tugendhaftesten war. Doch wirst Du weder von Deinem Vater noch von Deiner Mutter je die Wahrheit erfahren. – Und noch eines: habe acht, daß Dein Herz von solch reiner Schönheit bleibe, wie Dein Leib es ist! Denn Du hast so viel Schönheit empfangen, wie Gott auf einen einzigen Menschen häufen konnte. Deine Tapferkeit darf hinter Deiner Schönheit nicht zurückbleiben! Und versäume nicht, den König noch morgen abend zu bitten, daß er Dich auf Sankt Johann zum

Ritter schlägt! Dann aber verweile nicht eine Nacht länger bei Hofe, bleibe auch nirgendwo länger als Du mußt, suche Abenteuer und Wunder! Wenn aber der König Dich fragt, wer Du seist und welchen Namen Du habest, so sage nur: ‹Ich weiß es

nicht.› Die beiden Königssöhne, mit denen ich Dich aufgezogen habe am See, Bohort und Lionel, die Du im Spiel Deine Vettern geheißen, sind wirklich Deine Verwandten, und sie, die Dir Vögel fingen und Ruten schnitten und sich mit Dir im Bogenschießen übten, werden Deine treuesten Freunde sein. Du wirst mit ihnen gegen Unrecht und Verrat kämpfen und die Abenteuer dieser Welt bestehen. Stelle wie sie Dich der höchsten Probe, die Gott dem tapfersten Ritter auferlegt, der Suche nach dem Gral! Doch wisse, der, der einst vollbringt, was Du unvollbracht lassen wirst, ist noch nicht geboren. – Du willst mehr von mir erfahren? Ich kann nicht mehr reden, mein Herz ist traurig und meine Zunge matt.»

Darauf küßte sie ihn auf den Mund und auf beide Augen und gab ihm einen Ring mit einem blauen Saphir, in den zwei Schlangen eingeschnitten waren, der ihn gegen Zauber schützen sollte. Dann wandte sie sich ab in großem Schmerz. Dem Knaben waren Tränen in die Augen getreten; er kam auf Lionel und Bohort zu und umfing sie beide brüderlich; danach umarmte er einen nach dem anderen seiner Gefährten, ehe er von ihnen schied, und kehrte in raschem Ritt zum König und dem wartenden Gefolge zurück. Der König nahm ihn beim Kinn, schaute ihm ins Gesicht und sah, daß es untadelig und von edelster Art war.

Als die Jagdgesellschaft in Camalot einritt, eilten viele Menschen herbei, umstanden den Zug und wollten den neuen Reiter sehen. Sie umdrängten ihn derart, daß man kaum einen Fuß zur Erde setzen konnte, und redeten untereinander, dies sei der schönste Jüngling, der ihnen je vor Augen gekommen. Der König gab ihn in Ywains Obhut, der sollte ihn mit sich in die Herberge nehmen.

Unterdessen brachte Kai, der Seneschall, Merlins Wildenten den Köchen, damit sie sie rupften und brieten.

Als alle an König Artus' Tafel beieinandersaßen, sagte Kai, der Seneschall, dessen Zunge rascher war als seine Gedanken: «Habt Ihr das gaffende Volk gesehen, wie es den Knaben umdrängte, der nichts hat als ein Gesicht wie Milch und Blut und noch nicht eine einzige lobenswerte Waffentat vollbrachte? Glaubt mir, als ich so jung war wie jener, da war ich auch nicht übel anzuschauen!»

Die andern lachten, und einer sagte: «Kai, daß Du schön warst, das hat Dir gewiß nur Deine Amme vorgesungen!»

Da wünschte Kai, er könnte die Worte, die seinem Munde entschlüpft waren, zurückholen, denn das rasche Schwatzen hatte er von seiner Amme, die ihn genährt, und nicht von seiner eigenen Mutter, Antors Frau, die von feiner Denkart war. Er sagte auch nichts aus böser Absicht, aber es war seine Angewohnheit zu reden, noch ehe er gedacht hatte. Seine Gefährten, die seine Gesellschaft wohl schätzten, spotteten oft darüber.

Als dann Lukan und Girflet die gebratenen Wildenten auftrugen, verriet Kai den Rittern, daß es Merlin gewesen, der sie am Fluß von Camalot gejagt. Darüber wurden die Ritter so fröhlich, daß man ihr Lachen im ganzen Schlosse hören konnte.

Unterdessen saß Ywain mit seinem Schützling in der Herberge am Eichentisch und sprach zu ihm von mancherlei. Aber der Fremdling sagte bald: «Herr Ywain, Ihr sollt mein Fürsprech sein und mir helfen, daß König Artus mich noch diesen Sankt Johannistag zum Ritter macht!»

Herrn Ywain wollte die Eile zuerst nicht gefallen, doch redeten sie noch lange miteinander, denn es war lange hell an diesem Abend, und sie brauchten keine Kerzen.

«Sagt», fragte der Junge, «ist es wahr, was man von König Artus erzählt? Daß er den Riesen Frollo überwand und daß der Drache aus seinem Banner Feuerfunken in die Luft speit, daß Merlin für ihn Brände und Stürme entfacht? Und hat König Artus in der Sachsenschlacht von Carmelide mit seinem Schwert Escalibor so viele getroffen, daß man den Erschlagenen wie einer Spur folgen konnte, einen ganzen Tag lang, ohne nach dem Weg zu fragen?»

«Das will ich meinen», sagte Ywain darauf, «ja, in der Sachsenschlacht von Carmelide – da war das Getümmel so dicht, daß, wenn Ihr einen Handschuh in die Luft geworfen hättet, er nicht auf die Erde gefallen wäre.»

«Und ist es wahr, daß der König so lange auf Carohais in Carmelide geweilt, weil Leodegans Tochter so schön war?»

«Was Wunder?» sagte Ritter Ywain da und trank von dem Beerenwein, «die Königin war das schönste Mädchen, das ich je in meinem Leben gesehen habe!»

«Wie kam es, daß Ihr die Königin saht? Und wann geschah es zum erstenmal?» fragte neugierig der Knabe. Ywain erzählte, wie sie nach der Schlacht, in der König Artus Leodegan befreit hatte, in Carohais einzogen, und wie Leodegan seine

Tochter gerufen und Ginevra gekommen war, in ein schimmerndes Gewand gehüllt, ein silbernes Becken mit warmem Wasser vor sich hertragend, um, wie es die Sitte gebot, den Gästen zu dienen. «Doch zögerte sie, auch König Artus zögerte, den Liebesdienst anzunehmen; aber dann ließ er sich das Gesicht waschen und mit weichen Tüchern trocknen und sich den Mantel um die Schultern legen ...»

«Wie sah die Königin aus? Sprecht! Erzählt mir und seid nicht so sparsam mit Worten!» sagte der Knabe, und griff nach dem Becher, aus dem sie gemeinsam tranken.

«Wißt», sagte Ywain, «sie ist die schönste Frau der Bretagne bis auf den heutigen Tag! Ihr Antlitz ist von holdem Ebenmaß, die Stirn wie Elfenbein, die Wangen sind lieblich rot, die Lippen schwellend, der Hals ist weiß wie eine Schwanenfeder, und ihre Hände sind weißer als der neue Schnee. Sie ist überaus wohlgestaltet, ihre Hüften sind von zarter Biegung, und ihre Brüste jung und fest, wie Äpfel im Oktober!»

«Sagt», fragte der Junge in dieser Juninacht, «sagt, Ritter Ywain, wart Ihr bei der Hochzeit der Königin auch dabei?»

«O ja!» sagte Ywain, «doch wie vermöchte ich Euch all die Freude zu schildern, wie die Geschenke aufzählen, wie die Tafel und die silbernen Geräte beschreiben, die Fülle der Fleischarten, die Fische, den Wein – und dann das Turnier, in welchem die hundert Ritter der Tafelrunde und die Fürsten von Carmelide einander an Gewandtheit überboten?»

«Ich meine», sagte der Fremdling, «ich meine, wie sah die Königin aus, als König Artus sie empfing?»

«Sie erschien, das sag' ich Euch, in so reichem Gewand, wie es noch nie eine Königstochter getragen. Das Hochzeitskleid war mit purem Gold belegt und hochgegürtet mit perlenbesticktem Gürtel, und hatte eine Schleppe, viele Ellen lang! Fürsten und Barone geleiteten Ginevra zum Münster, voran schritt König Artus mit Leodegan, hinter ihm kam ich mit Ritter

Gawain; wir hielten uns an den Händen, und hinter uns gingen Gaheriet und Agrawain, nach ihnen kamen Guerrhet und Dodinel, dann folgten Loth und Kaherdin, und danach Kai, der Seneschall, und Karados von Estrangore, und dann kam König Ban, der die Braut geleitete. Hinter ihr schritten Girflet und Lukan, der Mundschenk, und danach kamen die Ritter der Tafelrunde und dann die jüngsten Ritter immer zu zwei und zwei, sich an den Händen haltend, danach kam des Königs Verwandtschaft, mit Gaimar, dem Vetter der Königin, dann die Barone des Landes Carmelide, dann die Edelfrauen und Bürger in langem, feierlichem Hochzeitszug.»

«Und die Königin?»

«Die Königin trug eine Krone voll der kostbarsten Edelsteine auf dem Haupt, und die Demanten leuchteten in ihrem Haar, sie war wunderbar anzusehen, das sag' ich Euch, wunderbar – die Herrin aller Herrinnen ...»

So redeten sie miteinander die halbe Nacht lang.

Tags darauf ritt der, der gestern noch in bretonisches Tuch gekleidet seinen Einzug gehalten hatte, in gleißender Ritterrüstung hinauf zur Burg, immer umringt von den Bewohnern der Stadt, die erst an die Fenster und dann auf die Straße gerannt kamen, Männer und Frauen. Als die Neuigkeit, daß er komme, sich in den Sälen und Kammern von Schloß Camalot verbreitete, eilten die Ritter, Damen und Fräulein herzu und sahen, wie er im Schloßhof vom Pferd sprang und, von Ywain geleitet, die Stufen zum Saal emporstieg. König Artus und Königin Ginevra kamen ihm entgegen, nahmen ihn bei den Händen und hießen ihn, sich auf einem breiten Schemel niederzulassen. Der König sah ihn an, und er schien ihm noch schöner als den Abend zuvor. Auch Ginevra sah ihn wohlgefällig an, während er nur verstohlen seine Augen auf sie zu richten wagte, denn er war beklommen vor soviel Schönheit, die alles, was er je gesehen, übertraf. Ginevra war für ihn von dem ersten Augenblick an das Kleinod unter den Frauen, aller Schönheit Aufgang, aller Güte Quell.

Die Königin fragte Herrn Ywain, welchen Namen sein Schützling trage. Aber Ywain wußte es nicht. Da wollte die Königin wissen, aus welchem Hause und Geschlecht er sei. Aber Ywain wußte es nicht, nur, daß er aus Gallien kam, von jenseits des Meeres, weil seine Sprache es verriet.

Da nahm die Königin den Fremdling bei der Hand und fragte ihn selber, wer er sei; als er aber ihre Hand in seiner Hand fühlte, sprang er auf, wie erwachend aus einem Traum, und begann so angestrengt nachzudenken, daß er kein Wort zu sagen vermochte. Sie erkannte seine Verwirrung und fragte ihn nochmals nach seinem Namen, worauf er sie mit strahlenden Augen ansah und stammelnd sagte, er wüßte es nicht. Da ahnte Ginevra, daß er ihretwegen sprachlos und sein Sinn ihretwegen verwirrt war, und damit die anderen sich keine Gedanken darüber machten, erhob sie sich und sagte, sie meine, der Junge sei recht schüchtern und noch nicht vertraut mit höfischer Art.

Als sich später König Artus und die Königin in den Gärten ergingen, die sich zum Fluß hinabsenkten, trat Ritter Ywain, der Waliser, vor sie hin und erbat des Königs Zusage, den Fremdling – gleich den anderen wartenden Junkern – schon am Sankt Johannistag zum Ritter zu schlagen. Der König willigte ein. Als es Abend wurde, brachte Ywain seinen Schützling zum Münster, denn es war Brauch, daß der künftige Ritter die Nacht vor dem Ritterschlag in der Kathedrale, die auf dem höchsten Hügel von Camalot erbaut war, wachend verbrachte; und so blieb der Knabe allein mit seinen Gedanken bis zum Morgengrauen in der von Kerzen erhellten heiligen Kirche.

Es war üblich, daß König Artus mit der Schar der Könige auf Sankt Johann, zum

lui .xvisme et contient .iiii. et traite comment

OR dit li contes que apres ce que me sires Gauvains et si compaingnon furent pris de moura grant piece li blans

15. August und auf Allerheiligen, an Weihnachten, Ostern und Pfingsten, wenn er Hof hielt und die erwählten Junker in den Ritterstand erhob, mit großem Gepränge zum Münster zog und dort, nach der Messe, den Junkern, einem nach dem andern, den Schlag mit der flachen Klinge auf den Nacken gab. Dann bat er Gott mit lauter Stimme, *Er* möge die wahre Ritterschaft verleihen, worauf er dem Ritter den rechten Sporn anlegte, während die Könige ihm halfen, den linken Sporn anzulegen. Dann gürtete sie der König selbst mit dem Schwert, einen nach dem andern, aber das geschah nicht im Münster, sondern im Rittersaal von Camalot. So hatten sie es Sagremor getan, der weit über das Meer gekommen war, so hatte er Pelles' Sohn und Perceval zu Rittern gemacht und seine Neffen Gawain und Gaheriet, Agrawain und Guerrhet.

Nachdem der Fremdling zum Ritter geschlagen war, zog man in langem, glänzendem Zug vom Münster zum Schloß Camalot. König Artus hatte in der Halle schon den ersten aus der Reihe der Junker mit dem Schwert gegürtet, da stürzte ein Bote herein. Von keinem Kastellan und keinem Herold aufgehalten, warf er sich vor König Artus nieder und bat um Hilfe bei der Befreiung von Douloureuse Garde, der Schrekkensburg im Norden des Landes. Mitten in der Bestürzung, die das Flehen des Boten hervorgerufen, warf sich der neue Ritter dem König zu Füßen und bat, daß er das Abenteuer wagen dürfe; sei er auch noch jung, so sei er im Waffenhandwerk dennoch geübt. König Artus hatte dem Jüngling schon so viel gewährt, daß er ihm auch diese Bitte nicht abschlug und ihn ziehen ließ.

Da stürzte der Junge hinaus, aber ein alter Mann vertrat ihm den Weg. Er trug eine braune, zerrissene Kutte aus grobem Tuch, die vorne viel länger als hinten war und mit einem Zipfel am Boden schleifte. Er hob den Kopf und sagte zu dem neuen Ritter:

«Herr, vergeßt das Wichtigste nicht!»

Dabei sah er den Jungen mit einem geschlossenen und einem offenen Auge an und blinzelte so, als ob er in die Sonne sehen müßte. Der Junge wollte mit der Hand nach dem Schwertgriff langen und bemerkte erst jetzt, daß der König ihn noch nicht mit dem Schwert gegürtet hatte; doch machte er, daß er an dem garstigen Alten vorbeikam, und dachte bei sich, er werde schon auf andere Weise zu seinem Schwert kommen. Beim Aufsitzen schaute er sich noch einmal um und sah die braune Gestalt noch immer an der Mauer von Camalot lehnen und in die Sonne blinzeln. Da gab er seinem Pferd die Sporen, ohne zu wissen, daß er noch einmal Merlin begegnet war.

In der Herberge schickte er sich hitzig an, Stück um Stück seiner Rüstung anzulegen, von der Beinschiene und dem Knieschutz bis zur Halsberge, als ihm plötzlich etwas einfiel und er rief:

«Herr Ywain! Herr Ywain! Ich habe das Wichtigste vergessen, denn ich vergaß, die

Königin um Urlaub zu bitten!» Und er hieß Ywain mit seinen Knappen vorauszusprengen und da, wo der Weg in den Wald mündet, auf ihn zu warten, während er selbst noch einmal zurückkehrte ins Schloß, an den Kammerfrauen vorbei zu Ginevra eilte und diesmal mit gebeugtem Knie und keineswegs stumm die Königin bat, sich ihr Ritter nennen und als ihr Ritter kämpfen zu dürfen. Während sie nickte, ihn aufhob und ihm die Hand reichte, sagte sie: «Lebt wohl, mein Freund!» und wunderte sich im stillen, daß er sie so rasch verlassen und auf Abenteuer ziehen wollte.

Draußen am Waldrand wartete Ywain mit den Seinen lange Zeit vergeblich. Sein Schützling kam nicht mehr, er war allein davongeritten, dem Abenteuer entgegen.

«Douloureuse Garde», die Schreckensburg, war auf einen Felsen gebaut, der vom Humber und einem zweiten Fluß, in welchen vierzig Quellen mündeten, umflossen war, und lag so hoch, daß man sie mit der Armbrust nicht beschießen konnte. Sie hatte ihren Namen davon, daß noch keiner, der je in sie eingedrungen war, ihre Mauern lebend verlassen hatte. Denn um die Burg lief ein doppelter Wall, und jeder hatte sein besonderes Tor; jeder fahrende Ritter, der Einlaß begehrte, mußte nacheinander gegen zehn Verteidiger der Tore kämpfen. Sobald ein Torhüter vom Kampf ermattet war, trat an seiner Stelle ein neuer Ritter mit frischen Kräften zum Kampf an, und versagte dieser, so trat der nächste auf den Plan, und so wechselten sie weiter, bis der fremde Ritter überwältigt und gefangen war.

Über dem Tor des zweiten Walles erhob sich – durch Zauber aufgerichtet – das kupferne Abbild eines riesigen Ritters, gewappnet zu Pferde sitzend und mit beiden Händen eine Streitaxt haltend. Wenn dereinst jener, so hieß es, der das Schloß erobern sollte, durch das erste Tor in den inneren Ring gelangt sei und des kupfernen Ritters ansichtig würde, dann müßte der zur Erde stürzen und aller Zauber von der Burg abfallen.

Als der junge Ritter in weißer Rüstung vor das Tor gelangte, war es schon spät am Abend. Der Hüter des verschlossenen Tores rief den Fremden an, was er noch wolle, worauf der weiße Ritter ärgerlich Einlaß begehrte. Da ertönte ein Horn, und ein Ritter in voller Rüstung, dem ein Streitroß nachgeführt wurde, erschien und forderte den Eindringling auf, vor den Turm zu kommen, wo der Platz eben und groß war, damit sie dort unten kämpften. Dem weißen Ritter war es recht, und er folgte dem anderen. Dann maßen sie ihre Kräfte mit großer Heftigkeit, bis dem weißen Ritter die Lanze zerbrach und sie mit schweren Schwertern aufeinander losstürmten, bis das Eisen des fahrenden Ritters dem anderen die Maschen des Panzerhemdes zerriß und in den Leib drang, so daß er aus dem Sattel fiel und tot zu Boden sank. Unsicher, ob sein Widersacher tot sei, sprang der weiße Ritter vom Pferd, riß dem Gegner den Helm vom Kopf und erschrak – doch da ertönte wieder das Horn, und ein neuer Ritter stellte sich dem Gegner zum Kampf, und der Fremde zog das Schwert aus der Brust des Gefallenen und brachte den zweiten Ritter über die Kruppe des Pferdes kopfüber zu Fall. Schon wurde wieder ins Horn gestoßen, und der dritte, vollauf gerüstete Ritter berannte mit vorgehaltenem Schild den Fremden. Sie versetzten einander die schwersten Schläge, so lange, bis der Fremde den Burgritter so hart zu Boden brachte, daß der sich aus Furcht vor dem Tode ergab. Noch während er mit dem Schwert ein Zeichen machte, ertönte wiederum das Horn, und der vierte Ritter erschien mit großem Aufzug, Douloureuse Garde zu verteidigen. Aber noch verließ den weißen Ritter nicht die Kraft, und sich mit dem Schilde schützend, bedrängte er den anderen Ritter derart, daß der fünfte Ritter brüllte:

«Kommt! Laßt jenen los, denn ich bin da an seiner Statt!»

Da schrie der Fremde laut:

«Kommt! Kommt alle! Mir gilt es gleich, wieviel Ihr seid, ich will Euch alle überwinden!»

Und er jagte die beiden Ritter samt ihrem Troß in den Humber, daß das Wasser schäumte.

Die Dämmerung war inzwischen eingebrochen, der Kampf ruhte, das Horn ertönte nicht mehr, aber die Pforten von Douloureuse Garde blieben verschlossen. Da vernahm der Fremdling eine Stimme, die sagte:

«Du bist müde! Komm! Folge mir!» Im Dunkel sah er eine helle Gestalt, und er fragte: «Wohin?» Die Stimme, die er zu kennen meinte, antwortete: «Dorthin, wohin ich Dich führen werde!»

Da ging er der weißen Frau nach bis zu

dem Dorf am Fuße des Burgfelsens. Sie zeigte nach einer Herberge und wies ihn an, in eine Kammer hinaufzusteigen und sich dort zu entwappnen. Als er in die Kammer kam, fand er, hoch aufgehängt, drei silberne Schilde; alle zeigten blutrote schräge Balken, der erste einen, der zweite zwei und der dritte drei.

Als er verwundert die fremden Schilde betrachtete, trat aus dem erleuchteten Nebengemach die weiße Gestalt herein, die ihn hergeführt hatte. Er streckte die Arme nach ihr aus, ohne sie zu berühren, und hörte ihre Stimme – die Stimme der Viviane vom See – zu ihm sagen: «Ich werde sorgen, daß morgen früh die Schilde auf dem Kampfplatz sind, und sieh Dich vor, daß Du Deiner Jugend nicht allzuviel zutraust! Nimm vielmehr, wenn Deine Kraft nachläßt, den Schild mit dem einen roten Band, und Du wirst die gleiche Kraft Deines Widersachers haben. Erlahmst Du dennoch, so nimm den zweiten Schild, und Du wirst mit der Stärke zweier Ritter kämpfen, mit dem dritten Schild wirst Du die Kraft dreier Ritter haben. Morgen abend, wenn es Vesper läutet, wirst Du Herr sein über Douloureuse Garde.»

Damit verschwand die Erscheinung und ließ den Ritter im Dunkeln.

Und es ist wahr: anderntags stach und hieb der weiße Reiter auf die Wächter der Schreckensburg derart ein, daß ihnen die Schläge furchtbar zusetzten; er aber, geschützt von den silbernen Schilden, verspürte die Gewalt der Streiche nicht mehr und auch nicht die Schmerzen der Wunden, denn er hatte deren dreizehn empfangen. Der Herr von Douloureuse Garde aber lag oben auf der Mauer und sah – vor Entsetzen außer sich – in das Getümmel. Mit einemmal gab es ein furchtbares Getöse, und als der weiße Ritter hinaufsah, geschah, was er zu sehen kaum mehr hoffte: das Tor zum zweiten Wall brach auf, doch drinnen standen – zum Kampf schon bereit – die zehn Wächter des zweiten Tores. Sein Helm war in Stücke geschlagen, sein Zauberschild durchbohrt; da reichte ihm sein Knappe den dritten Schild, den mit den drei roten Balken, und als er durchs Tor ritt, erblickte er den kupfernen Ritter riesenhaft und wunderbar; in demselben Augenblick – es war um die Mittagszeit – stürzte das Standbild, so hoch, wie es war, herab und begrub unter sich einen der Verteidiger mitsamt seinem Pferd, worauf die Hüter von Douloureuse Garde schreiend entflohen und der Herr der Burg davonritt, so schnell, wie sein Pferd ihn tragen konnte.

Der weiße Ritter wurde von einer Menge Volks umringt, das sich nicht fassen konnte vor Erstaunen. Darauf führten sie ihn zum Friedhof, der von einer enggezinnten Mauer umschlossen war, und auf den Zinnen steckten die Schädel und Helme derer, die in dem Abenteuer umgekommen waren. In der Mitte des Friedhofs aber lag ein Grab, von einer prächtigen Platte bedeckt, welche goldgefaßte Edelsteine trug. Darauf stand zu lesen, daß keiner sie zu heben vermöge, außer dem Befreier von Douloureuse Garde.

Da faßte der weiße Ritter den schweren Stein, an dem noch niemand zu rütteln vermocht, prüfte, ob er fest im Erdreich sei, ergriff ihn, ohne List und ohne Gewalt, und hob ihn über seinen Kopf empor. So hielt er ihn, bis er die Buchstaben, die darunter standen, gelesen hatte:

HIER SOLL EINST
LANCELOT VOM SEE LIEGEN
DER SOHN DES
KÖNIGS BAN VON BENOIC
UND SEINER FRAU
ELAINE

Lancelot legte den Stein an seinen alten Platz zurück; und nun wußte er, daß er seinen Namen gefunden hatte.

In Douloureuse Garde aber war keine Glocke, die man nicht geläutet hätte, und die Frauen begannen im Reigen zu tanzen und zu singen.

In Camalot hatte die Königin Ginevra Gäste aus ihrer Verwandtschaft empfangen, darunter ihren Vetter Gaimar, welcher des Königs Artus Schwester, Morgane, mit seiner Liebe verfolgte. Auch Morgane, die nach Ginevras Hochzeit nur noch selten an König Artus' Hof kam, befand sich unter den Gästen. Sie war der Königin seit deren Heirat nicht mehr sonderlich zugetan. Nun aber hatte sie ihren ganzen Zorn auf sie geworfen und fühlte nur noch Haß für die, der sie ihre ganze Liebe hätte schenken sollen. Während der Tage nämlich, da Lancelot Douloureuse Garde eroberte, saß Morgane in der Kleiderkammer, die unten in Schloß Camalot, nahe den Gesindestuben, gelegen war, und teilte mit ihren schönen Händen goldene Fäden, denn sie wollte eine Haube daraus fertigen für Artus' andere Schwester, Belisant, die Frau des Loth von Orcanie. Morgane hatte nicht nur die geschicktesten Hände zum Spinnen und Wirken, sie war, seit Merlin sie darin unterrichtet hatte, nicht nur vieler wundersamer Dinge kundig, sie besaß auch die Gabe sanfter Beredsamkeit. Sie sprach wohlgesetzt, gewinnend und mit holden Lauten. In ihrer Jugend war sie reizend anzusehen; ihr Gesicht war braun und von kindlicher Rundung, und ihre Glieder schienen wie aus Elfenbein gedrechselt. Sie war immer heiter und lachte viel, ihr Mund redete und sang und lud zum Küssen ein, denn Morgane war die heißblütigste Frau in der Bretagne.

Als Gaimar in die Kammer trat, wo Morgane mit ihren goldenen Fäden saß, erwiderte sie seinen Gruß auf beredte Weise und lud ihn zum Sitzen ein, und er setzte sich neben sie und half ihr, die Goldfäden zu teilen. ‹Er ist schön›, dachte Morgane für sich, und sah wohlgefällig auf sein blondes, lockiges Haar und seine prächtige Gestalt. Er spürte wohl, daß sein Anblick ihr erfreulich war, und lächelte und machte sie reden über mancherlei. Sie gefiel ihm über die Maßen, und alles, was sie sagte oder tat, verschönte ihm die Welt. Sie sprach viel und scherzte, bis er sie um ihre Liebe bat. Sie empfing seine Bitten mit soviel Neigung, die nichts mehr zu verweigern schien, was immer er fordern würde. Als er inne ward, daß sie gerne dulden würde, wonach er brannte, begann er das übliche Spiel zu treiben, sie zu umarmen und sie erst sanft, dann heißer zu küssen, bis sie einander so heftig begehrten, daß sie sich auf ein schmales Lager warfen und taten, was ihre Herzen verlangten. Als sie einander empfangen und ruhen wollten von ihrer Liebe, da wurde die Tür geöffnet, und Ginevra stand vor den Überraschten. Sie schalt Morgane und machte ihr die bittersten Vorwürfe wegen ihrer Zuchtlosigkeit – und das vergaß Morgane ihr nie.

Unterdessen war ein Bote angekommen; er stand oben in der Halle und brachte die Nachricht, daß Lancelot Douloureuse Garde befreit habe. Der König konnte es ihm zuerst nicht glauben und fragte: «Wie ist es möglich, daß einer das vollbringt?»

Aber der Bote antwortete: «Herr, es ist

wahr, ich habe ihn mit eigenen Augen gesehen, als er in die Burg einzog.»

Da der König dennoch zweifelte, rief der Bote: «Herr, laßt mich hängen, wenn ich gelogen habe!»

Damit stürzte er hinaus, um die Neuigkeit der Königin zu überbringen. Vor Ginevra pries er die großen Waffentaten, die der junge Ritter in seiner weißen Rüstung vollbracht, beschrieb die Lanzenstiche und Schwertstreiche, die er ausgeteilt hatte, und erzählte von dem Wunder der silbernen Schilde. Da zeigte sich die Königin hocherfreut und übergab ihm ein herrliches Schwert mit gleißender Klinge und reichverziertem Knauf, das sollte er Lancelot bringen. Der Bote ritt, hochbelohnt und mit dem Botenbrot versehen, eilends gen Norden, um Ritter Lancelot das Schwert der Königin zu bringen.

Am nämlichen Tag brach Lancelot vom Kloster Tombe Lucan auf, wo er genächtigt hatte, ließ seine Gefährten und Reisigen dort zurück und ritt, die Morgenkühle nützend, allein davon. Es war hoher Sommer, die Woche um Mitte August – es hieß, es sei an einem Samstag gewesen –, als Lancelot ganz in Gedanken verloren dahinritt, ohne recht auf seinen Weg zu achten. Nur als er an einer hölzernen Schutzburg vorbeikam und in der Mittagsstille ein Mädchen mit lieblicher Stimme singen hörte, merkte er einen Augenblick auf. Bald aber hing er wieder so sehr seinen Träumen nach, daß er von der Straße abkam und auf einen Seitenpfad geriet. Erst als ihm ein Ast ins Gesicht schlug, erwachte er aus seinen Träumen und lenkte sein Pferd aus dem Walde hinaus, in den es sich verirrt hatte. Nach geraumer Weile ließ er ihm aber wiederum die Zügel und ritt so den ganzen Tag durch das heiße, von der Sonne ausgedörrte Land, bis er an einen großen Bruch gelangte, der so ausgetrocknet war, daß der

Boden ganz von Spalten und Gräben durchzogen schien. Es war schon gegen Abend, in der Dämmerung des langen Tages, den er, ohne zu rasten, unterwegs gewesen. Sein Pferd war erschöpft, es stolperte und stürzte so schwer, daß sein Reiter kopfüber in den Graben fiel. Er fühlte sich verletzt und konnte nur mit Mühe wieder in den Sattel kommen. Dann ritt er unter Schmerzen fort, bis er, als es schon dunkelte, auf einen Mönch traf, der ihn um der Barmherzigkeit willen zu einem nahen Hause brachte, wo er Pflege fand.

«Hört auf mich», sagte dort der fromme Bruder, «folgt meinem Rat und reitet nie mehr samstags nach der Non, sonst widerfährt Euch mehr Unglück als Glück.»

Lancelot fand wenig Ruhe in dieser Nacht, und einmal war ihm, als stünde die Königin an seinem Lager und neige sich über ihn.

In der gleichen Nacht träumte auch König Artus, aber er hatte einen schweren Traum, denn ihm träumte, ihm fielen alle Haare aus und die Finger fielen ihm ab von seinen Händen. Darüber erschrak er sehr und berichtete den Traum einem Bischof; der wollte ihn beruhigen und sagte: «Herr, kehrt Euch nicht daran! Träume sind Schäume!»

Darauf erzählte er seinen Traum der Königin, und Ginevra sagte: «Ach, macht Euch nichts daraus, Träume sind Schäume!»

Da rief er seine Gelehrten und Astrologen herbei, und als auch die den Traum nicht deuten wollten, klagte er und rief: «Wo ist nur Merlin geblieben? Heute würde ich ihn erkennen, und käme er als Wilddieb verkleidet daher oder als alter, gebrechlicher Mann! Er würde mir raten und sagen, was der schlimme Traum bedeutet!»

Aber Merlin kam nicht mehr. Auch saß er nicht mehr wie früher dort, wo er seine Freundin Viviane zuerst erblickt hatte, an jener Quelle, die seitdem hell wie ein Spiegel geblieben und deren Sand schimmerte wie feinstes Silber. Längst liebte es Viviane, bald da, bald dort ein Rinnsal in einen See zu verwandeln, und übte selbst nun die zaubrischen Künste für sich, die Merlin sie in seiner Verblendung gelehrt. «Eines noch lehre mich, Merlin», bat sie ihn eines Abends, «wie man Menschen einschläfert, daß sie mit Wonne ruhen; wie man sie gefangen hält, daß sie ihre Gefangenschaft lieben, Merlin!» Der Zauberer lehrte Viviane alles, was er wußte, denn er hoffte, sie würde ihn dafür mit wunderbarer Liebe belohnen, wie einst oberhalb der silberhellen Quelle, in der er zuerst ihr Bild gesehen hatte. So kam der Seher lange Zeit nicht mehr nach Carduel und nicht nach Camalot.

Nun ließ der König die Gelehrten und Traumdeuter von weither zusammenrufen; es kamen ihrer zehn in vielen Tagereisen, darunter einer aus Oxford, einer aus Köln, der festen Stadt am Rhein, und einer aus Toulouse. Der König ließ ihnen neun Tage Zeit und hielt sie wie Gefangene. Sie fürchteten sich aber, ihm die Wahrheit zu sagen. Da gewährte er ihnen einen Aufschub von drei Tagen. Als er sie danach vor sich befahl, schüttelten sie wiederum ihre Köpfe und sagten: «Herr, wir können an Eurem Traum nichts finden!»

«Hört!» sagte jetzt der König, «ich will Euch noch einmal einen Aufschub von drei Tagen geben, und findet Ihr auch dann nichts an meinem Traum, so seid Ihr des Todes!»

Als sie aber am Ende des dritten Tages noch immer schwiegen, drohte ihnen König Artus, er werde fünf von ihnen hängen lassen und fünf verbrennen. Während er nun die einen das Feuer sehen, die anderen den Strick um den Hals fühlen ließ, rief der aus Toulouse: «Wißt, Herr! Ihr werdet alle Ehre, die Ihr auf Erden habt, verlieren, und diejenigen, denen Ihr am meisten vertraut, werden Euch die größte Schande antun! Das ist Euch so bestimmt.»

«Schlimmeres hättet Ihr mir nicht künden können!» sagte da König Artus. «Aber gibt es denn kein Mittel, mich vor Unehre und Schande zu retten? Wißt Ihr mir keines zu nennen?» – «Doch», sagte da der Traumdeuter aus Toulouse, «aber es scheint mir so töricht, daß ich es nicht auszusprechen wage: denn Ihr seid verloren, wenn Euch nicht der Löwe im Wasser rettet, der Arzt ohne Arznei, durch den Rat der Blume.»

Da gab sich der König mit der Rätselrede zufrieden und fragte Gawain und Kai, den Schwätzer, ob sie mit ihm reiten wollten, und wer sonst noch Lust habe, ihn zu begleiten, und so ritten sie hinaus in den Wald von Camalot.

Längst war Lancelot von seinem Sturz genesen und durchzog wieder das Land auf Suche nach Abenteuern. Manche sagen, es sei ihm schon in jener Zeit gelungen, die Schwerterbrücke zu überqueren, andere sahen ihn wilde Tiere erlegen. Einmal gelangte er zu einer Furt, die nach der Königin Ginevra hieß, seitdem Kai, der Seneschall, die Königin durch das Wasser getragen, als sie König Artus auf seinem Zug nach Dover und zur kleinen Bretagne folgen wollte. Hier stieg Lancelot vom Pferd, nahm ihm das Zaumzeug ab und ließ es grasen, während er selbst sich dort niederlegte, wo das Gras noch hoch war und von den letzten Wiesenblumen duftete. Während er lag und sann, tauchte auf der anderen Seite der Furt ein Reiter auf und trieb sein Pferd über die seichte Stelle, daß das brackige Wasser zu beiden Seiten hoch aufspritzte und Lancelot aus seinen Gedanken aufschreckte.

«Herr», rief er, «Ihr ärgert mich! Ihr beschmutzt meine Waffen und schreckt mich aus meinen Gedanken auf!»

«Ach, was scheren mich Eure Gedanken!» rief höhnisch der Fremde und gab seinem Pferde die Sporen.

Lancelot konnte es nicht lassen, an Camalot zu denken und über die Königin nachzusinnen, denn es trieb ihn sehr, sie zu sehen. Obwohl er der Frau vom See versprochen hatte, nie lange an einem Ort zu verweilen, ritt er nach Carduel, wo er König Artus und seinen Hof vermutete. Doch als er die Königin dort nicht fand, ritt er nach Camalot, wo er hoffte, auf Allerheiligen den Hof versammelt zu finden.

Als er aber die Stadt, die schön auf einem Hügel gelegen war, von weitem erblickte, die Türme von Schloß Camalot und die des hohen Münsters sah, da ritt er gemächlich dahin, weil er einzig der Erinnerung nachhing an den Tag, da er dort vor den Augen der Königin zum Ritter erhoben worden war. Dabei holte ihn ein Ritter von des Königs Tafelrunde ein, und da er Gawain glich, erriet Lancelot, daß er dessen Bruder Agrawains Weg gekreuzt hatte. Als er grüßte, glaubte Lancelot die Stimme jenes Ritters zu erkennen, der gesagt hatte: «Was scheren mich Eure Gedanken?»

Nachdem sie einander über ihren Weg befragt, meinte der Artusritter, dies sei gerade die rechte Zeit, der Königin zu begegnen.

«Welcher Königin?» fragte Lancelot.

«Des Königs Artus Frau!» rief da Agrawain und sprengte voraus, ohne sich mehr umzusehen, ob Lancelot ihm nachkomme; ja, er ritt so lange allein, bis er in den Bereich des Schlosses gelangte, das, wie alle Burgen des Königs, von einem breiten Wasser umflossen war. Während Lancelot, in Gedanken verloren, zurückblieb, sah Agrawain über das Wasser hinweg zum Hause des Königs und konnte am Fenster eines kleinen Erkers eine Dame stehen sehen, auf die Brüstung gestützt, so, als wäre sie müde, einen dunklen Überwurf eng um sich gezogen, denn es war schon kalt. Als sie den Reiter kommen sah, schlug sie den Mantel leicht zurück und wartete, bis er sprach. Da hielt Agrawain sein Pferd am Ufer an und rief bittend zu ihr hinüber:

«Wenn Ihr die Königin seid, so sagt es mir wohl! Denn wärt Ihr's auch nicht, so gleicht Ihr der Gemahlin von König Artus doch aufs Haar!»

«Ja, sicher, Herr! Ich bin's. Aber warum fragt Ihr?» sagte Ginevra.

«Herrin, ich frage Euch um eines Ritters willen, der der unseligste von allen Rittern ist!»

«Wer ist der? Seid Ihr's am Ende selbst?»

«Nein, Herrin! Nicht ich. Ein anderer.»

Er gab seinem Pferd die Sporen und ritt in Richtung auf den Wald davon. Die Königin Ginevra aber sah, daß er einen anderen Pfad nahm als den, auf welchem König Artus in der Frühe mit den Seinen zur Jagd geritten war.

Es dauerte nicht lange, da kam Lancelot bedächtig über die Wiesen den Fluß entlanggeritten, nach dem Begleiter Ausschau haltend. Aber der war verschwunden. Lancelot konnte am Wasser nur einige Weiber entdecken, die dort knieten und Hemden und Linnen wuschen. Er fragte sie, ob sie einen Ritter hätten vorbeikommen sehen. Aber sie hatten niemanden bemerkt.

Als die Königin sah, daß der Fremde, der in voller Rüstung daherkam, keinen Bescheid erhielt, rief sie ihn an: «Hört! Ich habe den gesehen, den Ihr sucht! Er reitet dort drüben auf den Wald zu!»

Da hob Lancelot den Kopf und sah die Königin am Erker ihres Gemachs und erkannte sie an der Stimme und rief zurück: «Wahrhaftig? Und wohin ist er geritten?»

Sie zeigte ihm mit der Hand die Richtung an. «Beeilt Euch! Reitet zu! Denn es ist schon eine Weile her!»

Da gab Lancelot seinem Pferd die Sporen und ritt eilends davon, wie sie ihn geheißen; aber er konnte nicht anders, er mußte zurückschauen und der Königin ins Antlitz sehen. Er vermochte es nicht, den Blick von ihr zu wenden, währenddem sein Pferd, das den Zügel nicht spürte und durstig war, mit ihm geradewegs ins Wasser trabte. Der Fluß war breit vom Regen der Jahrzeit, denn es ging zum Winter, und die Sonne

war weit weg, und das Wasser tief und kalt, wie es um Allerheiligen zu sein pflegt. Lancelots Augen sahen nur die Königin, und das Wasser schlug gegen die Mauern des

Hauses, in dem Ginevra wohnte. Sein Pferd war bis zur Mauer geschwommen, konnte nun nicht mehr weiter, kehrte wieder um und schwamm so lange, bis es kraftlos und matt wurde. Der Reiter war schwer, und das Pferd verlor langsam den Atem und sank immer tiefer ins Wasser. Lancelot blieb darauf sitzen, und obwohl das Wasser ihm bis an die Schultern reichte, machte er keinerlei Anstrengungen, herauszukommen. Als aber die Königin ihn in solcher Gefahr sah, rief sie laut:

«Heilige Maria! Zu Hilfe! Hilfe!»

Da kam Ritter Ywain herbei, in schweren Lederhosen, den Bogen um die Schulter gehängt, denn er wollte in den Wald reiten. Er hatte die Zeit verschlafen und war zu spät gekommen, um den König zur Jagd zu begleiten. Jetzt hörte er die Königin rufen: «Mein Gott! Herr Ywain! Seht dort! Im Wasser! Ein Ritter! Er ist am Ertrinken! Sein Pferd sinkt schon unter!»

Als Herr Ywain den Ritter in solcher Gefahr sah, rannte er hinaus, stürzte hinunter ans Wasser und warf sich bis an den Hals hinein. Lancelots Pferd war todmatt und konnte sich nicht mehr helfen, und über Lancelots Helm spülte das Wasser hinweg. Herr Ywain ergriff das Pferd beim Zaum und riß es mit Gewalt ans Ufer. Dann fragte er den Ritter, von dem das Wasser in Bächen herablief:

«Wer seid Ihr, und wie kommt Ihr in den Burggraben, Herr?»

Und Lancelot sagte: «Ich bin ein Ritter und tränkte mein Pferd in diesem Fluß!»

«Ihr hättet ihm leicht zuviel zu trinken gegeben und hättet Euch beinahe selbst ertränkt, Herr!»

«Ach», sagte da Lancelot, «ich war im Begriff, einem Ritter zu folgen – und nun will ich ihm nach!»

Ywain erkannte seinen Schützling nicht, denn er trug nicht seinen Schild mit dem Löwen im Wappen, als er aus dem Wasser kam, sondern einen alten Schild, der geschwärzt war von Rauch. Doch nahm ihn

Ywain bei der Hand und führte ihn bis zu der Furt, damit er dort hinübergelangte. Aber Lancelot begann wieder die Königin anzustaunen und vermochte den Blick nicht von ihr zu wenden; aber sein Pferd trug ihn diesmal flußabwärts davon.

Er war noch keine zwei Meilen weit geritten, als er Dagobert, dem Einfältigen, begegnete; der rief ihn an und fragte, wohin er wolle. Aber Lancelot ritt so in Gedanken dahin, daß er ihm nicht antwortete und Dagobert sein Pferd ergreifen konnte. Lancelot wehrte es ihm nicht, worauf Dagobert ihn wie einen Gefangenen am Zügel seines Rosses zurückbrachte nach Camalot, woher er gekommen war.

Unterdessen war Ywain zur Königin geeilt, und sie sprachen von dem Ritter, der ohne Ywains Hilfe gewiß ertrunken wäre. «Und es wäre jammerschade um ihn gewesen, denn er ist ein so schöner Ritter!» sagte die Königin. «Aber wunderlich war er! Wollte er doch einem Ritter folgen und reitet ins Wasser!» Während sie noch sprachen, sahen sie Dagobert, den Einfältigen, zusammen mit dem geretteten Ritter auf die Furt zuhalten.

Ritter und Knappen, Fräulein und Kammerfrauen, die inzwischen von dem Vorfall gehört hatten, kamen nun in der Halle zusammen, begierig, den Einzug des Toren und seines Gefangenen zu sehen und Dagoberts törichte Geschichte zu hören. Er war nämlich der feigste Mann unter der Sonne, kehrte aber niemals von einem Abenteuer heim, ohne von seinen Heldentaten zu schwatzen; und wahrhaftig begann er auch gleich zu prahlen und ein großes Abenteuer zu erfinden, bei dem er den Ritter zu seinem Gefangenen gemacht habe. Die Ritter und Knappen und Hoffräulein lachten laut, und Ginevra lachte, daß man ihre weißen Zähne sah. Dabei betrachtete sie staunend den Ritter, der an Leib und Gliedern so wohlgestaltet war wie kein anderer.

«Dagobert», sagte sie, «wißt Ihr wenigstens, wen Ihr da gefangen habt?»

«Bei Gott! Das weiß ich nicht», sagte da

Cõment li plemens fu p̃s du Roi ban & du Roi Claudas chascuns li tierch & li

der Tor, «denn er hat kein Wort mit mir gesprochen!»

Währenddessen hielt der Ritter noch immer seine Lanze aufrecht in der Hand; erst als er die Königin sprechen hörte, hob er den Kopf und blickte sie mit seinen hellen Augen an und vergaß alles andere um sich her. Dabei lockerte sich sein Griff vom Lanzenschaft, und die Lanze entglitt seiner Hand und fiel mit der eisernen Spitze in den seidenen Überwurf der Königin und zerriß Ginevra das Gewand. Sie sah Lancelot an mit ihren blanken Augen und sagte leise zu Ywain: «Führt mich hinaus!»

In dieser Nacht sagte König Artus zu Ginevra: «Sie sagen, Lancelot vom See sei zurückgekehrt. Habt Ihr ihn schon gesehen?»

«Lancelot?» fragte die Königin. «Nein!»

Lancelot vom See blieb heimlich in Camalot, wiewohl er versprochen hatte, nie lange an einem Ort zu verweilen. Er sah die Königin am Morgen und am Abend, immer von ferne. Oft bemerkte ihn Agrawain, wenn er ausritt in der Frühe, wie er unverwandt nach einem Fenster der Burg hinaufsah. Aber nur von der Stelle aus, wo Lancelot stand, konnte er ins Gemach der Königin sehen und den Glanz ihres blonden Haares gewahren, das ihr tief über die Schultern fiel. Wie Agrawain Lancelot so starren sah, fragte er ihn:

«Was starrst Du so?»

Lancelot gab keine Antwort, denn er hatte die Frage gar nicht gehört. Agrawain fragte noch einmal:

«Was Du dort siehst, will ich wissen!»

«Ich sehe, was mir gefällt! – Die Königin Ginevra!» sagte darauf Lancelot, ohne seine Blicke vom Fenster abzuwenden, worauf Agrawain ihm zurief:

«Merke Dir, es sind die höllischen Geister, die Dich die Königin sehen lassen!»

Da sah Lancelot ihn spöttisch an und ritt davon.

In Ginevras Gemach machte sich Lore von Carduel, die Kammerfrau, zu schaffen und sagte: «Wißt Ihr schon, Lancelot vom See ist wiedergekommen, und der König will ihn an der Tafelrunde sitzen lassen, sich selbst gegenüber, im Angesicht aller anderen Ritter!»

Ginevra sagte darauf: «Laßt mich heute allein über die Wiesen von Camalot gehen, mich verlangt danach, denn bald wird der Schnee dort liegen, und die Sonne nicht mehr durch den Nebel dringen.» Und ein feiner weißer Dunst stieg schon auf, als Ginevra über die Wiese zu den Hecken ging, in deren zerzausten Nestern kein Vogel mehr sang. Dort stand der, den sie suchte, und der, seit er zurückgekehrt, nichts anderes begehrte, als sie zu sehen. Er stand in der Dämmerung an der Hecke und wartete und erblaßte, als er sie grüßte. Ginevra nahm ihn bei der Hand: «Wißt Ihr, daß ich Euch gerne sehen wollte?» Und als sie das sagte, schien es Lancelot, als ob all die kahlen Sträucher leuchteten.

«Ich wollte endlich Euren Namen aus Eurem Munde hören, wenn es Euch gefällt. Denn Ihr seid doch der weiße Ritter, der Douloureuse Garde befreit hat?»

Kein Klang auf Erden, nicht der von Harfen oder Gamben, schien ihm so schön wie ihre Stimme.

«Ich bin's, bin Lancelot vom See! Bin Euer Ritter, dem Ihr das schönste aller Schwerter gesandt habt!»

«Doch habt Ihr einen verräucherten Schild getragen, als Ihr in den Fluß geraten seid; hättet Ihr den Löwen auf dem Schild gehabt, als Ihr aus dem Wasser kamt, ich hätte Euch sogleich erkannt!»

«Und dennoch wart Ihr mild und gütig mit dem Unbekannten!» Er sah sie an, und seine Augen lachten: «Herrin, ich habe, was ich tat, nur um Euretwillen getan! Wißt, Douloureuse Garde heißt nicht mehr so. Joyeuse Garde nennen es jetzt die Leute! – Um Euretwillen bin ich fast ertrunken, denn ich konnte doch nicht anders, als Euch ansehn! Sonst wart Ihr mir ja nur im Traum erschienen!»

Da wurde ihr Gesicht in der Dämmerung so weiß wie eine Vogelfeder, und ihr Mund, der rot wie eine Kirsche blieb, fragte: «Wie sehr liebst Du mich?»

Darauf sagte Lancelot: «Ich liebe Euch mehr als mich selbst und mehr als alles auf der Welt. Die Erde lebt nur, weil Ihr lebt. Ich lebe nur, weil ich Euch liebe.»

Und sie fragte: «Seit wann liebst Du mich?»

Und er sagte: «Von dem Augenblick an, da ich Euch zum erstenmal sah, seitdem ich Urlaub von Euch nahm und Euer Mund sagte: ‹Lebt wohl, mein Freund!› Denn Euer Mund hat nicht gelogen. Das Wort hat mich beschützt in allen Abenteuern und Gefahren, hat mich getröstet, wenn ich traurig war, hat mich gesättigt, wenn ich hungerte und reich gemacht in meiner Ärmlichkeit.»

Da hob ihm Ginevra ihr weißes Gesicht entgegen, und Lancelot küßte ihre Augen, ihre weißen Wangen und ihren roten Mund. Sie umfingen einander, wie junge Liebende es tun, und Ginevra wehrte sich nicht mehr und flüsterte seinen Namen, und Lancelot war es, als singe sie ihn mit leiser Stimme.

Erst in der Dämmerung gingen der Ritter und die Königin getrennt zum Schloß zurück. Drinnen waren die Säle hell von Fakkeln und von Kerzen erleuchtet. Als die Tücher über die Tische gebreitet waren und alle sich zum Mahle niedergelassen hatten, forderte König Artus Lancelot auf, das erste Gericht hereinzutragen, was eine große Ehre war und sonst nur dem Sieger im Turnier zukam. Nachdem er mit dem ersten Gericht aufgewartet, führte ihn Gawain an seinen Platz, dem König gegenüber, während auf silbernen Platten der Kopf eines Ebers und prächtig hergerichtete Fasane hereingetragen und von Lukan, dem Mundschenken, honigsüßer Wein kredenzt wurde. Darauf begannen sie lauter zu reden; zu allen sprach der König, und alle, die da am Tische saßen, sprachen mit ihm – nur Lancelot war schweigsam. Der König wollte ihm die Scham verscheuchen, ermunterte ihn und sagte:

«Seid mir beim Essen doch nicht so verdutzt! Ihr habt Euch bei den Waffentaten hervorgetan! Bedenkt, daß Ihr von allen Rittern hier beobachtet werdet; doch es gibt keinen unter ihnen, der sich über Euch erheben könnte!»

Da stieg Lancelot das Blut in den Kopf, und er wurde rot, und der König fragte ihn – denn er wußte von ihm nur, daß er Lancelot vom See hieß –, aus welchem Hause er stamme und in welchem Lande er aufgewachsen sei. Lancelot gab zur Antwort:

«Herr, ich bin im Lande Benoic geboren!»

«In Benoic?» fragte da der König, «in dem Land, das König Ban zu seinen Lebzeiten regierte?»

«Ich bin Bans Sohn», sagte Lancelot darauf.

Da sprach König Artus kein Wort mehr und sah ihn an, und jedermann, der am Tische saß, konnte sehen, wie sich des Königs Augen mit Tränen füllten, während er in tiefes Sinnen verfiel. Da stieß Kai, der Seneschall, den Ritter Gawain an und sagte:

«Wir dürfen den König nicht so traurigen Gedanken überlassen!»

«Wir dürfen ihn nicht aus seinem Nachsinnen reißen, denn er würde uns zürnen dafür», entgegnete Gawain darauf.

«Ich will Euch zeigen, wie man ihn weckt!» sagte da Kai. «Ihr bleibt hier und bewegt Euch nicht!» Kai selbst aber ging, holte sein Horn, das an einem Hirschgeweih hing, und legte es an den Mund und blies es so laut, daß der ganze Saal davon erzitterte. Da sprang der König auf und fragte, was geschehen sei.

«Nichts, Herr», sagte da Gawain, «aber Ihr solltet doch die, die an Euren Hof gekommen sind, ehren und ihnen Freude bereiten und nicht so Trauriges denken, daß Euch die Tränen über die Wangen laufen.»

Nach einer Weile hatte König Artus sich gefaßt und begann, während alle aufhorchten, zu erzählen:

«Wißt, ich mußte an vergangene Zeiten denken, als König Ban noch oft an meinem Hof geweilt. Wir hatten Rion von Dänemark besiegt und waren auf Schloß Carohais; ich hatte die Königin zum erstenmal erblickt und wäre gern in Carmelide geblieben. Doch kamen meine Späher aus der Kleinen Bretagne zurück und berichteten, Bans Land Benoic sei verwüstet. Claudas, der Herr von Ödland, hatte es verbrannt und ausgeplündert. So brachen wir von Carmelide auf, und als wir auszogen, hat Ginevra mich vor aller Augen zu einem neuen Ritter gemacht mit ihrem Kuß. Die Wiesen von Carmelide standen hoch im Halm, die Vögel sangen in den Bäumen, die Bäche flossen munter fort; es war die Jahreszeit, in der man leichter Krieg führt als gewöhnlich. Wir ritten auf dem kürzesten Weg hinunter zu dem Hafen von Dover und nahmen die Schiffe nach La Rochelle. Es war Dein erster Kriegszug, Gawain! Ich hatte Dir den Ritterschlag gegeben, und König Ban hat Dir den linken Sporn angelegt, und nun zogen wir aus, sein Land zu retten. Wir ritten, wie Merlin uns führte. ‹Reitet so, daß Ihr vor morgen abend in Trebes seid›, hatte Merlin geraten, ‹zweitausend Mann liegen im Wald von Briosque, und wenn Ihr mein Horn erschallen hört und einen großen Brand am Himmel seht, dann greift an!›

Während wir dahinzogen, konnte man die schönen Banner wehen sehen mit den großen Feldzeichen darin aus Silber und Gold. Als es Abend wurde, ritt Merlin mir einen Augenblick zur Seite und sagte: ‹In diesem Kampf sollt Ihr Euch des Kusses der Ginevra würdig zeigen. Schlagt Euch so, daß Ihr Ginevra immer teuer bleibt!›, und ich war mit solchem Mut zu kämpfen bereit, daß man zeit meines Lebens davon sprechen sollte.

Wir ritten im Schritt, eine Sturmreihe von der andern getrennt, und ich führte die Nachhut in dieser Nacht. Gegen Morgen kamen wir in ein Land, das ganz in Blüten lag. Es war am Ufer der Loire, das Buschwerk stand in hellem Grün, und das Gras war so hoch, daß die Pferde darin bis zum Bauche gingen. Dort machten wir halt und ruhten aus, aßen, tranken und schliefen und warteten bis zur Dämmerung des nächsten Tages. Als Merlins Horn erschallte und sein Flammenzeichen am Himmel erschien, ließ ich aufsitzen. Hoch zu Roß sprengten die reichen Vasallen daher, sie trugen schwere Faustlanzen mit schneidenden Eisen; bis an die Zähne waren sie gerüstet. Ihre Helme glänzten in der Sonne, während sie einer hinter dem anderen ritten, die Schilde wie eine Brustwehr vor sich haltend und gesonnen, sich gut zu schlagen. Bald sahen wir von fern die Feinde sich zur Schlacht ordnen und hörten ihre Pferde wiehern und die Hörner lärmen. Aber Merlins Horn ertönte, daß es den ganzen Fluß hinauf zu hören war und der Wald davon widerhallte, während aus einem riesigen Feuerball hoch in der Luft Blitze ins feindliche Heerlager fuhren. So großer Staub wurde beim Kampf aufgewühlt, daß die

Sonne sich verdunkelte. Als Kai Merlins Banner schwenkte, daß der Drache Feuer spie, erzitterten die Herzen der Feinde vor Furcht. Ban aber kämpfte, daß seine weiße Lanze rot wurde vom Blut der Erschlagenen. Zuletzt tötete er Claudas' Pferd, und schlug ihn, daß sein Helm zersprang. Aber er konnte sich wieder erheben, fand im Getümmel ein Pferd und entfloh mit dem Rest seiner Ritter.

Schloß Trebes und die vor Angst jammernden Frauen wurden gerettet. Ban hatte eine schöne, sanfte Frau, die mildherzige Elaine von Benoic, die aus dem Geschlecht des Joseph von Arimathia stammte – ihre Schwester war die Frau des alten Königs Bohort von Gannes.

Als in jener Nacht Ban heimkehrte zu Elaine, da erhellten die Kerzen lange alle Säle des Schlosses, aber das Balsamlicht in Elaines Gemach brannte bis zum Morgen.

Seht, dieses eine Mal konnte ich Ban zu Hilfe kommen. Viele Monate später geriet er ein zweites Mal in große Not, während ich selbst die Waliser bekriegte. Damals legte Claudas Feuer an Bans Festung Trebes, weil Ban nicht sein Vasall war, sondern mir die Lehenstreue hielt.»

König Artus hatte den Kopf gesenkt und eine Weile sinnend geschwiegen.

«Ban», fuhr er dann fort, «hat mir im Treffen von Caërlion gegen die aufständischen Barone sein Pferd gegeben, als sie mir das meine unter den Schenkeln fällten. Er und Bohort haben im Wald von Bedingran neben mir gekämpft und sind auf offenem Feld an meiner Seite geblieben, als die anderen flohen. Ban hat mir geholfen, Rions Schwert zu gewinnen, das Vulkan geschmiedet!

Als Claudas zum zweitenmal in Benoic einfiel und Trebes belagerte, da hatten Ban und Elaine ein Kind in der Wiege liegen. Ban erhielt von König Claudas eine Frist von vierzig Tagen, um auszuziehen und mich in Logres zu suchen, damit ich ihm zu Hilfe komme. Die Burg Trebes, die gut bestückt war und voller Pechfässer lag und von jungen Männern verteidigt wurde, ließ er im Schutze seines Seneschalls zurück und brach mit Elaine auf, mit einem kleinen Gefolge, wenigen, mit Schätzen beladenen Saumtieren und einem, das eine schwankende Wiege trug. Darin schlief sein Söhnchen, sein einziges Kind, Lancelot mit Namen. Keiner von dem kleinen Zug, der über die Fallbrücke ritt, sollte je wiederkehren. Denn als sie an die Gemarkung von Bans Land, Benoic, gelangt waren und der König allein von einem Hügel aus noch einmal Burg Trebes von ferne sehen wollte, da sah er, was seine Augen nicht glauben wollten: sein Schloß stand in Flammen. Sein Seneschall hatte ihn verraten und die Belagerer hatten Feuer an das Schloß gelegt. Das Feuer schlug so hoch und der Rauch war so schwarz, daß man es im Land eine halbe Tagereise weit sehen konnte.

König Ban hat den Anblick des Brandes nicht überlebt; der Kummer über den Verrat hatte ihm so sehr ans Herz gegriffen, daß es zu schlagen aufhörte und er sterbend zu Boden sank. Weil der König lange hatte auf sich warten lassen, war dann Elaine ebenfalls auf den Hügel gestiegen, um ihn zu suchen. Sie fand ihren Gemahl tot, am Boden liegend, drei Grashalme in seinem Munde. Darüber entsetzte sie sich derart, daß sie den Knaben Lancelot unten im Tale ganz vergaß. Als sie endlich von dort, wo König Ban sein Leben ausgehaucht, zurückkam, war ihr Kind verschwunden. Da brach die Königin in solches Wehklagen aus, daß der Wald davon widerhallte. Der Wiesengrund in ihrer Nähe ward mit einemmal in einen tiefblauen See verwandelt. Das Wasser rauschte auf, und die Königin gewahrte einen Augenblick lang die Gestalt einer Frau, die Lancelot in ihren Armen hielt. Das war die Frau vom See. Aber schon strömte das Wasser über sie hinweg, sie verschwand, und die schmerzensreiche Königin blieb weinend am Ufer zurück. Sie bat und flehte: ‹Gebt mir mein Kind zurück!›, aber die Wogen rauschten, glätteten sich, und nichts regte sich mehr.»

König Artus blickte auf und sah Lancelot an, der ihm sprachlos gegenübersaß.

Nachdem der Hof über Weihnachten in Camalot geblieben und sich an Ostern in Carduel in Wales versammelt hatte, wollte König Artus das Pfingstfest in London an der Themse begehen. So hieß er durch Boten seine Vasallen nach der größten Stadt seines Reiches kommen, und da die Stadt an der Grenze verschiedener Länder gelegen war, kamen nicht nur die nächsten Lehnsherren, sondern auch die Bewohner von Wales und Cornwall und vom fernen Schottland eilten herbei; ja, auch die Fürsten von Gallien und der Kleinen Bretagne kamen zu dem lieblichsten aller Feste mit so vielen Vasallen zur Stadt, daß es keinen Palast gab, der all die Menschen hätte fassen können. König Artus ließ darum auf den Wiesen, entlang der Themse, für die Gäste Zelte errichten, vor denen sie tagsüber schmausen konnten und die ihnen Obdach boten für die Nacht. So viele reiche Zelte waren aufgeschlagen worden, daß es aussah, als läge eine über die Maßen große buntfarbige Decke auf dem Feld und breite sich über eine Meile weit aus. Angelockt von der Pracht des königlichen Zeltlagers, kamen die Bürger aus der Stadt in hellen Scharen herbei, angetan mit ihren schönsten Kleidern, und da war keiner, der nicht willkommen war, für den es nicht Speise und Trank gab. Soviel Wildbret, Geflügel und Schafe wurden an Spießen gebraten, daß man den Duft davon weithin verspürte.

König Artus' Zelt konnte man von weitem erkennen, denn es war abseits von den anderen aufgeschlagen, am Ende der Wiesen, wo die großen Eichen standen, und vor allem, weil auf seiner Spitze ein Adler aus lauterem Gold glänzte.

Während sie draußen auf der Wiese zur Flöte ihre Reigen sprangen und sich auf vielerlei Arten erlustigten, saß König Artus drinnen im Zelt auf seinem Faltstuhl mit der elfenbeinernen Lehne und lauschte einem Harfenspieler, und keiner von den jungen Rittern wagte ein Wort zu sprechen, so sehr gefiel es dem König zuzuhören.

An diesem Pfingsttag hatte er manchen Junker zum Ritter geschlagen. Waren vordem Sagremor und Perceval, Lancelot und Tristan die berühmtesten unter den jungen Rittern gewesen, so waren diesmal die angesehensten Bohort und Lionel. Von Lionel hieß es, er hätte von Geburt an ein Löwenmal auf der Brust, und zu seinen Ehren trug der König fast das gleiche reiche Seidengewand, das den jungen Ritter zierte.

An jenem Pfingsttag erfuhren die Ritter der Tafelrunde, als sie beieinandersaßen, daß Bohort, Lionel und Lancelot vom See einander von Kindheit auf kannten, ja, daß sie verwandt waren, denn Lionel und Bohort waren die Söhne des Königs von Gannes, der einst das gleiche Unglück wie sein Bruder Ban von Benoic erlitten und wie jener durch Claudas von Ödland seines Landes beraubt worden war. Die Frau vom See aber hatte Lancelot, Lionel und Bohort miteinander aufgezogen.

«Lancelot», sagte Kai, «es geht die Rede, die Frau vom See habe Dich ins Wasser hinabgenommen, dorthin, wo es schwarz ist und tief, und Bohort und Lionel seien dort Deine Gespielen gewesen? Sag uns die Wahrheit!»

«Ich erinnere mich», sagte Lancelot leise, «wie ich ein Kind war und in den Armen der Frau vom See erwachte. Ich erinnere mich, daß sie blaue Kleider trug und einen weißen Schleier. Ihr Gesicht war immer wie von den Strahlen des Mondes beschienen. Und glaubt mir, der See, der das Waldtal erfüllte, war durch ihren Zauber hervorgebracht – es war ein Spiegeltrug der Luft. Wir lebten ja darin und atmeten. In Wahrheit wuchs ich in einem Schloß im Walde auf. Der Wald war voll von vielerlei Tieren und den kleinen Vögeln. Ich sah ihnen zu und belauschte sie lange, doch war ich immer allein, bis eines Tages die Frau vom See Euch brachte, Bohort und Lionel. Wir wurden Gespielen. Keiner von uns war mehr allein, und als wir älter wurden, bekamen wir den gleichen Hofmeister, der uns das Reiten und das Bogenschießen lehrte. Wir streiften durch den dichten Tann ...»

«Wir jagten über die Heide!» sagte Lionel.

«Wir sahen den Fischen zu, die in den Bächen sprangen», sagte Bohort.

«Wir sahen in der Luft dem Sperber nach», sagte Lionel.

«Und dem Adler, wie er ohne Flügelschlag kreiste», sagte Bohort.

«Wir ließen Falken fliegen, wir übten uns im Bogenschießen um die Wette», sagte Lancelot.

«Die Lanze wog dem Arm noch schwer», sagte Lionel.

«Wir schnitten Ruten von den Weiden am Bach», sagte Bohort.

«Im Winter, wenn der Bach gefror, wurden

wir im Brettspiel und in den ritterlichen Tugenden unterwiesen», sagte Lancelot. «Wir lernten, daß jede Waffe des Ritters eine besondere Bedeutung hat.»

«Weißt Du sie noch?» fragte Lionel, und sie sagten zusammen wie als Knaben aus einem Mund:

«Der Panzer bedeutet die Schutzwehr des Ritters gegen die Feinde des Glaubens. Seine Lanze soll die Bösen schrecken und die Unschuldigen schützen, sein Schwert hat zwei Schneiden und soll die Gottlosen und Ungerechten treffen. Der Ritter soll zwei Herzen haben: ein hartes, das sich gegen den Verräter kehrt, und ein mildes, das für die Guten, Armen und Leidenden schlägt. Wer aber ein Ritter werden will, der muß einfältigeren Herzens und reineren Gewissens sein als alle anderen.»

Lancelot schwieg.

«Du warst ein schönes Kind, Lancelot!» sagte Bohort. «Dein blondes Haar war damals rötlicher und lockig, und Deine Augen lachten von morgens bis abends. Nur einmal glühten sie wie feurige Kohlen, so zornig warst Du.»

«Das war», sagte Lionel, «als Du den Hofmeister schlugst, daß Dir der Bogen zersprang.»

«Erzähle uns, wie es dazu kam!» forderte der König ihn auf, und Lancelot begann:

«Es war an einem Jagdtag, da der ganze Wald vom Klang der Hifthörner und dem Bellen der Hunde widerhallte. Ich hetzte einem Hirsche nach und verlor alle meine Gefährten, auch mein Hofmeister blieb zurück, weil sein Pferd gestürzt war. In einem Hohlweg erlegte ich den Hirsch mit meinem Wurfspeer. Ich sprang vom Pferd und band das Wild hinter mich an den Sattelbogen. Auf dem Rückweg begegnete mir ein Bursche, jung und hübsch, in einem zerrissenen Mantel, eine müde Mähre hinter sich herzerrend. Seine Sporen waren blutig, so sehr hatte er das Tier geschunden. Als er mich sah, der am Rande des Weges wartete, um ihn vorbei zu lassen, begann der Fremdling zu weinen und sagte: ‹Gott gebe Euch mehr Ehre als mir, denn wißt, ich bin elend und werde noch erbärmlicher dran sein, wenn Gott mir nicht hilft. Ein Taugenichts empfindet sein Unglück nicht, denn er ist Jammer gewohnt, ich aber bin von hoher Geburt und leide schwer an dem Unglück, das über mich gekommen ist.› Ich hatte großes Mitleid mit ihm und sagte dennoch: ‹Wenn Ihr ein Edelmann seid, so ziemt es sich nicht zu weinen, es sei denn, Ihr hättet einen Freund verloren oder Eure Ehre eingebüßt. Denn ein großes Herz grämt sich nicht über einen Verlust, den man ersetzen kann!›

‹Wahrlich›, sagte da der Junker, ‹ich weine nicht um Geld noch Gut, das ich verloren, ich weine, weil ich morgen mit einem Ritter kämpfen muß, der meinen Paten erschlagen hat, aber mit diesem Pferd kann ich nicht zeitig an Claudas' Hof sein, wo der Kampf stattfinden soll. Man hat mich überfallen und mein Pferd entführt und mir diese Mähre zurückgelassen.›

‹Und wenn Euch einer ein gutes, schnelles

Pferd gäbe, könntet Ihr dann zur Zeit hinkommen?›

‹Das will ich meinen, lieber junger Herr›, sagte der Junker, ‹und wenn ich ein Drittel des Weges zu Fuß ginge!›

‹Bei Gott! Wenn es am Pferd liegt, so sollt Ihr keine Unehre davontragen, solange ich noch eins besitze! Hier! Nehmt es hin!›

Und ich sprang vom Pferd, überließ es dem Fremden, nahm dessen müdes Tier, band mein Wildbret auf und zog meiner Wege. Aber kaum war ich eine Weile geritten, da mußte ich absteigen und das magere Tier vor mir hertreiben, denn es konnte die Last nicht tragen. Ich war noch nicht weit gekommen, als mir ein Edelmann auf einem Zelter entgegenkam, der führte zwei Hetzhunde an der Leine und hatte eine Gerte in der Hand. Da der Reiter betagt war, grüßte ich ihn, und der Edelmann wollte wissen, wer ich sei, woher ich käme, und ich sagte: ‹Herr! Ich komme aus diesem Land!›

‹Nun, wer immer Ihr sein mögt, Ihr seid

so hübsch wie schlau! Woher Ihr kommt, wollte ich von Euch wissen!› sagte der Unbekannte.

‹Von der Jagd, edler Herr, wie Ihr wohl sehen könnt, doch will ich Euch an meiner Beute teilhaben lassen, wenn Ihr es begehrt!›

‹Ach, liebes Kind! Da Ihr es mir so herzlich anbietet, nehme ich's mit großem Dank! Denn denkt, ich habe meine Tochter verheiratet und bin in den Wald gekommen, um ein Wild zu jagen für ihren Hochzeitsschmaus.›

Darauf stieg der Herr ab und fragte: ‹Wieviel gebt Ihr mir von dem Wildbret?›

‹Nehmt nur den ganzen Hirsch! Denn ich denke, er kann auf keinen besseren Tisch kommen als auf die Hochzeitstafel eines schönen Fräuleins.›

Wir trennten uns, und ich ritt davon, denn das Pferd war um den Hirsch erleichtert. Aber bald darauf holte der Edelmann mich ein und sagte bittend:

‹Könnt Ihr mir nicht doch noch sagen, wer Ihr seid?›

‹Nein, ich kann es nicht!›

‹Es ist seltsam, Ihr gleicht meinem Lehensherrn wie niemand auf der Welt. Wenn Ihr mich je braucht, so will ich Euch gern behilflich sein.›

‹Wer ist der Ritter, dem ich gleichen soll?›

‹Ja, das war König Ban von Benoic. All dieses Land ringsum war seines. Claudas hat sein Lehen verwüstet und seine Burg verbrannt, und als Ban starb, da wurde der schmerzensreichen Königin der Sohn entführt. Wenn Ihr der Knabe seid, so sagt es!›

Ich schwieg, denn ich wußte es nicht, und der Edelmann sagte plötzlich:

‹Sieh hier, die beiden Hetzhunde! Es sind die besten, die ich je gehalten. Nimm Dir einen!›

Ich war darüber sehr erfreut und sagte: ‹Seid so gut und gebt mir den schöneren!›

Der Vasall legte mir die Leine mit dem besseren Hund daran in die Hand, und wir nahmen Abschied voneinander. Ich zog nach der einen, der Ritter nach der anderen Seite davon, und er sah sich immer wieder nach mir um.

Nicht lange danach fand mich der Hofmeister, der mich mit drei Jagdgefährten gesucht hatte. Er wunderte sich über den mageren Klepper, auf dem ich saß, und über den Hetzhund an der Leine.

‹Wo ist Dein Pferd geblieben, das schönste aus dem Stall?› fragte er.

‹Ich habe es verloren!›

‹Und woher hast Du den Hund?›

‹Man hat ihn mir geschenkt!›

Da wurde mein Lehrer zornig, und ich erzählte ihm, wie alles gekommen war; aber er fand, ich hätte einen schlechten Tausch gemacht. Da sagte ich:

‹Erzürnt Euch nicht! Mein Hund ist mehr wert als zwei Pferde!›

Da schrie er laut: ‹Dich will ich lehren, solche Albernheiten zu begehen!› und schlug mit der Faust auf mich ein, daß ich hinfiel. Aber ohne einen Laut stand ich wieder auf und rief noch einmal: ‹Mir ist der Hund lieber als zwei Pferde!›, worauf er dem Hund mit der Rute einen Schlag in die Weichen versetzte, daß das Tier winselte und sich verkroch. Da riß ich den Bogen von der Schulter und packte ihn mit beiden Händen. Während der Alte noch versuchte, mir in den Arm zu fallen, hieb ich ihm den Bogen über den Kopf, daß das Holz in Stücke sprang; ja, ich schlug noch mit dem halben Bogen so lange auf ihn ein, bis nichts mehr übrigblieb, womit man hätte schlagen können. Als die drei anderen ihm zu Hilfe kommen wollten, griff ich in den Köcher und ging mit Pfeilen auf sie los, so daß sie sich davonmachten.

Darauf ritt ich zurück zum See und führte den Hetzhund an der Leine.»

Als Lancelot seine Geschichte beendet hatte und schwieg, hörte man draußen noch eine Schalmei, und Lionel und Bohort erinnerten sich bei ihrem Klang an die vergangene Jugend. Die Königin aber sah Lancelots

Augen unter braunen Wimpern glänzen, sah seine hohe Stirn, sein helles Haar, sah, wie er saß, nicht zu gerade und nicht zu sehr gebeugt, sah seine Hände, die edel waren und kraftvoll zugleich. Sie lächelte, während sie ihn betrachtete, und dachte bei sich: ‹Er ist schön, und wenn ich Gott Vater selber wäre, ich hätte ihn nicht vollkommener erschaffen können!›

«Ein übler Streich!» sagte da Meleagan mit lauter Stimme. Die zugehört hatten, sahen ihn an, und Meleagan sagte noch einmal: «Ein böser Streich, einem älteren Ritter so mitzuspielen!»

«Schweig!» sagte da Baudemagus, der wohl wußte, daß Meleagan Lancelot haßte und Streit suchte. Denn Baudemagus und sein Sohn Meleagan waren zum erstenmal an König Artus' Hof; sie kamen aus Gorre von jenseits des Meeres, einem fruchtbaren und lieblichen Land, wo der süßeste Wein wuchs. Lancelots Ruhm war schon bis dorthin gedrungen, und es gelüstete Meleagan, sich mit Lancelot zu messen; ja, er war aus keinem anderen Grund nach London gekommen. Meleagan war so groß gewachsen wie kein anderer Ritter in seinem Land; er hatte rote Haare, war unmäßig stolz und von Natur mißgünstig. So sagte er an diesem Abend zu Baudemagus: «Ich finde keineswegs, daß Lancelot vom See mich an Leib und Gliedern überragt, noch kann ich glauben, daß sein Kampfesmut größer ist als der meine.»

Da wiegte der alte Mann das Haupt und sagte: «Die Größe der Glieder, mein Sohn, macht den guten Ritter nicht aus. Und bist Du auch höher gewachsen als er, so hast Du davon noch keine Ehre, denn König Artus hat keinen, der Lancelot an Waffentaten gleicht.»

Da sagte Meleagan stolz: «Ich werde in Gorre für meine Waffentaten nicht weniger gerühmt als Lancelot in diesem Land. Und morgen werde ich ihn herausfordern.»

«Ich verbiete Dir, ihn morgen zum Turnier zu fordern!»

«Und hindert Ihr mich, es jetzt zu beweisen, daß ich ihn in allem übertreffe, so sage ich Euch, meine Stunde wird kommen, da ich es beweisen werde!»

Zur gleichen Zeit sagte Ginevra zu Lancelot, als sie einen Augenblick lang allein am Ufer der Themse verweilten:

«Lancelot, hab acht, daß unsere Liebe so geheim bleibe, wie es notwendig ist, daß man mir nichts Übles nachsagt! Denn wenn meine Ehre durch Dich litte, dann würde unsere Liebe gemein!»

«Herrin, seid gewiß, eher müßte man mir die Zunge aus dem Munde reißen, als daß ich ein Wort sagte, das Euch schaden könnte!»

Da gab sich Ginevra zufrieden, und während sie am Ufer standen, sagte Lancelot:

«Wie das Wasser glitzert unter den Sternen! So hat die Quelle geglänzt, als Merlin Viviane vom See zum erstenmal sah!»

«Man sagt, der Sand der Quelle sei wie Silber – seitdem.»

«Sie spiegelt den Mond nicht, auch nicht die Sonne, nur Vivianes Gesicht!»

«Sage, mein Lancelot vom See: wie sehr liebst Du mich?»

«Ihr seid mir teurer als alles Gold, das der Tajo in seinem Ufersand mit sich führt, als alle Edelsteine, die Indien hervorbringt, ich liebe Euch mehr als alle Schätze der Welt!»

Da kamen die andern, die im Zelt gewesen, über die Themsewiesen gegangen, und als sie zu Lancelot und Ginevra traten, begannen die beiden von dem Turnier zu sprechen, das tags darauf stattfinden sollte.

Das Hoffest mit seinen Turnieren, wobei Gawain den Preis davongetragen, währte eine ganze Woche lang; aber am siebenten Tag wurden die Zelte auf der Wiese, die runden und die bedachten, die grauen und die bunten – eines nach dem andern – abgebrochen, und die Ritter sammelten ihr Gefolge. Doch zogen sie nicht nach Camalot, wie sie alle, und die Königin besonders, gehofft hatten, denn schon mußte König Artus gegen die heidnischen Sachsen und Iren, die raubend und sengend in Schottland eingefallen waren, rüsten und der belagerten Stadt Arestuel zu Hilfe eilen. Artus' Lehenshalter und Vasallen sandten Boten, um ihre Armbrustschützen, ihre Reisigen, Knappen und ihr Fußvolk zu sammeln für den Zug nach Norden. Niemand war in der Stadt London, der diesen Heerzug, der einer der größten werden sollte, nicht beklagt hätte. Die Königin aber weinte herzzerbrechend, doch tat sie es heimlich, damit niemand es sah.

Dennoch gab es keinen, der so traurig war

wie König Artus selbst; auch hatte er besonderen Grund, denn eines Abends, während draußen, auf den Themsewiesen, Lancelot und Ginevra einander Liebe versprachen, erschien plötzlich einer vor König Artus, den er zwar nie vergessen, doch kaum mehr gesucht hatte: Merlin. Zuerst mißdeutete der König sein Erscheinen, denn er glaubte, Merlin wäre gekommen, um das Drachenbanner gegen Schottland zu tragen, aber der Zauberer war diesmal erschienen, um Abschied zu nehmen.

«Herr», sagte er, «es ist nun Zeit, ich muß für immer gehen und kann nicht wiederkommen. So ist es bestimmt, ich muß fort – Ihr seht mich jetzt zum letztenmal.»

Da erschrak König Artus sehr und sagte: «Ach, Merlin, könnt Ihr nicht bleiben und mir helfen, diesen Feldzug gegen die Heiden zu führen? Ich weiß, ich kann Euch nicht halten, noch gar Euch befehlen, doch glaubt mir, ich werde Euch sehr entbehren und so lange traurig sein, bis ich Euch wiedersehe!»

Aber Merlin sagte: «Herr, es hilft nichts.

Ich muß nun gehen und kann mich doch nicht trennen von Euch. Ich ging durch die Stadt und die mondbeschienenen Straßen, und da sah ich ...» Er wollte schweigen, aber der König fragte:

«Was saht Ihr, Merlin?»

«Ich sah», sagte da der Zauberer, «eine andere Stadt, nicht diese hier, angefüllt mit behelmten Männern ... Und ich sah zwei Monde auf einmal am Himmel ... in zwei Menschen wurde der eine verwandelt, und sie bereiteten sich zum Kampf und standen Mann gegen Mann ... Sie erhoben sich zu wildem Streit, der Angreifer bewegte seinen Schild und wehrte die Lanzenstiche ab ... Aber keiner wurde Sieger, denn sie vernichteten einander ... Ein Stern war zusammengestoßen mit einem anderen Stern, und sie stürzten und verbargen ihr Licht ... Von Blut rot war die Erde ...»

Da beschwor ihn König Artus und sagte: «Ach, Merlin! Ihr habt schon Vortiger und Uter Pendragon gedient, und durch Euch und Euren Rat bin ich König geworden und sind mir alle Dinge zum besten geraten. Nehmt meine Schätze, seid König in meinem Land, doch bleibt bei mir, Merlin!»

«Ach, Herr», sagte darauf der Seher, «ich kann nicht anders, nicht um alle Schätze der Welt! Ich muß dorthin gehen, von wo ich nicht zurückkommen kann, denn ich bin in der Gewalt der Liebe!»

Da senkte König Artus das Haupt und sagte: «Glaubt mir, lieber würde ich diese größte und schönste Stadt meines Reichs verlieren als Euch, meinen Freund und Ratgeber! Gott gebe, daß Ihr wiederkommt aus dem calydonischen Wald oder aus dem von Broceliande, wohin immer Ihr Euch wenden werdet!»

«Herr!» sagte Merlin wieder, «dies ist das letztemal, daß Ihr mich seht! Wenn Ihr mich nötig habt, so werdet Ihr Zeichen finden. Und nun seid Gott befohlen! *Er* schütze Euch und Euer Land!»

Damit wandte sich der Zauberer, und König Artus sah, daß er weinte.

Als es Montag geworden und denen, die gegen die Heiden zogen, die Vergebung der Sünden gewährt war, da gingen König

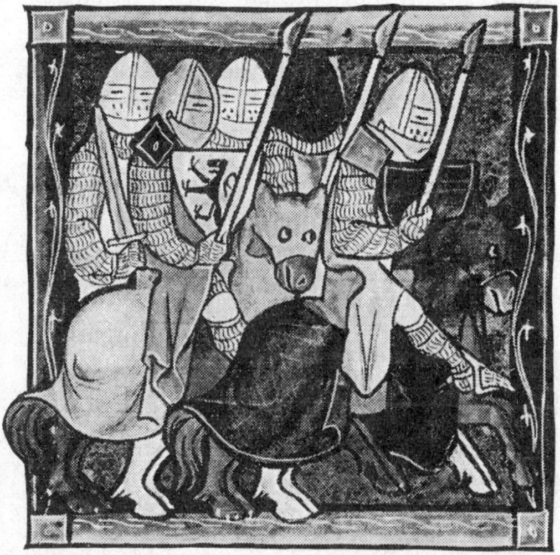

Artus und seine Ritter und die Ritter der Königin, Gawain und seine Brüder, zu Ginevra, um Abschied von ihr zu nehmen, die in großem Jammer zurückblieb. Herrn Lancelot aber sandte sie als Liebespfand

einen Wimpel aus Purpurseide, damit er ihn fortan am Helm trage, und einen Elfenbeinkamm mit ihren Haaren darin, den er sorgsam verbarg. Als aber Lancelot vom See mit den andern davonzog, nahm er noch etwas mit sich fort, das niemand bemerkte, das Herz der Königin.

Die Zurückgebliebenen sahen denen, die davonsprengten, lange nach, nur Meleagan nicht, denn ihn quälte der Neid.

Während die Ausziehenden am Rande der Wiesen unter den Bäumen dahinritten, durch das grüne Unterholz und sprießendes Gras, da meinten die Gefährten, Lancelot sei heiteren Sinnes, denn sie ließen sich von seinen munteren Reden täuschen.

Dann zogen sie weit zerstreut dahin – durch den Eichenwald erst, durch den Dornwald später, durch den Schattwald darauf, und je weiter sie nach Norden kamen, desto stiller. Sie rasteten zur Nachtzeit in abgelegenen Orten und schliefen in Einzelhöfen oder in Einsiedeleien, wo man ihnen Brot gab und Wasser und ein Nachtlager. Oft ritt Loth von Orcanie mit den Seinen dem Zug voraus, dann trugen sie immer die Schilde verdeckt, mit der Innenseite nach außen, damit kein Späher sie erkannte.

Einmal, während Loth, Gawain und Gaheriet, die Brüder, unter einer Blutbuche im Schatten rasteten und die Pferde grasen ließen, war Lancelot allein weitergezogen und in den Teil des großen Waldes geraten, der so wild war, daß weder Mensch noch Tier darin hausen mochte. Er irrte umher, bis es dunkel wurde, und gelangte endlich an einen reißenden Fluß, an dessen Ufer ein Schloß stand, mit festen Türmen und einem Säulengang, wie man ihn schöner nicht bis Limoges finden konnte. Da die Nacht nahe war und Lancelot rasten wollte, ritt er über die Fallbrücke und gelangte in das Schloß, wo ihm ein seltsames Abenteuer widerfuhr.

Man führte ihn in einen großen Saal, in dem vierzig Kerzen brannten, und tat ihm kund, der Herr der Burg sei König Pelles von Terre Foraine. Der König kam ihm entgegen, und als er vernahm, daß der fremde Gast Lancelot vom See und ein Ritter des Königs Artus war, hieß er ihn mit freundlicher Rede willkommen. Darauf machte er ihn mit seiner eigenen Ritterschaft bekannt, setzte sich zu ihm und leistete ihm Gesellschaft. Während sie saßen und sprachen, kam eine Taube durch eines der Erkerfenster hereingeflogen, die eine güldene Phiole im Schnabel trug, und kaum war sie hereingeschlüpft, verbreitete sich im Saal ein Wohlgeruch von fremden Spezereien. Knaben trugen darauf, während alle schwiegen, Tische herein; aber noch wurde nicht zum Essen gerufen, sondern die Ritter ließen sich vor dem König nieder, und Lancelot gewahrte verwundert, daß sie im Gebet versunken waren. Dann tat sich eine Türe auf, und ein Mädchen von unvergleichlicher Anmut trat ein. Es trug in seinen Händen einen Kelch, von einem kostbaren weißen Tuch verdeckt, und der Raum war von überirdischem Glanz erfüllt. Während die Jungfrau durch die Reihen der Ritter schritt, beugte einer nach dem andern sein Knie, und Lancelot ahnte, daß ihm etwas Wunderbares widerfuhr. Er tat wie die andern und neigte sich in Demut. Darauf füllten sich die Tische mit vielen köstlichen Speisen, und eine himmlische Musik erklang. Lancelot blieb lange stumm vor Staunen; dann fragte er König Pelles:

«Sagt mir, o Herr, wessen bin ich hier Zeuge geworden?»

Da gab ihm der König zur Antwort: «Was Du gesehen hast, ist das Höchste, was ein Sterblicher erblicken darf. Wisse, Du bist dem heiligen Gral begegnet.»

Als am andern Morgen die Sonne auf den reißenden Fluß schien und die Mauern der Gralsburg widerleuchteten von ihren Strahlen, da kam die Vertraute des Königs Pelles, die alte Kammerfrau Brisane, zu Lancelot. Sie war so alt, daß man sie für hundertjährig halten konnte, und sie hatte – wohl von Agrawain, der früher im Schloß gerastet –

vernommen, daß Lancelots Herz der Königin Ginevra gehörte. Sie bat ihn um Nachricht über König Artus, und Lancelot gab ihr höflich Bescheid und berichtete, was er wußte, worauf sie sagte:

«Nach dem Ergehn der Königin brauch' ich Euch nicht zu fragen, denn ich verließ sie unlängst ganz gesund und wohlgelaunt.»

«So habt Ihr sie gesehen?»

«Vor gar nicht langer Zeit, Herr!»

«So ist Ginevra nicht in Camalot?»

«Wie, in Camalot? Sie ist in einem schönen festen Haus, noch keine drei Meilen weit von hier!»

«Wie kann ich's Euch glauben?»

«Weil ich es sage!»

«Gewiß, Ihr seid zu alt zum Lügen! Aber wie finde ich meine Königin?»

«Ihr braucht nur mit mir zu kommen! Sie erwartet Euch! Ich führe Euch zu ihr! Sie wird es Euch danken!»

«Wann?»

«Noch heute abend, wenn Ihr wollt!»

«Drei Meilen weit von hier, so sagt Ihr doch?»

«Drei Meilen weit von hier, Herr!»

So kam es, daß Lancelot vom See in der Dämmerung auf flinkem Roß dahinritt, der alten Frau folgend, welche ritt, wie Hexen reiten, so daß der Schweiß in Flocken von den Pferden flog. Als sie anlangten, war es dunkel, denn es war zur Zeit des Neumonds.

«Wo ist die Königin?» fragte Lancelot, als er über den gepflasterten Hof schritt.

«Ihr seid zu ungestüm!» sagte die Alte und brachte Lancelot in einen Raum, der hell war von brennenden Kerzen. Er nahm seine Rüstung ab und verlangte zu trinken, denn er war erhitzt von dem Ritt. Brisane winkte einer jungen Dienerin, und diese kam alsbald mit einem Trank herein.

«Trinkt aus! Denn solchen Trank habt Ihr noch nicht gekostet; er wird Euch wohlbekommen», forderte Brisane ihn auf.

Und Lancelot nahm den Becher, leerte ihn in einem Zug und fragte dann wieder: «Wo ist die Königin?»

«Hört», sagte die Alte, «sie ist in ihrem Gemach und hat sich schon zur Ruhe begeben.»

«Mich dürstet!» sagte Lancelot wieder, denn der Trank schien ihm wohlschmekkend und süß, und er verlangte mehr davon, und das Elixier tat seinen Zauber, verwirrte Lancelots Sinne und weckte seine Glut; er glaubte sich in Camalot und rief:

«He, Alte! Wo ist die Königin?»

Sie führte ihn zu dem Gemach; aber obwohl Lancelot betört und sein Blut erhitzt war, hielt er inne und ging nicht hinein, worauf sie fragte:

«Herr, was zögert Ihr?»

Und der Ritter vom See sagte:

«Meine Königin hat mich noch nicht gerufen!»

Da ging Brisane voraus und stellte sich, als redete sie mit der Königin, und kehrte zurück und sagte:

«Herr, sie erwartet Euch!»

Da ging Lancelot hinein und fand im Dunkel seinen Weg, denn die Fenster waren verhängt und kein Lichtschein im Raum, und er legte sich nieder zu dem Mädchen, das ihn empfing auf dem hermelinbelegten Lager, während er des Glaubens war, die Königin Ginevra zu umarmen.

So erfüllte sich durch Brisanes List und nach dem Willen des Königs Pelles auf Corbenic die Verheißung, denn nun waren sie zusammengegeben, Lancelot vom See, der reine Ritter, und König Pelles' Tochter, Elaine Ohnegleichen, die den Gral getragen. Elaine ließ es geschehen, daß Lancelot vom See ihr beiwohnte, nicht weil sie eines Fleisches mit ihm zu sein begehrte, sondern um der Frucht willen, die ihr zu tragen bestimmt war, damit durch ihren Sohn – Galaad – dereinst das Wunder des Gral offenbar würde und der Friede, der mit dem ersten Schwertstreich zerstört worden, wiederkehre in der Welt.

Als Lancelot am andern Morgen aus seiner Betäubung erwachte – denn die Kraft des Zaubertranks war vorbei, nachdem er Elaine Ohnegleichen besessen –, da befühlte er im Dunkel seine Umgebung und entdeckte, wo er war, und erinnerte sich, wie er hergekommen. Entsetzt erblickte er das Mädchen auf seinem Lager, das verwirrt und mit weit geöffneten Augen sagte:

«Hört, Lancelot vom See, ich bin Elaine, des Fischerkönigs Pelles Tochter!»

Als Lancelot begriffen hatte, daß er betrogen worden war, stürzte er aus der Kammer, legte seine Rüstung an und kehrte mit der blanken Waffe in der Hand zurück, riß das Tuch vom Fenster, damit es hell wurde in der Kammer, und erhob sein Schwert, um sich auf der Stelle zu rächen. Da fiel ihm Elaine zu Füßen und bat um ihr Leben, er aber hielt sein Schwert erhoben und schrie:

«Töten sollte man Dich, daß Du nicht noch andere Männer betrügst, so wie Du mich betrogen hast! Ach, größeres Unheil hätte mir nicht geschehen können! Du hast mir mein Leben entlistet!»

Aber als Elaine seine Knie umfaßte und

weinend flehte: «In Gottes Namen, habt Mitleid mit mir!», zitterte seine Hand, hilflos vor so viel Schönheit. Er ließ die Waffe sinken und stürzte hinaus. Draußen, im Schloßhof, fand er sein Pferd gesattelt und seinen Schild und seine Lanze an die Mauer gelehnt. Er ergriff seine Wehr, schwang sich auf seinen Rappen und raste davon.

Zwar schien es Lancelot, als habe er sich nur für eine Nacht nach Corbenic verirrt und die folgende Nacht bei Elaine gelegen, doch war mehr Zeit über seinem Abenteuer vergangen, als er meinte.

Das Heer des Königs Artus lag schon seit Tagen im Kampf mit den Sachsen bei Arestuel, der von der Felsburg beherrschten Stadt. Diese Burg, seither der «Sachsenfels» genannt, war noch von Vortiger erbaut und so stark, daß man sie nicht mit Gewalt nehmen konnte, sondern allein durch Hunger. Die Schlacht von Arestuel war die erste für Eliezer, des Fischerkönigs Pelles

Sohn, und er sah zum erstenmal das Drachenbanner steigen. Kai führte es an diesem Tag. Doch der Zauber blieb aus, Merlins Drache spie kein Feuer mehr.

Der König ritt diesmal Gringalet, das kühnste aller Pferde, von dem es hieß, daß es zehn Meilen dahinjagen könne, ohne daß seine Flanken in Schweiß gerieten. Und dennoch stürzte König Artus in dieser Schlacht! Einer der Heiden brachte Gringalet zu Fall und holte aus, um den König mit dem Schwert zu töten. Da aber sprang Gawain dem Sachsen von rückwärts aufs Pferd und hielt den, der sein Schwert schon erhoben hatte, mit den Armen fest, so daß er den Streich nicht führen konnte. Aber ein wilder Haufe umdrängte den König, schnitt ihm den Rückweg ab und nahm ihn gefangen. Während Gawain noch dem Heiden den Schädel spaltete, wurde auch er vom Pferd gerissen, und bald darauf fiel auch Loth von Orcanie in die Hände der Feinde.

enseia & retourne a parler descompaig-
nons de la table reonde.

Ensi que lancelos & la roine parleret
ensamble a une fenestre & ele li do-
na .i. anel.

Die Königin Ginevra war indessen nicht nach Camalot gezogen, sondern folgte im Schutz von vierzig Reitern mit ihren Frauen dem Heerzug nach Schottland und blieb – noch gute zwölf Meilen von Arestuel entfernt – in einem festen Haus zurück. Doch wie erschrak sie, als sie eines Tages Hufschlag vernahm und dann von ihrem Fenster aus erkannte, daß es Lancelot war, der daherjagte und sich in die Mähne des Rappen verkrallte, um nicht zu fallen! Der purpurseidene Wimpel wehte in Fetzen von seinem verbeulten Helm, sein schwarzer Schild war tief gespalten. Als er im Hof neben seinem Pferd stand, sah die Königin, daß er blutete, und stieß einen Schrei aus, während ihre Frauen zu ihm hinabeilten. Die Kammerfrau, Lore von Carduel, wollte Lancelot zu Hilfe kommen, aber er hob Steine auf und warf sie nach ihr. Der Wahnsinn hatte ihn erfaßt, und er begann zu rasen und zu schreien, daß die Frauen entsetzt davonliefen. Da trat Ginevra zu ihm, ergriff seine Hand und redete ihm gut zu.

Einen Augenblick lang war es, als ob er sie erkennen würde, und er sagte beschämt: «Herrin, was habt Ihr gesehen? Was haben Eure Augen gesehen?»

Als er wieder zu schreien begann, nannte ihn die Königin bei seinem Namen und befahl ihm, still zu sein, und obwohl er ihre Stimme nicht zu hören schien, schwieg er, folgte ihr willenlos und ließ sich in die Kammer führen wie ein Kind. Dort setzte er sich auf einen Stuhl, hielt die Hände vor die Augen und wollte um nichts in der Welt mehr aufstehen. Niemand durfte ihn anrühren, sonst erhob sich ein solcher Zorn in ihm, daß er die Lanze in den runden Steinpfeiler schlug und stieß, bis sie zersplitterte und er zusammenbrach. Aber die Königin bewegte sich keinen Schritt aus der Kammer und ließ, weil das Licht ihn schmerzte, in der Nacht die Kerzen löschen, obwohl sie sich fürchtete vor Lancelots Wahnsinn, und saß, während er klagte und jammerte, neben ihm. Die Frauen ihrer Umgebung wunderten sich, wie lange die Königin so viel Ungemach ertrug, denn in diesen Tagen kam auch die Nachricht, daß der König mit seinen Getreuesten in einem Verlies gefangen saß, das so eng sei, daß er sich nicht weiter als sieben Eisenringe weit bewegen könne. Wenn darum die Frauen Ginevra des Nachts weinen hörten, meinten sie, die Königin traure einzig um den gefangenen Gemahl.

Eines Nachts schien Lancelot wieder zur Besinnung zu kommen, denn er fragte, wo die anderen wären, König Artus und Gawain und Loth von Orcanie. Als die Königin zur Antwort gab, sie seien gefangen im Sachsenfels, sagte Lancelot, es wäre besser gewesen, er wäre dort gefallen und tot geblieben, da die Königin ihn nie mehr sehen wolle. Da erkannte die Königin, daß er sich erinnerte; sie legte den Arm um ihn und sagte, so sanft sie nur konnte:

«Sieh mich an, mein Freund, ich bin bei Dir, ich, Ginevra, die Königin.»

Da wurden seine Augen zum erstenmal klar, und die Frauen, die ihn hatten sprechen hören, drängten herein und wollten hören, was er als erstes sprach.

Und er sagte: «Ich war tot.»

Ginevra fragte: «Erkennst Du mich? Und weißt Du, daß Du in der Schlacht von Arestuel warst?» Da sagte er: «Ja, ich kenne Euch, und ich weiß, daß ich in der Schlacht von Arestuel war, aber eine Frau hat mich getötet.»

Er war so schwach, daß er sich nicht auf den Beinen halten konnte, und die Dame de Malhaut und die anderen Damen wollten wissen, ob er sie kenne, ob er geheilt sei und was mit ihm geschehen sei; aber er sank aufs Lager, und Ginevra bestrich ihm Schläfen und Stirn mit einer Salbe. Nachdem sie das getan, schlief er ein.

Als Lancelot erwachte, ließ sie ihm ein warmes Bad bereiten und sorgte für ihn, so wie eine Frau für einen kranken Ritter sorgen kann. Aber Lancelot sagte: «Der wird nicht recht geliebt, der nicht über alles auf der Welt geliebt wird.» Da nahm ihn Ginevra in die Arme, lachte und sagte:

«Wahrhaftig, Gott möge geben, daß Ihr schöner lebt und meiner sicherer seid, als ich Eurer je sein kann! Und seid gewiß, ich meine es nicht nur für diese Stunde, sondern für immer, solange wie meine Seele in meinem Leib bleiben will!»

An diesem Abend war der Himmel heiter, und als sich diesmal Ginevra neben Lancelot niederlegte, da war auch ihre Seele heiter, und ihre Tränen in dieser Nacht waren Tränen der Freude. Ginevra war schön wie die Rose und küßte Lancelot lange und innig, denn sie wollte ihn heilen mit ihrer Liebe. Und wahrhaftig, von der Stunde an, in der Lancelot Ginevra besaß und Ginevra Lancelot empfing, da war er ganz genesen. Dann ruhten sie, einander in den Armen liegend, ohne zu schlafen, ohne zu sinnen. Um Mitternacht stand die Königin auf und tastete sich ohne Licht zu Lancelots gespaltenem Schild. Sie befühlte ihn mit der Hand und spürte da, wo der Spalt gewesen, eine glatte Fläche ohne Riß. Da zog eine Wolke vom Mond weg und

Ginevra sah, was sie fühlte: Lancelots Schild war heil.

Von nun an gab es keine Freude mehr, die die Liebenden nicht miteinander teilten. In den neun Tagen, die sie miteinander verbrachten, wurde Ginevra schöner, als man sie je zuvor und danach gesehen. Sie liebte Lancelot so sehr, daß sie glaubte, nicht leben zu können, ohne ihn stets neben sich zu sehen; es schmerzte sie, daß er kühn und kampfbegierig war; ja, sie hätte lieber gehabt, wenn weniger Tapferkeit und Mut in ihm gewesen wären, damit er am Hofe bliebe und nicht wieder in den Kampf auszöge.

Am neunten Tag erhob sich wiederum der Kampfeslärm der Sachsen, man hörte ihn meilenweit über den Sumpf bei Arestuel hallen. Nicht lange danach zog eine Rotte von Feinden am Haus der Königin vorüber, wobei sie die Gefangenen aus Logres, auf Pferde gebunden, vor sich hertrieben und mit Stöcken schlugen, daß man es bis in das Gemach der Königin hörte. Da sprang

Lancelot, der bei ihr war, zum Fenster und dann zu einer der Schießscharten, und als er die Ärmsten sah, ging er zur Königin zurück und bat um Vergebung, wenn er sie leiden mache, aber er müsse hinaus in die Schlacht.

«Noch stehen die Ritter des Königs Artus im Kampf, und noch sind die Unsern nicht unterlegen!» sagte Ginevra. «Auch bist Du noch nicht ganz gesund!»

«Herrin!» sagte da Lancelot, «wenn aber Artus' Ritter unterliegen, laßt Ihr mich dann ziehen?»

Und Ginevra willigte darein, unter Schmerzen.

«Herrin», sagte Lancelot, «wir wissen nicht, wie alles kommt, aber laßt mir Rüstung und Waffen bringen!»

Darauf trug man ihm die beste und schönste Rüstung herzu, die für König Artus selbst gemacht war. Und als Lancelot die Rüstung trug, fanden alle, daß sie keinem Ritter von der Welt besser stehe als ihm.

Noch während sie Lancelot vom See bewunderten, stieg vor Ginevras Haus ein Reiter vom Pferd; er hatte den Helm verloren und war verwundet am Kopf. Es fiel ihm schwer, heraufzukommen, und durch sein Ringelhemd sickerte Blut, als er vor Ginevra niederkniete. «Herrin!» sagte er, «Herr Ywain läßt Euch grüßen! Er ist in großer Not und ruft um Hilfe, denn noch sind, wie er hört, nicht alle Artusritter in der Schlacht! Auch mußte er zweihundert Ritter zum Schleusentor als Wachen senden, denn wenn die Sachsen es in dieser Nacht erstürmen, ist keine Rettung mehr für König Artus und die Seinen! Der Feind hat den Schild des Königs auf die Zinnen von Arestuel gesteckt! Die Unsern brauchen Hilfe, Herrin! Schon kämpfen die meisten zu Fuß, die Streitrosse wälzen sich im Sumpf!»

«Um Gottes willen, Herrin, laßt mich ziehen!» rief Lancelot, «jetzt ist der Augenblick gekommen! Laßt Ywain sagen, er soll die Stelle halten, ich brächte ihm den Mut von hundert Rittern mit! Laßt Euer Banner vor Arestuel wehen!»

Da ließ die Königin dem verwundeten Boten einen neuen Helm bringen für seinen verlorenen, Lancelot aber reichte sie einen Goldhelm, der König Artus gehörte, und eine Lanze, woran ein Banner befestigt war mit ihrem Wappen, auf dessen azurfarbenem Grund drei goldene Kronen leuchteten.

Unterdessen kämpfte Ywain, der Waliser, entsetzt darüber, daß seine Ritter ängstlich wurden, und er schaute nach Lancelots Fähnlein aus und sagte bei sich: ‹Mein Gott, wann kommt das Feldzeichen der Königin?› und ermunterte seine Leute, auszuhalten.

Lancelot aber gab seinem Pferd die Sporen und flog mit einer Schar Streitern dahin wie ein Sperber, der seine Beute nehmen will, wenn er lange gefastet hat. Zweimal wurde ihm im Kampfe das Pferd unter dem Leib fortgerissen, so daß er ein zweites und ein drittes besteigen mußte. Die Ritter, die furchtsam gewesen und ihn nun kämpfen und das Banner der Königin wehen sahen, faßten neuen Mut. Sie teilten ihre Truppen in sieben Kolonnen ein; den ersten Zug führte Dodinel, den zweiten Constantin, den dritten der König von Garlot, das Banner aber führte Kai, der Seneschall. Sie töteten in dieser Schlacht so viele Heiden, daß die Toten beweint wurden, solange König Artus lebte. Sie jagten die Feinde vor sich her und trieben sie endlich mit aller Gewalt zu der Furt bei Arestuel, womit die Schlacht näher an Ginevras Haus geriet. Viele der Fliehenden, Rosse und Reiter, versanken im Flusse, und das Wasser begann sich rot zu färben von dem Blut aus ihren Wunden. Ginevra aber, die auf dem Söller stand und ihren Mantel, mit dem bunten Haarfutter nach außen, als Zeichen für Lancelot auf die Zinnen gehängt hatte, sagte: «Ich kann dieses Töten nicht mehr mit ansehen!» und ließ sich von ihren Frauen in die Kammer zurückführen.

Doch hörte sie weiter das Schnauben und Klagen der Tiere und hörte das Gurgeln und Schreien der Ertrinkenden.

Andere Sachsenführer wurden mit Hunderten von Männern abgedrängt von ihrer Schar, so daß sie keinen anderen Ausweg sahen, als über die sumpfigen Wiesen zu fliehen in der Richtung auf das Meer. Als Lancelot sie fliehen sah, schrie er laut und stürmte mit den Seinen ihnen nach, doch die Heiden teilten noch im Fliehen schwere Hiebe aus, denn sie waren erprobt und kühn und wichen denen, die sie verfolgten, immer wieder aus. Sie hielten sich die Ritter so lange fern, bis sie das Meer erreichten, wo sie drei ihrer Schiffe festgemacht hatten, um Beute aufzunehmen. Als die Fliehenden die Schiffe sahen, brachen sie in Jubel aus und schlugen sich durch bis zu den Planken. Sobald sie auf den Schiffen waren, schnitten sie die Haltetaue durch, setzten Segel und trieben auf das Meer hinaus, so wie der Wind sie führte.

Nachdem die Feinde verjagt waren und

mancher Heide erschlagen und mancher Christ todwund lag, zogen des Königs Artus Ritter in Arestuel ein, stürmten den Sachsenfels und befreiten den König und Gawain und Loth von Orcanie aus ihrem Verlies. Als sie den König erblickten, weinte Ywain vor Freude, und der König weinte, weil Ywain weinte. Darauf stiegen sie zur Halle empor, wo Knechte Feuer machten und Wasser zum Waschen erwärmten, und Brot, Wein, Fische und Fleisch herbeibrachten. König Artus hieß die Ritter sich setzen und lud Lancelot ein, den Ehrenplatz ihm gegenüber einzunehmen. Doch Lancelot sah die Königin an und zögerte, bis sie ihn zwang, sich König Artus' Hochsitz gegenüber niederzulassen; er tat es – und schämte sich.

«Lancelot», sagte da der König, «Du hast mit der Kraft von hundert Rittern gekämpft, und ohne Dich wären Gawain und ich und Galieriet und Loth und die anderen nicht aus dem Gefängnis herausgekommen, aus dem Du uns erlöst hast. Ich will Dich vor allen Männern hochhalten und Dich nie mehr von mir und meiner Tafelrunde lassen!» Da priesen sie ihn alle, aber Lancelot saß stumm und sah auf seine Hand. Er trug zum erstenmal den goldenen Ring mit dem grünen Smaragd, den er von der Königin empfangen, zum Dank dafür, daß er Artus gerettet hatte. Wenn man gut hinsah, so konnte man in dem grünen Smaragd ein Siegel erkennen: zwei Hände waren darein geschnitten, die ein Herz umfaßt hielten.

Der König trank mit Lancelot aus einem Becher und erwies ihm alle Ehre, fragte, wie es ihm ergangen sei, und sagte: «Ich danke Gott, daß ich Euch so gesund und wohlbehalten wiedergefunden habe!» Die Ritter griffen munter zu. Die Königin aber aß wenig und sprach kaum, denn sie hing ihren Gedanken um König Artus nach, den sie betrogen hatte. Die Gewalt der Liebe, um deretwillen sie den besten Mann hintergangen, war so mächtig, daß ihr Herz nicht mehr davon loskommen sollte. Das änderte sich nie mehr, nicht hier, in Schottland, nicht in Carduel in Wales, und nicht in Camalot, ihrem liebsten Aufenthalt.

Langsam zog König Artus' Heer nach Süden; ihm voran ritt nicht mehr Merlin, sondern Kai, des Königs Seneschall, der fortan das große Banner trug: das rote Kreuz im schneeweißen Feld mit dem Drachen darunter, den Merlin einst gestiftet. Abseits vom Zug ritt Loth von Orcanie mit seinen Söhnen, jeder von fünf Reisigen begleitet. Nirgends nächtigten sie länger als bis zum Hahnenschrei. Gawain und Gaheriet, Agrawain, Guerrhet und Mordred, sie alle durchzogen den «Wilden Wald», in dem die höchsten Bäume wuchsen. Mit der Frühe kam die strahlende Morgenröte, und die Vögel begannen zu singen, süß zuerst und dann so hoch und laut in ihrer Sprache, daß selbst die Bäume ihnen zuzuhören schienen und mit ihren Blättern rauschten. Da fing Gaheriet, der nach Gawain der beste Ritter war und dem ein Mädchen, das er liebte, im Sinne lag, zu singen an. Es war ein neues Lied, und er sang es so schön mit heller

Stimme, daß Busch und Wald davon widerhallten. Als er um sich blickte und sah, daß seine Brüder weit zurückgeblieben waren, wendete er sein Pferd, wartete, bis sie nachgekommen waren und sagte zu Gawain und Guerrhet: «So singt doch mit!» Da begannen sie alle drei zusammen zu singen, und ihre Stimmen hallten bis zu denen, die ihnen nachgeritten kamen, und setzten auch sie in frohgemute Laune.

Das war unterwegs auf ihrem Zug nach Camalot, denn König Artus wollte gern zum Fest Unserer Lieben Frau, zu Mitte August, wieder dort Hof halten. Loth und die Seinen, die Schloß Camalot als erste erreicht hatten, warteten dort auf die andern Ritter der Tafelrunde und vertrieben sich die Zeit mit allerlei Kurzweil, bis auch der König mit seinem Gefolge eintraf und die anderen Könige, denen Artus Land zu Lehen gegeben, und die geladenen Fürsten und Barone. Es wurde ein großes Fest, und als sie zu Ehren des Tages Unserer Lieben Frau zum Münster zogen, da konnte man dreizehn Könige und dreizehn Königinnen mit ihren schimmernden Kronen sehen. Nach dem Festmahl verteilte König Artus große Geschenke, den Rittern Pferde und

Rüstungen, den Eitlen gab er seidene Stoffe aus fernen Ländern, damit sie sich schmükken konnten, den Verliebten Gold und Silber, ihre Geliebten damit zu beschenken, und den Verständigen gab er, was ihnen gefallen mochte. So war des Dankens und Freuens kein Ende, und König Artus zeigte sich in diesen Tagen besonders glücklich und zufrieden, denn noch liebte er Ginevra sehr, und sie schien ihn wiederzulieben.

Eines Tages aber geschah etwas, das Lancelots heimliche Liebe zu Ginevra fast offenbar gemacht hätte. Es war ein Tag, an dem den Rittern die Zeit lang wurde, und Agrawain brachte das Schachspiel herbei, das einst Guinebaus für Ginevras Hochzeit gefertigt hatte. Bauern und Springer, Läufer und Türme waren auf das zierlichste aus Elfenbein geschnitzt, König und Königin aber waren mit rotem Gold überzogen. Doch über diesem Schachspiel lag ein Zauber: mit seinen Figuren nämlich konnte nur ein Spieler gewinnen, der reinen Herzens und keuschen Leibes war. Lancelot hatte mit diesem Spiel, das jetzt Agrawain herbeitrug, im Winter öfter gespielt und immer gewonnen. Nun forderte ihn Agrawain auf, mit ihm zu spielen, und die anderen Ritter lagerten sich um sie und schauten zu. Doch wie gewandt auch immer Lancelot seine Dame schützte und mit ihr Agrawains König bedrohte, es gelang ihm nicht, ihn matt zu setzen. Schon wurde das Spiel den anderen lang, und einige gingen an die Fenster oder schauten von der überdachten Galerie auf den Weg, der vom Schloß zum Münster führte.

«Seht!» rief einer überrascht. «Seht! Soeben kommt die Königin Ginevra aus der Kathedrale, in großem Staat – und Herr Gawain geleitet sie! Ist denn die Messe schon vorüber?»

Da gingen sie alle, außer Lancelot und Agrawain, an die Fenster und bestaunten ihre Königin, wie sie im Hermelinmantel den Hügel herabkam. Und während sie standen und staunten, verlor Lancelot zum erstenmal das Spiel auf Guinebaus' Zauberbrett.

Agrawain, der Argwöhnische, schien überrascht und sagte:

«Ihr habt im letzten Winter nie verloren!»

«Nein!» sagte Lancelot, «im letzten Winter nicht!»

«So habt Ihr nun zum erstenmal verloren seit dem Feldzug nach Arestuel? Seit Euch die Königin – wie man sagt – gesund gemacht hat?»

Da fürchtete Lancelot, daß seine Liebe offenbar würde. Er sah den höhnischen Zug in Agrawains Gesicht und sagte: «Nein, Ihr irrt Euch, nicht seit dem Feldzug nach Arestuel, wo ich Euren Brüdern zu Hilfe kam.»

«So sagt! Seit wann verliert Ihr?»

«Damit Ihr's wißt», sagte Lancelot, «seitdem ich in Corbenic war!»

Agrawain schien verwirrt. Die Ritter wandten sich von den Fenstern fort, wieder den Spielern zu, und Agrawain sagte laut:

«Hört! Lancelot war in Corbenic! In des Fischerkönigs Hause!»

Mittlerweile war die Königin hereingekommen, von Gawain geführt, und der König mit Kai, Girflet und Sagremor, und sie vernahmen nun, was man flüsterte, und vermochten es nicht zu glauben, daß Lancelot in Corbenic gewesen.

Als an diesem Abend König Artus auf dem Hochsitz Platz genommen und seine Ritter rings um die Tafel saßen – es waren nun einhundertundvierzig –, da machten alle, die Ritter und Lehenshalter, die Vasallen und die Damen in der Halle einen so fröhlichen Lärm, wie er noch bei keinem Hoffest erklungen war.

«Was Wunder», sagte König Artus, «daß Lancelot in Corbenic gewesen? Er ist der beste Ritter von der Welt, keusch und reinen Herzens, so wie Perceval und Bohort!» Dabei ging sein Blick wohlgefällig über die Tafelrunde. «Ohne seine Hilfe hätten die Heiden Arestuel erobert und Schottland zerstört und die Christen auf der Insel vernichtet. Nun habe ich den ‹Sachsenfels› im

Schutz von guten Rittern zurückgelassen, aber ohne Lancelot könnte ich jetzt meines Lebens nicht mehr froh werden! Komm, Lancelot, Bans und der Elaine Sohn, komm, setze Dich mir zur Seite!»

Eliezer aber, der Sohn des Königs Pelles von Terre Foraine, sah Lancelot an, und dieser wiederum blickte zur Königin.

Gerade hatte Kai, der bei Tisch aufwartete, das erste Gericht aufgetragen; ein Knappe zog eine gebratene Hirschkeule auf silberner Platte zu sich heran, schnitt sie in Stücke und legte sie den Rittern auf einer Brotschnitte vor; da betrat ein Fremder den Saal und kam, von einem weißen Hündchen geleitet, mit zögernden Schritten auf die Gesellschaft der Ritter zu.

Er war von Antlitz und Gestalt so schön, daß ihn jedermann bewunderte; aber er ging zögernd in seinem feinen Schuhzeug aus weißem Leder, denn er war blind. Um seine Schulter gehängt trug er eine Leier mit goldenen Saiten.

Von dem Hündchen vor König Artus und

die Königin gezogen, hielt er inne, verneigte sich und nahm seine Leier zur Hand. Indem er seine Finger durch die Saiten gleiten ließ, begann er einen bretonischen Lai zu singen, dessen Kehrreim den König und die Königin und alle, die in der Halle versammelt waren, grüßte. Da hörten sie zu essen und zu trinken auf, und auch Kai setzte sich auf einen freien Sitz und hörte zu. Als der Sänger mit seinem Lied, das alle erfreut hatte, zu Ende war, sagte der König: «Ihr seid uns hochwillkommen heute abend, denn es verlangt uns, die Wunderdinge wieder zu hören, die nur der Sänger weiß! Denkt, einer von uns ist in des Fischerkönigs Haus – in Corbenic – gewesen!»

Nach der Mahlzeit wurden Wild, Brot und der Gewürzwein von den Tischen genommen, die Tafeln wurden hinausgetragen und die Fackeln an den Wänden erneuert. Der König und die Königin setzten sich zu ihren Getreuen. Lancelot saß neben Eliezer, des Fischerkönigs Sohn. Da sagte König Artus: «Lancelot, erzähle uns, was

Du auf Schloß Corbenic gesehen hast! – Hast Du auch König Pelles von Terre Foraine gesehen und seine Tochter, Elaine Ohnegleichen, und die Ritter der Gralsburg?»

«Ja!» sagte Lancelot, «ich habe sie gesehen. König Pelles war freundlich zu mir, als er hörte, daß ich Lancelot vom See bin und aus dem Geschlecht des Joseph von Arimathia. Wir redeten von mancherlei. Und dann sah ich, wie Elaine Ohnegleichen das heilige Gefäß vor den König und seine Ritter brachte.»

«Wie sah es aus, das Gefäß, das Elaine trug?» fragte die Königin.

«Es war verhüllt, aber es leuchtete, goldener als die Sonne; ihm entströmte ein Duft, süßer als der von tyrischer Salbe, und sein Leuchten war so wundersam, daß die Ritter der Gralsburg verstummten und auf dem Boden niederknieten. Ich tat wie sie, und Elaine Ohnegleichen ging mit dem Gral an uns vorüber.»

«Sage», fragte König Artus, «war der Gral

jene achatene Schale, die Joseph von Arimathia bewahrte nach dem Abendmahl in Simons Haus – dieselbe, in welche *Er* das Brot tauchte, im gleichen Augenblick wie Judas? Oder war es der Kelch, in welchem Joseph das Blut aus Christi Wunden auffing?»

Da sagte der Sänger an Lancelots Statt: «Wunder haben vielfältigen Sinn, mein König! Der Gral ist beides in einem, Schale und Kelch, Speise und Trank. Damals, als Joseph von Arimathia vierzig Jahre im Gefängnis lag, da trat in seine Dunkelheit Gott selbst mit dem Gefäß. Das Licht der Gnade kam zu dem Gefangenen, und Gott sprach aus dem Licht und benannte das Unnennbare. In jener Nacht, in der der Gral zum erstenmal erglänzte, da traf ein Schein des Paradieses jene Kerkermauern, denn Gottes Sohn selber hat sein Geheimnis enthüllt.»

«Oh, sagt uns die Geheimnisse des Grals!» bat Lancelot flehend.

«Ich bin nicht Gott, daß ich reden könnte», sagte der Blinde, «Joseph allein hütet sie, Joseph von Arimathia hütete den Gral. Nachdem er von der Wüste aufgebrochen war, wo er die Sarazenen bekehrte,

zog er an einem Osterabend mit seiner Schar ohne Schiff über das Meer. Die See war ruhig, der Mond stand hell am Himmel, und Joseph hieß die, die den Gral trugen, vorangehen, und sie gingen auf der Oberfläche des Wassers wie auf festem Land.

Das war damals, als hier bei den Stonehenge-Steinen die Heiden und ihre Druiden Opfer brachten und die Erde der Blauen Bretagne nach Blut roch. Doch es heißt, so wie die Berge wandern, so soll der Stamm aus Josephs Namen dorthin ziehen, wohin sein Herz ihn treibt – nach Westen. Und der aus Josephs Stamm, der das Geheimnis des Grals trug – es war Bron, seiner Schwester Sohn –, wollte nach Avalon fahren, zur glückseligen Insel, andere sagen, zum glasfarbenen Strom, der das Eiland von Glastonbury umfließt ...»

«So hat nach Joseph als einziger Bron das Geheimnis gehütet?» fragte Lancelot.

«Als einziger», sagte der Sänger. «Und nach ihm Alain, der jüngste seiner zwölf Söhne. Niemand besaß die Gnade außer den Fischerkönigen.»

«Wie kommt es aber, daß jene, die den Gral bewahren, ‹Fischerkönige› heißen?» fragte Lancelot.

Alle wollten zugleich antworten, denn jeder kannte die Geschichte außer ihm, dem sie in seiner Kindheit am See niemand erzählt hatte. Da es aber eine Königsgeschichte war, berichtete Artus sie selbst. Er erzählte, wie Joseph und die Seinen eines Tages in der Bretagne am Ufer eines Sees rasteten und Hunger litten, und wie Joseph Alain befahl, mit einem Nachen hinauszurudern und seine Netze nach Fischen auszuwerfen. Aber er fing nur einen einzigen. Joseph nahm diesen Fisch, zerteilte ihn in drei Teile und betete, daß er die Hungrigen alle satt machen möge – und so geschah es. Nach ihm sind alle, die den Gral hüteten, ‹die reichen Fischer› genannt. Die aber die Krone tragen, heißen ‹Fischerkönige› seitdem.

«Und hört», fuhr der Blinde fort, «eines Tages zog Alain, als er schon Fischerkönig war, zur Terre Foraine, wo der König des Landes krank darniederlag. Aber durch die Macht des Grals wurde er vom Aussatz geheilt. Darauf ließ sich der König der Terre Foraine taufen mitsamt seinem Volk und ließ alsbald inmitten eines reißenden Flusses ein Schloß erbauen, über dessen Tor die Inschrift stand: CORBENIC. Das ist ein chaldäisches Wort und heißt ‹das heiligste Gefäß›. Dort wurde der Gral von Alters her gehütet, und wenn er nicht mehr in Corbenic bleibt, sondern in Camalot erscheint, dann ist die Zeit der Suche gekommen!»

«Aber das heilige Gefäß ist verhüllt, das Elaine Ohnegleichen trägt! Niemand sieht es ohne Hülle!» sagte Eliezer, des Fischerkönigs Sohn.

«Sagt», fragte Gawain, «können wir ihn nie in seiner ganzen Herrlichkeit schauen?»

«Glaubt mir», sagte der Sänger, «Ihr seid vor dem Gral so blind, wie ich es bin zu dieser Stunde! Dennoch vermag kein Gestirn zu leuchten wie er, keine Sonne hellere Strahlen zu senden. Den Fürwitzigen verbrennen sie, den Unwürdigen stechen sie, aber der Reine wird von ihnen geheilt. Ja, sein Geheimnis ist älter als der Ölbaum vor Camalot, dunkler als die Maulbeere, gleißender als die im Meer gefundene Perle!»

Der Sänger sprach leise, doch verstanden ihn alle, die ihm zuhörten in der Halle von Camalot.

«Es heißt», sagte Lancelot, «einige von uns seien auserwählt, dem Gral auf den Grund zu schauen.»

«Welche sind es?» fragte Gawain. «Sagt uns ihre Namen!»

Darauf sagte der Sänger: «Drei von den Rittern der Tafelrunde sind ausersehen, aber ich kann ihre Namen nicht nennen, denn noch sind die Prüfungen nicht bestanden. Aber in weissagenden Traumgesichten sind sie dem König von Sarras kund geworden. Nachdem Joseph ihn bekehrt hatte und mit dem Gral nach Westen zog, träumte dem König, von dem schwebenden Gral seien neun Ströme ausgegangen; acht flossen ruhig und breit dahin, der neunte war zwar anfangs schlammig, doch später perlenrein, reißend und zum Trinken süß. Vom Himmel stieg der Gekreuzigte hernieder und netzte Hände und Füße in den acht Strömen, doch in den neunten tauchte

Er ein zum Bade. – Die neun Ströme aber deuten auf Josephs Nachkommen hin, und der letzte ist trüb an seiner Quelle, weil der Wissende unter den Sterblichen nicht in rechter Ehe gezeugt ward – aber vor ihm wird das Heilige ohne Hülle sein.»

«Sagt», fragte da Lancelot, «geht nicht, wie die Frau vom See mir erzählt hat, das Geheiß an alle Ritter, den Gral zu suchen und sich den Prüfungen zu unterwerfen?»

Da sagte der Blinde mit leiser Stimme: «Ich verschwieg jenen anderen Traum des Königs von Sarras, in dem sich die Reihe der Herrscher mit ihren Kronen zeigt: der achte nimmt die Erscheinung eines Hundes an, der neunte aber verwandelt sich in die Gestalt eines Löwen.»

Da blickte Lancelot vom See auf die Königin und seufzte.

«Wenn Ihr aber aufbrechen werdet und die hohe Suche beginnt, um dem Geheimnis auf den Grund zu schauen, dann werden die, die sich wie Väter und Söhne, wie Brüder unter Brüdern geliebt haben, in alle

Winde zerstreut und auseinandergerissen werden.»

«Das hat Merlin schon gesagt!» unterbrach ihn der König. «Redet! Wer seid Ihr?»

«Merlin hat mich gesandt», sagte der Blinde.

Da wagten sie keine Frage mehr und schwiegen. Und während die Fackeln blakten und die Kerzen kürzer brannten, erhob der Sänger noch einmal seine Stimme und sang. Er trug diesmal den «Lai der Tränen» vor, den schon Joseph gekannt, als er in die Große Bretagne kam. Aber wie schön das Lied auch war, so hing doch jeder seinen eigenen Gedanken nach.

Als spät am Abend die Ritter den blinden Sänger zu seiner Herberge geleiteten, traf es sich, daß die Königin Ginevra einen Augenblick lang alleine mit Lancelot im Erker stand, und während sie in die Dunkelheit hinaussahen, fragte sie ihn wieder, was sie ihn gerne fragte:

«Sage mir, Lancelot, wie sehr liebst Du mich?»

Und Lancelot vom See sagte diesmal: «Ich liebe Euch mehr als die Rosen, die man in Corbenic streut, mehr als den Sammet aus Achmardi, der den Gral verhängt.»

Die Zeit verging, das Korn war geschnitten, die Früchte waren geerntet, und von den Bäumen fielen die Blätter auf den Rain von Camalot. Da geschah es eines Tages, als der König und die Ritter im Saale beisammen waren, daß die Königin Ginevra hereinkam, und der König sah, was die andern auch sahen: ihr hing ein Blatt im Haar. König Artus tastete danach, nahm es an sich und erkannte, daß es ein Blatt der Silberweide war, die am Bach von Camalot wuchs. Gawain und Agrawain sahen den König aufmerksam an, doch er ließ das Blatt zu Boden fallen, so, als sei nichts dabei, und schien auf etwas zu lauschen. Niemand von den Rittern ahnte, daß er das Lachen Merlins hörte. Noch fand sich Artus in seiner Treue nicht genarrt, und niemand sagte ihm, daß Ginevra auf dem Rücken gelegen, als sich das Blatt in ihrem seidigen Haar verfangen. Aber er wurde nachdenklich und sann über Dinge nach, für die er keinen Namen fand.

Im Herbst waren die Ritter gewohnt, sich im Wald zu ergötzen; ritten sie zur Falkenbeize aus, so nahm Ginevra mit ihren Damen daran teil, aber nur mit zwei Rittern. Der eine war Lionel und der andere Lancelot vom See, der das Hündchen der Königin trug. Da sie aber bis über Weihnachten in Camalot blieben, wurde ihnen die Zeit allmählich lang. Seitdem der Sänger gegangen, vernahmen sie keine Neuigkeiten mehr, nichts geschah. Die Krähen flogen um die Ulmen von Camalot, und sie sahen sie fliegen und hörten sie schreien und langweilten sich. Als Mariä Lichtmeß herankam, sagte Kai, der Seneschall, zu König Artus, den

Rittern würde die Zeit auf Camalot nun schon zu lang.

«Was wollt Ihr, das wir tun sollen?» fragte der König Kai, und der sagte: «Könnten wir nicht nach Carduel gehen?», denn er wußte, daß dort, wo Merlin die Tafelrunde gegründet, des Königs liebster Aufenthalt war, während Ginevra Camalot vorzog.

«So wollt Ihr, daß wir wieder nach Carduel gehen?» fragte König Artus seine Ritter bei der Mahlzeit, und sie wollten es gerne. Nur Lancelot vom See schwieg, denn er wäre viel lieber bei der Königin in Camalot geblieben, hätte er es gedurft vor den andern, auch bangte ihm vor dem König, seitdem dieser das Blatt in Ginevras Haar entdeckt hatte. Die Königin aber klagte und sagte, wahrhaftig, seit die Tafelrunde in Carduel gegründet wurde, hätten die Ritter ihre Väter und Mütter, ihre Geliebten und Gemahlinnen verlassen, nur um an der runden Tafel zu sitzen. Das gelte ihnen mehr als die halbe Welt, und keine Ehre schätzten sie höher!

«Hört!» sagte der König zu seinen Rittern, «es betrübt mich mehr, als ich sagen kann, daß ich Merlin verloren habe! Ich warte jetzt seit vielen Monaten, daß er sich noch einmal zeige, aber er kommt nicht mehr. Ob man ihn denn weit und breit nicht finden kann? Wenn ich Euch teuer bin, so zieht aus und sucht mir Merlin, und dann laßt uns zu Ostern wieder in Carduel zusammenkommen und hören, ob ihr ihn gefunden habt!»

Darauf schwuren die Ritter, vierzig Tage lang nach allen Richtungen des Windes zu reiten. Lancelot und Ywain, Sagremor und Girflet, Gawain und Gaheriet und fünfundzwanzig Ritter rüsteten sich und zogen aus, um Merlin zu suchen. Sie hatten im Sinn, ihn in den calydonischen Wäldern zu finden oder bei Meister Blaise in Northumberland. Aber Merlin hauste im Zauberwald von Broceliande, wo er einst den magischen Kreis gezogen, um seine Freundin zu entzücken. Ihr zuliebe hatte er dort ein Schloß erscheinen lassen mit einem Garten voller

Granatäpfel und duftender Blumen, wo Ritter und Fräulein auf dem grünen Grase tanzten und Spaßmacher Purzelbäume schlugen, bis Viviane lachte und in die Hände klatschte. Gegen Vesper aber war das Hoffest im Wind zerflossen und die Spur des Zauberkreises erloschen, und nur die Quelle, an der sie gesessen, glänzte wie zuvor. Wollte Merlin aber gehen, so betörte ihn Viviane zu bleiben, umfing ihn mit ihren Armen und bat ihn, ihr noch mehr Zauberkünste zu zeigen, wobei sie beteuerte: «Bei Euch ist all mein Glück, ohne Euch habe ich keine Freude mehr, keine Hoffnung ohne Euch!» Viviane hatte große Macht über ihn bekommen, weil sie seine Abkunft kannte – Merlin hatte ihr in verblendeter Liebe verraten, daß ihn der Teufel mit einem reuigen Mädchen gezeugt –; er durfte ihr nichts verweigern und lehrte sie alles, worum sie ihn bat.

Nachdem die Ritter Abschied genommen, folgten sie zuerst dem geraden Weg zum

Wald von Camalot, bis sie zu dem Kreuz gelangten, das man das Schwarze Kreuz nannte; Joseph von Arimathia hatte es einst errichtet. Dort hielten sie an, nahmen die Helme ab und küßten sich, ehe sie in verschiedenen Richtungen von dannen zogen.

Der erste von König Artus' Rittern, sein Neffe Gawain, nahm den schmalsten Pfad, der Spur von Hufen folgend. So ritt er, von traurigen Gedanken erfüllt, ohne Speise und Trank, bis er am dritten Tag so müde war, daß er nicht wußte, wohin er ritt. Da rief ihn eine Stimme an, und Gawain erwachte, denn er ritt schon wie im Schlaf. Er erkannte die Stimme Merlins.

«Gawain, Ritter Gawain! Erkennst Du mich nicht?»

Und Gawain sagte: «Ich höre Dich, aber wo bist Du, Merlin?»

«Es schmerzt mich, Gawain, aber Du wirst mich nie wieder sehen!»

«Wo bist Du?» fragte Gawain.

«Ich bin nirgendwo und überall, verbannt in diesem Wald von Broceliande, bin durch keine Mauer und keine Kette gefangen, allein durch Zaubermacht.»

«Was hast Du getan, Merlin, daß Du gebannt bist?»

«Ich war so betört, daß ich eine Frau mehr liebte als mich selbst! Ich habe ihr alles verraten: Erst, wie man eine Quelle in einen See verwandelt, dann, wie man Menschen einschläfert und selbstvergessen macht; dann lehrte ich sie jeden Zauber, den ich kannte.»

«Wie ist es aber gekommen, daß sie Dich, Merlin, verzaubert hat?»

«Wir gingen eines Tages Hand in Hand in diesem Wald einher, und fanden einen Weißdornstrauch, mit Blüten reich beladen, in dessen Schatten wir uns niederließen. Ich legte meinen Kopf in Vivianens Schoß, und sie berührte meine Schläfen, bis ich einschlief. Dann muß sie sich erhoben und mit ihrem Schleier den Zauberkreis rund um den Weißdornstrauch geschlagen haben. Als ich erwachte, fand ich meinen Kopf in ihrem Schoß, und als ich um mich sah, befand ich mich im schönsten Turm der Erde, in einem luftigen Gemach. Meine Freundin Viviane versprach mir, oft zu mir zu kommen und in meinen Armen zu liegen. Seitdem sind die Tage und Nächte selten, da sie nicht bei mir ist.»

Wie Gawain Merlin so sprechen hörte, sagte er:

«Könnte ich Dich doch sehen, Merlin!»

Aber Merlin antwortete: «Keiner wird mich mehr sehen, und Du wirst der letzte sein, der meine Stimme vernimmt! Und wenn Du zurückkehrst und König Artus und die Königin in Carduel siehst, so grüße Sie von Merlin! Und Gott möge den König und das Reich Logres und alle seine Barone behüten!»

Da verstummte die Stimme, und wie lange auch Gawain blieb und lauschte, es drang kein Laut mehr zu ihm.

So ritt Gawain zögernd von dannen. Er war der einzige, der Merlin gefunden hatte, wenn er seiner auch nicht ansichtig geworden war.

Was Wunder, daß keiner von den Rittern so freudig in Carduel empfangen wurde wie Gawain! Und war seine Nachricht auch nicht die beste, so verlangten doch alle, die zu Ostern nach Carduel gekommen waren, immer wieder danach, sie zu hören. Während König Artus nach der Messe seine Ritterschaft um die runde Tafel versammelte, empfing Ginevra, die schönste und klügste Königin, die Frau des Loth von Orcanie und die Königinnen des Landes und andere hochgeborene Damen und Fräulein – von denen nur Morgane nicht gekommen war –, und sie alle zeigten Herrn Gawain jede Ehre.

Aber der fröhliche Lärm, der sonst an Artus' Hof erschallte, war diesmal nicht zu hören, denn einer war von der Suche nach Merlin nicht zurückgekehrt und fehlte an der Tafelrunde: Lancelot vom See. Das beklagten seine Gefährten sehr, und es herrschte große Trauer. Als alle am Ostermontag bei Tische saßen, gewahrte der König, daß Ginevra Tränen vergoß.

Da schwur Gawain, er werde ausziehen und Lancelot suchen und nicht eher ruhen, bis er in Wahrheit wüßte, ob er lebe oder tot sei. Dreißig der Tapfersten der Tafelrunde wollten mitziehen, um ihn zu suchen, bereit, nicht eher zum Hof zurückzukehren, als bis sie ihn gefunden hätten. Doch meinte der König, es genüge, wenn neun Ritter seinen Neffen Gawain begleiteten, und Gawain wählte als ersten Ywain aus, dann seine Brüder Gaheriet und Guerrhet, dann seinen jüngsten Bruder Mordred, der erst neuerdings den Ritterschlag empfangen hatte, dann Bohort und Lionel, Lancelots Vertraute, und noch drei weitere Ritter, mit denen er sich nach der Suche am Schwarzen Kreuz vor dem Wald von Camalot wieder treffen wollte.

Als Bohort und Lionel schon in Waffen waren und zum Abschied zur Königin kamen, wollte sich Ginevra gerade niederlegen, und sie sagte weinend: «Ihr Herren, nun sehe ich wohl, daß auch Ihr herbeiwünscht, was einzig mich heilen kann. Es ist ein Wunder, daß mir das Herz nicht bricht, da ich mein Leid verbergen muß. Gebe Gott, daß Ihr mir gute Nachricht bringt!»

Aber wie weithin die Ritter auch zogen, wie viele Abenteuer sie auch bestanden, in wie vielen Burgen und Städten sie auch nach Lancelot vom See fragten, keiner fand ihn. Kein Pilger, kein Bauer, kein Fräulein hatte ihn gesehen.

Endlich, es war schon auf Sankt Magdalenentag, begegnete Gawain Gaheriet, und sie zogen zusammen weiter und wollten in einer Abtei übernachten. Gaheriet fragte dort, ob man keine Nachrichten von Lancelot vom See habe. «Nein», antworteten ihm die Brüder, «wir haben nichts von Lancelot gehört, seitdem er Camalot verlassen hat.»

«Es geht das Gerücht um, daß er tot sei», sagte der Abt, «und auch ich glaube, daß er nicht mehr unter den Lebenden ist.»

«Bei Gott!» seufzte da Gaheriet, «das wäre entsetzlich! Lieber würde ich erfahren, daß vierzig Ritter der Tafelrunde tot wären, als daß ich es von Lancelot hörte!»

«Meiner Treu!» entgegnete darauf der Abt, «das sagt sich leicht! Aber wenn es Gott gefällt, dann muß man es ertragen!»

Die Zeit ging hin, die Wiesen wurden gelb, die Bäche begannen auszutrocknen. Zweimal schon waren die Ritter am Schwarzen Kreuz zusammengekommen, aber keiner brachte Kunde von Lancelot vom See. Da beschlossen sie, nach Camalot zurückzureiten. Als sie aber heimkehrten und keinerlei Nachrichten von Lancelot brachten und meldeten, ein Abt hätte ihnen vom Tode Lancelots gesprochen, da hob bei den Rittern am Hof großes Klagen an, und sie waren ratlos, wer nun, wenn Lancelot tot sei, die Abenteuer des Grals bestehen könnte.

Der König trauerte um ihn wie um einen Sohn: «Lieber hätte ich das Reich Logres und alle meine Neffen außer Gawain verloren als ihn!»

Ginevra zog sich stumm in ihre Kammer zurück, weinte dort und jammerte allein, nahm fürder weder Speise noch Trank zu sich und konnte keinen Schlaf mehr finden, bis sie so erschöpft war, daß sie fieberkrank wurde. «Ach, Lancelot», flüsterte sie in ihrem Bette, «Du bist der größte von allen Rittern, keiner kann sich Dir vergleichen! Du bist der Treueste von allen, die je den Schild getragen, der Kühnste, der je ein Schwert geführt, der Freundlichste, der je mit den Damen in der Halle gesessen, und der liebenswerteste aller sündigen Menschen, der je eine Frau geliebt hat! Mein Herz sagt mir, daß Du noch lebst und wieder zu mir zurückkehrst.» Während sie im Fieber sprach, glaubte sie, Lancelot an ihrem Bett zu sehen, und sie warf sich dem Trugbild entgegen, wollte es umarmen und rief laut: «Lancelot, Lancelot, ich wußte ja, daß Du lebst und wieder heimkehrst zu mir!» Lore von Carduel, ihre Kammerfrau, die neben ihr schlief, erwachte und sah, wie die Königin beide Arme ausgebreitet hielt.

Sie glaubte, ihre Herrin habe den Verstand verloren, und besprengte ihr das Gesicht mit Weihwasser und flüsterte: «Herrin, seht, dort kommt der König, legt Euch rasch nieder!»

Da bekam die Königin Angst, als sie die Kammerfrau so erschrocken sah, und sank in die Kissen zurück; Lore von Carduel wachte neben ihr, redete ihr zu und tröstete sie, bis sie gegen Morgen einschlief.

In der selben Nacht lag Lancelot auf der nackten Erde, unter dem dichten Gestrüpp des Waldes von Tintajol. Auch er war krank, und auch er redete im Fieberwahn. Er hatte aus dem ‹Brunnen der Feen› getrunken, einem Brunnen, dessen Wasser für jeden Sterblichen ein Gifttrunk war. Als er sich kaum hundert Schritte vom Brunnen entfernt hatte, fing er an zu taumeln und sank betäubt zu Boden. Seine Glieder schwollen an, die Zunge wurde ihm trocken im Munde und seine Nägel lösten sich von den Fingern. Er fühlte sich dem Tode nahe, und in seiner Angst, fern von Ginevra zu sterben, rief er immer wieder die Königin bei Namen. In seinem Fieber ward ihm ein Gesicht: Ginevra kniete neben ihm nieder, beugte ihr Antlitz über ihn und küßte ihn auf den Mund. Er zog sie zu sich nieder und sie lag an seinem Herzen, und seine Todesangst verwandelte sich in Glück.

Als er gegen das Ende der Nacht aus seinem Fieber erwachte, sann er in allem Elend, dessen er wieder inne wurde, seinem Traume nach und hoffte, daß er ihm seine Rettung verheiße.

Die Monde wechselten, die Nächte wurden länger und das Weihnachtsfest wurde in Camalot diesmal traurig begangen. Alle außer der Königin waren des Glaubens, Lancelot sei tot. Der König saß allein, in düstere Gedanken versunken, und wollte mit niemand sprechen. So geschah es, daß ein Fräulein, das ihm eine wichtige Nachricht überbringen wollte, von den Türhütern abgewiesen wurde, bis Kai, der die Botin erkannt hatte, dazwischentrat, sie vor den König führte und ihm meldete, das Fräulein bringe Nachricht von seiner Schwester Morgane. Da bat Artus, Kai

möge die Königin herbeiholen, damit auch sie die Nachricht höre. Als Ginevra, die nur mehr selten ihre Kemenate verließ, im Saal erschien, ging König Artus ihr entgegen, ergriff sie bei der Hand, küßte sie vor aller

Augen und lud sie ein, sich neben ihn zu setzen. Darauf wandte er sich dem Fräulein zu und fragte: «Bringt Ihr uns gute Nachricht von meiner Schwester Morgane?»

«Ich bringe Euch Nachricht von Lancelot vom See!» sagte da die Botin, und die in der Halle saßen, sprangen von ihren Sitzen und riefen: «Hört! Nachricht von Lancelot vom See!» und scharten sich um den König.

Das Fräulein fuhr fort und sagte: «Er ist in Morganes Schloß und befindet sich wohl. In diesem Sommer auf den Tag Unserer Lieben Frau ist unsere Herrin ihm im Walde von Tintajol begegnet. Sie führte ihn heim auf ihr Schloß; seitdem weilt er dort als ihr Ritter und leistet ihr Gesellschaft. Nun bittet Lancelot vom See Euch, König Artus, seinen Herrn, von Herzen, ihm das große Unrecht zu verzeihen, das er Euch angetan, da er Eure Gemahlin mit zu großer Liebe liebte! Doch merkt: nie werdet Ihr ihn wiedersehen!»

Da waren sie alle über die Maßen bestürzt, und während die Königin erblaßte und kaum noch zu hören wagte, was das Fräulein noch sagen würde, warf ihr die Botin den Ring mit dem Siegel im grünen Stein in den Schoß und rief:

«Und Euch, Königin Ginevra, schickt Herr Lancelot vom See den Ring zurück, den Ihr ihm mit Eurer Liebe geschenkt habt! Oder wollt Ihr sagen, daß Ihr den Ring nicht kennt?»

Da sahen alle die Königin an, und sie stand von ihrem Sitz auf und sagte:

«Ich kenne den Ring so gut wie die anderen Geschenke, die ich Lancelot vom See in Ehren, wie jeder weiß, gegeben habe, denn er hat für mich so viel getan, daß er mehr verdient hätte als das! Hat er nicht Douloureuse Garde erobert und dem König gedient, ihm Land und Ehre gerettet, ihn und Loth und Gawain aus der Gefangenschaft befreit? Zum Dank gab ich ihm den Ring mit dem grünen Stein! Wo ist die Frau, für die ein Ritter so viel ausgestanden hat wie Lancelot für mich, und die ihn abgewiesen hätte? Er hat mit seiner Kraft und Güte euch alle übertroffen! Ich kenne die Hoheit seines Herzens und weiß darum, es ist eine große Lüge, daß er mir Schande nachsagt! Denn ich bin gewiß, eher ließe er sich die Zunge aus dem Mund reißen, als einen solchen Vorwurf auszusprechen gegen mich! Und sollte einer mir mißtrauen hier, dem sage ich, bei Gott, lieber möchte ich für das gelten, was man mir lügnerisch vorhält, als daß Lancelot bei Morgane bliebe!»

Als König Artus sah, daß Ginevra über die Maßen erregt war und ihr die Tränen über das Gesicht liefen, stand er auf und sagte: «Laßt gut sein! Da der Ring von Morgane kommt, glaube ich kein Wort von allem! Grämt Euch nicht darüber, Morgane haßt Euch seit der Stunde, da Ihr sie bei Gaimar liegen saht. Euch allen in der Halle hier will ich sagen, daß es mir lieber wäre, Lancelot hätte der Königin seine Liebe gezeigt, als daß ich ihn an meinem Hof für immer vermissen müßte! Und Ihr, die Ihr Nachrichten von solcher Arglist brachtet, geht und sagt Eurer Herrin Morgane, daß ich nichts von ihrer Botschaft glaube!»

Nur Morgane allein wußte, wie Lancelot auf ihr Schloß gekommen war. Auch sie war ausgeritten, um Merlin zu suchen. Da fügte es sich, daß sie auf den Tag Unserer Lieben Frau im Wald von Tintajol Lancelot fand, wo er krank und mit geschwollenen Gliedern im Gestrüpp lag. Als sie von ihm erfuhr, daß er vom Wasser des Feenbrunnens getrunken hatte, warf sie ihren Mantel über ihn, damit er schwitze und das Gift ihm nicht zum Herzen steige. Dann träufelte sie ihm den Saft von Wurzeln und Blättern in den Mund, deren Heilkraft ihr einst Merlin entdeckt hatte. Weil Morgane Lancelot seit langem liebte, sorgte sie sich um ihn und pflegte ihn, bis in der Nacht das Gift ausgeschwitzt war und sein Fieber verschwand. Gegen Morgen fragte sie ihn, wie es ihm ginge; Lancelot aber gab sich seinen Schmerzen hin und schwieg.

Nach drei Tagen ging es ihm besser, und Morgane führte ihn auf ihr Schloß. Dort wollte er eine kurze Zeit rasten, aber Morgane verfolgte ihn mit ihrer Liebe und ließ ihn nicht ruhen. Doch er dachte im Wachen und im Schlafen nur an die blonde Königin Ginevra und mochte die braune Haut und die schwarzen Haare der Morgane nicht sehen und die Glut in ihren Augen nicht leiden, denn Morgane brannte vor Begierde. Da Lancelot ihr widerstand, lockte sie ihn in ein Verlies, das kalt und dunkel war.

Als Allerheiligen nahte, der Tag, an dem König Artus in Camalot Hof zu halten pflegte, kam Morgane zu ihrem Gefangenen und sagte: «Ich weiß, daß Ihr jetzt an den Hof ziehen wollt zu Eurer Königin, aber Ihr seid mein Gefangener, und ohne Lösegeld kommt Ihr nicht frei. Freilich, um eines Dinges willen ließe ich Euch wohl ziehen.»

«Was ist es, was Ihr von mir wollt?»

«Ihr seid frei um den Preis des Ringes, den Ihr an Eurer rechten Hand tragt», sagte die Fee.

Aber Lancelot antwortete: «Dann tut mit mir, was Ihr wollt, aber den Ring bekommt Ihr nicht! Ihr müßtet mir denn den Finger abschneiden.»

Da wußte Morgane wohl, daß Lancelot die Königin liebte, denn sie hatte den Ring mit dem grünen Stein gut angeschaut und entdeckt, daß er das Abbild ihres eigenen Ringes war, den König Artus ihr vorzeiten geschenkt hatte; aber in einem unterschieden sich die Ringe voneinander: während in Lancelots Siegel zwei Hände ein Herz umfaßt hielten, zeigte Morganes Stein nur zwei verschlungene Hände. Morgane hätte Lancelot vom See nicht so gequält, wäre er ihr nur einmal zu Willen gewesen. Aber er liebte die Königin treulich.

«Lancelot», sagte sie nach dem Mondwechsel, «habt Ihr's Euch wohl überlegt, ob Ihr mir das Lösegeld nicht geben wollt? Besinnt Euch, was ist der Stein schon wert?

Es ist kein Demant und kein arabischer Saphir, und wieviel Körner vom Johannisbrotbaum wiegt schon Euer Smaragd? Auch ist sein Schnitt nicht von Meisterhand!»

«Warum wollt Ihr den Ring, Morgane, wenn er Euch so wenig gefällt?» sagte Lancelot und wandte sich von ihr ab.

Morgane mußte einsehen, daß sie weder durch Bitten noch Drohen in den Besitz des Ringes gelangen konnte. Sie griff darum zu einer List und gab ihrem Gefangenen einen Trank, der ihm schweren Schlaf und eifersüchtige Träume bringen sollte. Kaum war Lancelot in Schlaf verfallen, zog sie ihm den Ring vom Finger und steckte ihren eigenen an seine Hand. Lancelot wand sich in Träumen und stöhnte, Tränen füllten seine Augen und er seufzte: «Ach, ich bin gefangen, Ginevra! Was kann ich tun?»

Als Morgane in der Frühe zu ihm trat und seine vom Weinen geröteten Augen sah, sagte sie zu ihm: «Lancelot, wenn Ihr mir schwört, daß Ihr König Artus' Hof meidet und nie mehr ein Wort an die Königin richtet, so will ich Euch zu Weihnachten freilassen!»

Aber Lancelot sagte: «Nie wird ein solcher Schwur über meine Lippen kommen!»

Nachdem Morgane den Ring, den sie heimlich an sich gebracht, durch ihre Botin nach Camalot gesandt hatte, befahl sie, ihren Gefangenen aus dem Kerker in eines der schönsten Gemächer Ihres Schlosses zu bringen, dessen vergittertes Fenster auf ihren Garten ging. Dort ließ sie ein Bett herrichten, so breit und mächtig, als ob es für König Artus selbst wäre. Sie suchte Lancelots Gemüt mit den Künsten, die sie kannte, und schmeichelnden Reden zu erheitern. Aber Lancelot sprach kein Wort mehr zu Morgane, er wartete und schwieg.

Als es nach langen, dunklen Wintertagen endlich Frühling wurde, sah der Gefangene eines Tages aus dem vergitterten Fenster über den Garten auf eine offene Halle und gewahrte dort einen Mann, der an die Wände Bilder aus einer alten Geschichte malte und darüberschrieb, was sie bedeuteten. Lancelot erkannte, was er malte, es war die Geschichte des Aeneas, sein Abschied von Troja, seine stürmische Meerfahrt und sein Verweilen bei der schönen Königin Dido. Das brachte ihn auf den Gedanken, an die Wände seines Gefängnisses seine eigene Geschichte zu malen, denn er meinte, es brächte ihm Trost, Ginevras Bild fortan vor sich zu sehen. So bat er den Mann, ihm Farben zu geben, und der tat es gern, worauf Lancelot zu malen begann, was ihm in all den Tagen und Nächten im Sinne gelegen: wie die Frau vom See ihn zu König Artus nach Camalot gebracht, wie er Ginevra in ihrer großen Schönheit zum erstenmal gesehen und wie sie am Fenster stand, als er in den Fluß ritt. Alles war so fein und zierlich ausgeführt, als sei das Malen in seinem Leben sein tägliches Geschäft gewesen. Wenn sich Lancelot morgens erhob, ging er auf das Bild der Königin zu, grüßte sie und drückte seine Lippen auf ihren Mund. Dann fuhr er fort zu malen und schrieb unter die Bilder mit leserlichen Buchstaben deren Bedeutung.

Aber wenn er sich niedergelegt hatte und schlief, öffnete sich die Tür. Morgane trat mit einem Licht herein, denn sie liebte Lancelot noch immer, und schaute sich an, was er tagsüber gemalt hatte. Sie erkannte die Königin an ihrer Gewandung und dachte bei sich, die Liebe habe aus dem härtesten Mann den erfindungsreichsten gemacht. So kam sie jede Nacht, bis Lancelot vom See die ganze Wahrheit über sich und über die Königin an ihre Wände gemalt hatte, und das dauerte bis nach Ostern.

Jeden Morgen, wenn er im Frühlicht aufstand, seufzte er vor dem Bilde Ginevras und all der Gestalten um sie her und fand in ihrem Anblick Trost in seiner Betrübnis. Dann ging er ans Fenster und schaute in den Garten der Morgane, wo ein Rosenstrauch wuchs, an dem jeden Tag eine neue Rose aufblühte, und vergaß für eine Weile alles Herzeleid, denn die Rose erinnerte ihn an das Antlitz seiner geliebten Königin in der Nacht, da sie in seinen Armen lag.

An einem Sonntagmorgen sangen die kleinen Vögel so munter, daß er sich früher erhob, sich ans Fenster setzte und zusah, wie die Sonne durch den Garten wanderte und einen Strahl auf den Rosenstock warf, an dem eine neue Rose erblüht war, die hundertmal schöner war als die andern, so wie seine Königin hundertmal schöner war als alle andern Damen in Logres. ‹Da ich Ginevra nicht haben kann, will ich die Rose nehmen, die ihr gleicht›, dachte Lancelot und streckte die Hand durch das Eisengitter. Aber er konnte sie nicht erlangen und zog die Hand zurück. Da ergriff er mit beiden Händen zwei Eisenstäbe des Gitters, riß und rüttelte mit allen seinen Kräften und bog sie schließlich so mächtig auf sich zu, daß sie aus dem Mauerwerk brachen. Er hatte sich dabei die Haut von den Händen geschürft, daß sie bluteten und das Blut auf die Erde tropfte. Aber er fühlte es nicht, sondern schwang sich über das Gesims, sprang hinunter und lief auf den Rosenstrauch zu, küßte die Rose um der Liebe zu Ginevra willen und preßte sie an sein Herz.

Dann lief er zum Hof und fand das Tor offen, wappnete sich, so gut er konnte, ging darauf zum Stall, nahm sich ein Pferd, legte ihm Zaumzeug an und schwang sich in den Sattel. Es war noch früh am Morgen; drinnen regte sich niemand, nur der Torhüter war wach. Als er den Ritter so gerüstet kommen sah, rief er ihn an, doch Lancelot rief zurück: «Mein Freund! Sage Deiner Herrin Morgane, daß Lancelot vom See sie grüßen läßt, wie es ihm um König Artus' willen zu grüßen ziemt!» – rief's und ritt davon.

Am gleichen Sonntag stand die Königin, weil sie in der Nacht einen glückverheißenden Traum geträumt, zum erstenmal seit langer Zeit von ihrem Bette auf. Ihre Ritter und Fräulein suchten sie nach Kräften zu erheitern, und Ginevra lächelte zu ihren

Scherzen, obwohl ihr das Herz noch schwer war. Der König, froh über Ginevras Genesung, brachte ihr ihr Lieblingshündchen, beringte ihren Falken neu und schenkte ihr eine gestickte Decke für ihren Zelter. Am Abend erzählte er ihr von seiner Jagd nach einem gelben Bären im Wald von Camalot. Während er erzählte, schaute Ginevra aus dem Fenster ihrer Kammer über Fluß und Wiesen hin bis zu den dunklen Wäldern.

Da hörte sie in der Ferne die Hufschläge eines Pferdes; sie kamen näher und näher, und dann sprengte Lancelot vom See über die Brücke, durch das Tor, an dem Wächter vorbei, in den gepflasterten Hof von Camalot, sprang vom Pferd, überließ es den Knappen und eilte in die Halle hinauf. Noch keinem je vorher hatte man einen solchen Empfang bereitet wie Lancelot! Eine Freude ohnegleichen war im Schloß, König Artus selbst kam herbeigeeilt und schloß ihn in die Arme. Ihm folgten seine Barone, und alle wollten Lancelots Abenteuer erfahren. «Erzählt, Lancelot, erzählt, was Euch begegnet ist!» bestürmten sie ihn. «Ist es wahr, daß Ihr im Turm der Schmerzen und im Schlosse Lichtlos gewesen seid?» fragte Eliezer. Und noch ehe Lancelot Antwort geben konnte, fragte Kai: «Habt Ihr wirklich das Flammengrab gesprengt und den Schlaf besiegt? Seid Ihr der Ritter, von dem es heißt, er sei mit dem Schild auf dem Rücken, mit eisenbewehrten Händen und Knien über die Schwerterbrücke gekrochen?»

Auf jedem Leuchter wurden nun neue Kerzen angezündet, daß es heller wurde im Saal als am lichten Tage, und Lancelot begann zu erzählen, während alle an der Tafel saßen und wortlos lauschten. Hinter seinen Stuhl hatten sich zwei Schreiber gestellt, die auf jedes seiner Worte horchten, denn es war ihnen befohlen, die Abenteuer Lancelots nachher auf ihren Pergamenten aufzuschreiben.

Niemand aber war so glücklich und froh wie Ginevra. Sie verbarg, wie sehr sie sich gegrämt hatte, und lachte mit den Rittern, wie man sie lange nicht mehr hatte lachen hören, so daß Meleagan sich darüber wunderte, wie jetzt jede Spur der Krankheit aus dem Antlitz der Königin verschwunden war.

Nachdem die Tafeln aufgehoben waren, sagte Ginevra: «Kommt, Lancelot, mit mir», und führte ihn zu einem der breiten Sitze, auf den sich aber auch Baudemagus niederließ. Da schwiegen sie und saßen zu dritt beieinander, ohne zu reden, bis Baudemagus, der ein kluger Mann war, sich erhob und sagte, er sei eben aus Gorre gekommen und müsse noch Kai und dessen Freunde begrüßen.

Nachdem Baudemagus gegangen und Lancelot allein bei der Königin saß, fragte Ginevra endlich: «Wie geht es meinem liebsten Freund?» Dabei nahm sie einen Augenblick lang seine Hand in die ihre und sah, daß sie verwundet war und keine Nägel mehr hatte.

«Wo ist mein Ring?» fragte sie, «der Ring

mit dem grünen Stein, den ich Dir in Arestuel gegeben habe?»

«Morgane», sagte er, «Morgane hat ihn mir entwendet!»

Da sah Ginevra Lancelot an und las in seinen Augen, was sie wissen wollte. «Komm heute nacht, daß ich Dir meine Träume erzähle und Du mir Deine Träume sagen kannst! Komm und laß mich alles wissen, damit ich Dir alles vergeben kann!»

«Bei Gott, Ginevra, ich wollte, es wäre schon Nacht, denn es ist hohe Zeit, daß ich Euch alles sage, alles von Euch erbitte! Ich habe das Sprechen verlernt.»

«Komm, tritt mit mir in den Erker», sagte darauf die Königin, «und sieh zur Rechten hinaus! Dort siehst Du mein vergittertes Fenster am Frauenhaus drüben!»

Sie hielten einen Augenblick an einer Fensternische inne, wobei die Königin hinausdeutete und sagte: «Durch den verwilderten Garten hinter dem Haus gelangst Du leichter zu mir.»

Dann gesellten König Artus und Kai mit

seinen Freunden sich zu ihnen, und so viel heitere Reden wurden gewechselt, daß die Königin wieder lachte wie früher und in ihrer Freude allen schöner erschien als je zuvor. Bald aber sagte Lancelot, von seinem langen Ritte sei er nun doch müde, und ging zu dem Flügel des Hauses, in dem die Gäste wohnten, und legte sich nieder. Als alles schlief im Schloß, schlich er sich hinaus ins Dunkel, überstieg die verfallene Mauer, wand sich durch den verwilderten Garten und fand die Königin am Fenster, hinter dem Gitter wartend. Doch sie konnten sich zwischen den eisernen Stäben hindurch nur an den Händen fassen. «Geliebteste Königin, wenn Ihr es wollt, daß ich zu Euch komme, so soll mich kein Eisen hindern!» sagte da Lancelot.

«Warte still, bis ich mich niedergelegt habe», antwortete Ginevra leise, «denn Kai schläft als Wächter vor meiner Türe. Sieh Dich vor, daß er keinen Laut vernimmt!»

Da wartete Lancelot, bis Ginevra ihr Wachslicht ausgelöscht hatte zum Zeichen,

fers dune fenestre en la prison morgain ou il estoit pour coillir une rose.

OR dist li contes que tant de moura lancelot en la prisō mor- gain quil tot este .ii. iuers et .i. este et tant que ce uint a

daß er kommen könne, riß dann im Dunkeln mit aller Gewalt und ohne Geräusch die eisernen Stäbe auseinander. Dabei aber verletzte er seine Finger so stark, daß sie bluteten. Er schwang sich über das Steinsims ins Zimmer der Königin, setzte leise Fuß vor Fuß und horchte, aber der Seneschall regte sich nicht. Als er merkte, daß Kai sich nicht rührte, war er mit einem Sprung beim Lager der Königin, setzte sich zu ihr und küßte sie, so sanft er es vermochte. Sie zog ihn zu sich herab, umarmte ihn und seufzte: «Dein Kettenhemd ist kalt! Nimm es ab, Lancelot!»

Da zog Lancelot alles, was er an sich trug, aus und legte sich zu seiner Herrin. Sie flüsterten einander ins Ohr, was sie gelitten und erfahren und hielten sich in Liebe ohne Maß umfangen. Dann lagen sie Wange an Wange so still, als könnten sie den Tau fallen hören. Ginevra spürte, wenn sie Lancelots Hände im Dunkeln liebend ergriff, daß sie feucht waren, aber daß sie bluteten, wußte sie nicht.

Als die Vögel sich regten und sie sich trennen mußten, stand Lancelot auf, drückte das Gitter im Mauerwerk wieder zurecht und ging so leise davon, wie er gekommen war. Doch diesmal nahm er den Weg innen durchs Schloß, den Kammern entlang, in denen die Damen schliefen, vorbei an den Wächtern, die neben ihren Schwertern im Schlafe lagen, dann stieg er hinab und kam an den großen Käfigen vorbei, in denen die Falken von ihren Stangen aufflatterten, wie leise er auch ging. Ungehindert kam er ins Freie; kein Auge hatte ihn gesehen, und nur die Falken hatten ihn gehört.

Als aber Meleagan, der aus Gorre mit den roten Haaren, in der Frühe kam, um die Königin zu wecken, wie es sein Amt war, da gewahrte er Blut auf ihrem Lager und am Bettuch und erhob ein großes Geschrei. Die Königin suchte ihn zu beruhigen und sagte:

«Schreit nicht so! Ich habe aus der Nase

geblutet. Das geschieht mir öfters in der Nacht!»

Aber bei näherem Hinsehen entdeckte Meleagan, daß die Blutspur hinüberreichte bis dahin, wo Kais Lager stand, worauf er den Seneschall voller Wut bezichtigte, die Königin entehrt zu haben.

«Das ist nicht wahr!» rief da Ginevras Kammerfrau, Lore von Carduel.

«Das ist nicht wahr!» riefen die Weiber um sie, und ihr Geschrei lockte alle Bewohner des Schlosses herbei.

«Du lügst!» schalt ihn Lukan.

«Du sollst es büßen, Du Schurke!» schrie Kai ihm entgegen.

«Nichtswürdiger Wächter!» brüllte Meleagan ihn an.

«Ich will Dir im Zweikampf beweisen, daß ich die Königin gut bewacht habe und daß weder ich noch ein anderer sie entehrt hat», forderte Kai ihn heraus und zog sein Schwert.

«Siege ich aber», rief Meleagan, «dann soll über das Haupt der Königin die gerechte

Strafe kommen, die jede Ehebrecherin trifft!»

«Komm vor mein Schwert!» rief da der Seneschall, auf einen heißen Kampf begierig.

Da stürzte Lancelot aus der Schar der Burgbewohner hervor und rief: «Kai, laß mich diesen Streit austragen, ich kämpfe besser als Du und stehe mit meinem Schwert für Deine Ehre!» Er warf seinen Mantel ab, schritt, bestaunt von allen Damen, zum König und bat ihn, ihm diesen Zweikampf zu erlauben. Da bekam Baudemagus von Gorre Angst um seinen Sohn und riet ihm: «Besinne Dich, Meleagan, laß nicht Lancelot das Schwert für Kai führen!» Aber Meleagan, der mißgünstig war und Lancelot seit dem Treffen in London haßte, reckte sich, daß er noch größer erschien und rief: «Nein, eben das kommt mir zustatten, jetzt ist meine Stunde, Vater!»

Unterdessen hatte König Artus befohlen, die Reliquien und das beinerne Horn herbeizubringen, aber da kam Kai vor den

König und redete ihn tief gekränkt an: «Herr! Ich bin als Euer Bruder aufgewachsen, Ihr habt mir das Banner von Merlin zu tragen gegeben, ich habe Euch lange Jahre aus gutem Herzen gedient und mehr um Eurer Liebe willen, als um Ländereien oder Schätze zu erhalten. Bis heute habe ich geglaubt, ich sei Euch lieb und wert; aber ich habe mich getäuscht! Denn wo es meine Ehre gilt, da laßt Ihr Lancelot statt meiner kämpfen! Da Ihr mich nicht mehr liebt, entlaßt mich jetzt aus Eurem Dienst!»

Da unterbrach ihn die Königin und sagte: «Guter Kai! Ihr seid gekränkt und redet im Zorn, aber der Zorn macht die Menschen blind, und auch der Weise handelt töricht im Ärger. Glaubt mir, tut, worum ich und der König Euch bitten: leistet Verzicht! Laßt Lancelot für Eure und meine Ehre streiten!»

Da sah Kai Ginevra an und blieb lange stumm, aber ihr flehender Blick löste seine Zunge: «Ach, Königin, Ihr habt mich überwunden! Wer Euch belehren will, wird selbst belehrt. Gott hat Euch nicht nur zur schönsten, er hat Euch auch zur klügsten Frau gemacht. So mag denn Lancelot kämpfen für Euch und mich!»

Inzwischen hatte man die Reliquien herbeigebracht, und Meleagan schwur bei den Gebeinen der Heiligen, daß Kai der Königin Schande getan; Lancelot vom See aber schwur, daß Kai, der Seneschall, schuldlos sei und die Königin nie berührt habe.

Darauf rüsteten sie sich zum Kampf und wählten ihre Waffen.

König Artus und die Königin, Kai, Sagremor und Girflet stiegen zum Turm hinauf, um von dort aus dem Kampfe zuzusehen. Es wurde ins Horn gestoßen, und die Gegner rannten so wütend gegeneinander an, daß die Stachelspitzen von den Schilden sprangen und die Funken von den Helmen flogen. Baudemagus erschrak, als er sah, wie sein Sohn aus dem Halse blutete und sich erbrach. Aber Meleagan ermannte sich wieder und stieß seine Lanze mit solcher Gewalt in Lancelots Sattelknauf, daß die

Splitter Lancelot in den Schenkel drangen und er aus dem Sattel über die Kruppe seines Pferdes stürzte. Als er sich wieder erhob, sah die Königin von ihrem Turm aus, wie Meleagan, der abgesprungen war von seinem Pferd, ihm das Kettenhemd aufschlitzte und seinen Schild durchbohrte. Sie konnte den Anblick nicht ertragen und wäre zu Boden gesunken, hätte der König sie nicht in seinen Armen aufgefangen. Als er ihre Lippen sich bewegen sah, legte er sein Ohr an ihren Mund, um sie zu verstehen. Sie flüsterte: «Kommt Lancelot zu Hilfe, er stirbt vor unseren Augen!»

Da erhob sich aber draußen ein großes Geschrei, denn Lancelot hatte Meleagan überwältigt, setzte ihm den Fuß auf den Nacken und riß ihm den Helm weg, schwang mit beiden Händen das Schwert und versetzte ihm den Todesstreich. Dann wankte er vom Kampfplatz und fiel im Schatten einer Ulme nieder. Dort blieb er still liegen und wartete, daß der Arzt käme. Er nahm den Helm ab und löste die Vinteile; seine

Wunden schmerzten, sein Blut rötete das Gras, und während es ihm dunkel wurde vor den Augen, dachte er, daß sein Schmerz und sein Blut kein zu hoher Preis seien für das Geschenk von Ginevras großer Liebe.

Es dauerte lange, bis Lancelot von seinen Wunden geheilt war; erst als es schon hoher Sommer geworden, konnte Ginevra ihn von ihrem Fenster aus wieder bei den Spielen und Waffenübungen der Ritter sehen, so kraftvoll und schön wie je zuvor. König Artus ließ zu seiner Genesung ein Fest veranstalten und befahl, daß auch die Häuser der Straßen mit bunten Tüchern geschmückt würden. Während man in der Halle vor allen Baronen, Rittern und Damen Lancelots Waffentaten pries, brachten zwei Knaben Geschenke für ihn herbei, Kleider aus kostbaren Stoffen und, ein Stück um das andere, eine neue schimmernde Rüstung. Aber während des Festes kam durch die geschmückten Straßen ein Zug von zwölf reichgekleideten Fürsten geritten, jeder einen Ölzweig tragend, einer aber hielt an der Spitze seines Schwertes ein Sendschreiben empor, eine Botschaft von dem römischen Kaiser Lucius. König Artus empfing die Gesandtschaft aus Rom, wie es sich gebührte, und befahl dem Erzbischof von Brices, das kaiserliche Schreiben zu verlesen. Da vernahmen alle, die versammelt waren, Könige und Vasallen, Ritter und Barone, daß der römische Kaiser ihren König Artus mit schmähenden Worten herausforderte.

«Unser Vorfahr, Julius Cäsar», so schrieb er, «der einst mit großer Stärke den Krieg gegen die Briten geführt, hat sie unterworfen und tributpflichtig gemacht. Ihr, König Artus, habt mir bisher schlecht gedient und den Tribut verweigert; wenn Ihr meiner Gesandtschaft nicht mit Eurem Eid versprecht, unverzüglich nach Rom aufzubrechen und vor mir zu erscheinen, um die Schmach wiedergutzumachen, dann werde ich ganz Britannien noch vor dem nächsten Sommer verwüsten und Euch nach Rom in Gefangenschaft führen. Mein Heer steht auf dem Festland schon bereit und wartet auf den Befehl, in Britannien einzufallen, falls Ihr so töricht seid, Euch nicht willfährig zu erweisen!»

Da erhob sich ein großer Lärm im Saal, und einige wären über die Boten hergefallen, hätte König Artus nicht seine Stimme erhoben und gesagt: «Ihr Herren, laßt sie! Es sind die Boten Roms und von ihrem Herrn geschickt! Doch mögen sie wissen: Ich halte von niemandem Land in Besitz außer von Gott!» Darauf zog er sich zurück mit seinen Rittern, um Rat zu pflegen, aber alle glühten vor Wut und Zorn, und keiner war gewillt, den Tribut zu entrichten. Nur Agrawain sagte: «Die Römer haben unsere Ahnen unterworfen, als sie sich vergeblich gegen Julius Cäsar wehrten.»

«Aber man hält nicht mit Recht, was man mit Gewalt hält!» rief König Artus, und alle stimmten ihm zu wie aus einem Munde.

Sie erhoben sich und gingen in die Halle

zurück, wo König Artus den römischen Gesandten eröffnen ließ, die Nachkommen seien nicht gewillt, für das Unglück ihrer Vorfahren Tribut zu entrichten, und daß er Britannien frei beherrschen und nicht zu Lehen haben wolle von des römischen Kaisers Gnade.

Nachdem die Gesandten abgezogen waren, befahl der König, alles eilends vorzubereiten zum Kriegszug gegen Rom. Die ganze Streitmacht der Großen Bretagne wurde aufgeboten. Da hätte man sehen können, wie seine Boten in alle Richtungen des Windes davonjagten und zu den Waffen schrien, und wie die Männer zur Stunde die Pferde bestiegen und den Boten nachstürmten, wie sie von überallher zusammenkamen, durch die Felder und auf den Wegen bis zu der großen Straße, hier vier und dort vier, hier fünf und dort sechs, und dann wieder einer allein, auf einem starken Streitroß reitend, wie er seine Knappen überholte und gar den Herolden voranritt! In den Städten trennten sich die Männer von ihren Lieben. Da küßten die Frauen ihre Männer, umarmten die Mädchen ihre Geliebten, kamen die Kinder gerannt, hinkten die Alten herbei und blickten denen nach, die fortzogen. Dann wand sich der große Heerzug wie ein riesiger Wurm durch das Land bis hin zum Meer. Dort bestiegen die Briten die Schiffe und fuhren mit geblähten Segeln zur Kleinen Bretagne. Viele Wochen lang durchzogen sie das fremde Land, schlugen ihre Zeltlager auf und brachen sie wieder ab, bis sie endlich bei Ostun auf die römischen Vorhuten stießen. Bei diesem ersten Treffen mit den Legionären des Kaisers hatte Sagremor sich hervorgetan und durch seine Kühnheit die glückliche Wendung des Kampfes herbeigeführt. Im Zweikampf schlug er Petrinus, den Heerführer des Kaisers, nieder, dessen Schlachtreihen darüber in so große Verwirrung kamen, daß die Römer die Flucht ergriffen und zahllose Tote und Scharen von Gefangenen auf dem Felde zurücklassen mußten.

König Artus sammelte sein Heer wieder auf der Straße, die von Ostun nach Lengres führte, und ließ es dort eine Nacht und einen Tag in den Zelten ruhen. In der nächsten Nacht zogen sie weiter nach Lengres, wo das Heer des römischen Kaisers lag. Von einem Hügel aus sah König Artus die Rüstungen seiner Ritter im Monde blinken und musterte den Zug seiner Krieger und der Gefangenen, denen man die Hände auf den Rücken und die Füße unter den Leibern ihrer Pferde gebunden hatte. Er bedachte die Schlachtordnung für den kommenden Tag und schied von der Hauptstreitmacht die Nachhut ab, die Karados von Estrangore befehligen sollte. In der Morgenfrühe ließ er sein Heer einen gut einzusehenden Hügel umziehen, so daß die Römer, welche die Feinde in der Ferne gewahrten, erschraken über ihre ungeheure Zahl. Dann teilte Artus sein Heer in vier Abteilungen, deren erste der König der Dänen anführte, die zweite Loth von Orcanie, während er selbst die dritte und vierte übernahm und in deren Mitte das Drachenbanner aufpflanzen ließ.

Der römische Kaiser wollte zuerst unterhalb von Lengres nach Ostun ausweichen, aber Artus schnitt ihm den Weg ab, so daß er umkehren oder kämpfen mußte. Da hielt Lucius vor seinem Heer eine Rede und beschwor es, sich der Tapferkeit der Vorfahren zu erinnern und sich gegen die Briten ebenso ruhmreich zu schlagen. Als danach die Hörner zum Angriff bliesen und Roms goldener Adler gegen Artus' Drachenbanner in die Lüfte stieg, da schien die Erde zu zittern unter den Hufen der sechstausend Pferde und von dem Getöse der Schlacht.

Aber vielleicht wäre selbst diese Schlacht mit ihren Wundern an Waffentaten vergessen, hätte sich nicht Gawain in das dichteste Kampfgetümmel gestürzt wie ein Löwe auf Beute, als er sah, daß dort, wo der goldene Adler aufgestiegen war, Roms Kaiser kämpfte. Da eben die Sonne aufgegangen, war Gawain im Vorteil, denn ihm war die wundersame Gabe verliehen, daß seine Kraft mit der steigenden Sonne wuchs. Kaiser Lucius hatte eine grimmige Freude daran, daß Gawain, den er an seinem Wappen erkannte, sich ihm stellte, denn er gedachte, ihn tot oder lebendig nach Rom zu bringen zu seinem Triumphe.

Mit den Lanzen und nachher mit den Schwertern kämpften sie mit der Kraft von Riesen; aber um die Mittagszeit gewann Gawain seine größte Stärke und spaltete dem Kaiser den Kopf bis auf die Zähne. Da erhob sich ein so großes Wutgeheul unter den Römern, daß die Luft davon erbebte, und sie hätten König Artus' Heer besiegt, wenn nicht seine Nachhut mit der Gewalt des Sturmwinds von den Hügeln herabgebraust wäre, und wenn nicht König Artus selbst und die Ritter seiner Tafel gekämpft hätten wie an keinem Tage ihres Lebens.

Nach dem Siege ließ der König den hingestreckten Lucius aufheben und sandte später durch freigelassene Gefangene den Leib des toten Kaisers statt des Tributs nach Rom.

Mit großem Jubel wurde das siegreiche Heer bei seiner Heimkehr empfangen, aber auch mit Trauer: mit Jubel von den Frauen, deren Männer wiederkamen, und mit Trauer von den anderen, die sie verloren hatten. In den Hütten der Armen und in den Häusern der Reichen war des Erzählens kein Ende. In Camalot erwarteten unter dem Torbogen der Burg Ginevra und Loths Frau Belisant, Artus' dunkle Schwester, die Ritter. Als König Artus einzog und Ginevra erblickte, strahlte sein Gesicht vor Freude; er eilte auf sie zu und schloß sie in seine Arme, dann begrüßte er Loths Frau, und sie küßten einander wie Bruder und Schwester.

Alle waren ihres großen Sieges froh, obwohl viele, die ihnen lieb gewesen, fehlten. Nach der Mahlzeit lagerten sie unter den Ulmen der Schloßwiese auf bunten, über das

el mesage ou il furent en uoie

Or dist li contes que quāt
ce uint au premier som
me que li rois loth seleua
& si .iiij. fil si sapareillie

Gras gebreiteten Decken und erzählten sich, einer nach dem andern, ihre Taten. Als die Reihe an Loth von Orcanie kam, sagte er: «Wißt, ich bin stolz auf meine Söhne! Besonders Gawain hat sich hervorgetan. Er ist der größte unter seinen Brüdern, wenn auch der schönste nicht mehr, seit ihn Lucius' Hiebe ins Gesicht trafen, doch ist er besonnen und ohne Prahlsucht.» Dabei sah Loth seine Söhne wohlgefällig an: neben Gawain lag Guerrhet, auf seinen linken Arm gestützt, der kürzer als sein rechter war und mit dem er trotzdem das Schwert geführt; bei ihnen saß Agrawain, der zwar wohlgestaltet, aber mißgünstig war; ihm zur Seite lag Gaheriet, der liebenswürdigste von allen, den die Frauen sein Leben lang bewundert haben; Mordred aber, Loths ungeliebter, dunkelhäutiger Sohn, stand abseits. Zwar konnte man eine Ähnlichkeit mit seinen Brüdern erkennen, denn auch er war ansehnlich mit seinem krausen Haar. Allein sein finsteres und grimmiges Gesicht glich gar nicht Gawains gutmütiger Miene. Mordred stand im Rufe, er stelle den Frauen wenig höfisch nach, und so glaubten viele, dies sei der Grund, warum ihn Loth und auch König Artus nicht gerne sahen. Doch hatte er im Rom-Feldzug manch guten Streich geführt und sich rühmlich geschlagen. Aber darüber schwieg Loth von Orcanie. Daß er kein Wort von Mordreds Taten sagte, wunderte besonders Eliezer, des Fischerkönigs Sohn. Als er Guinebaus, mit seinen Schachfiguren spielend, etwas abseits gewahrte, rückte er an ihn heran: «Sagt, Guinebaus, Ihr wißt doch alle Dinge, Euch hat Merlin noch unterwiesen, wie kommt es, daß Loth kein Wort des Lobes braucht für Mordreds Waffentaten? Er hat nicht minder gut gekämpft als seine Brüder!»

Guinebaus blickte auf und sagte: «Ich bin dabei, ein neues Spiel für die Königin zu ersinnen! Was Ihr zu wissen verlangt, ist eine arge Geschichte! Wollt Ihr sie denn heute abend hören?» Da Eliezer begierig war, sie zu erfahren, schob Guinebaus das

Schachbrett von sich, nahm Eliezer bei der Hand und zog ihn mit sich. Während sie dem Fluß entlanggingen, entdeckte Guinebaus dem Sohn des Fischerkönigs das Geheimnis von Mordreds Geburt.

«Es ist schon lange her, seit Merlin mir erzählte, wie er, als alter Mann verkleidet, in der Halle gewartet habe, daß ihm Ygernes Kammerfrau den Knaben Artus bringe, wie er dann König Uters Sohn an sich genommen und ihn Antor, dem Lehensmann, übergeben habe. Antors Frau nährte den Königssohn und überließ ihr eigenes Knäblein Kai einer Amme. So konnte Artus nicht wissen, daß Antor nicht sein Vater und Kai nicht sein Bruder war. Nie hatte er seinen Vater Uter Pendragon gesehen, nie seine Schwester Belisant! So dürft Ihr darum nicht geringer von ihm denken, wenn Ihr das Weitere hört! Ja, Merlin hat das Verhängnis gewußt, er hat es beklagt, doch hat er nicht verhütet, was geschah, als sich die Barone des Königreichs Logres versammelten, um nach Uter Pendragons Tod einen neuen König zu wählen. Damals führte, wie manch anderer Vasall, auch Loth von Orcanie seine Frau Belisant, die Uters Tochter war, in die Stadt. Zur selben Zeit aber kam über die vereisten Straßen auch Antor nach London geritten mit seinem Sohn Kai und dem Knaben Artus, der damals sechzehn Jahre alt war. Sie nächtigten in der gleichen Herberge wie Loth und sein Gefolge. Als Loth von Antor hörte, daß er Uters Lehensmann gewesen, lud er ihn ein, an seinem Tisch zu essen, und da viele in dem Gästehaus nächtigen wollten, bot er ihm und Artus an, seine Kammer mit ihnen zu teilen. Artus hatte sein Lager am Eingang in einem Winkel eingerichtet, entfernt von den Rittern, wie es sich für einen Knappen gebührt.

Bedenkt nur, Artus war jung, kraftvoll und schön. Was Wunder, daß er Loths Frau mit verliebten Augen ansah, denn auch sie war jung und schön, und je länger er ihre runden Glieder sah, desto verlockender erschienen sie ihm. Belisant hütete sich wohl und ging ihm aus dem Wege. Doch dann fügte es sich, daß jene Barone, die sich gegen die Königswahl empört hatten, außerhalb der Stadt, im geheimen, beratschlagen wollten. Loth hieß seinen Knappen, ihm Pferd und Waffen im stillen bereitzuhalten; er erhob sich mitten in der Nacht so leise, daß seine Frau nichts davon hörte. Aber Artus bemerkte es wohl, denn er hatte keine Ruhe gefunden und nur an die gedacht, für die er entbrannt war. Im Dunkeln lauschte er auf Belisants Atem, die in tiefem Schlafe lag. Und dann» – Guinebaus senkte die Stimme, so daß Eliezer ihn nur mit Mühe verstand –, «und dann ging Artus hin und legte sich zu ihr. Schlaftrunken ließ sich die Frau umfangen, im Glauben, es sei Loth, der ihr beiwohne. Und auf diese Weise wurde Mordred gezeugt. Nachdem Artus ohne Wissen, daß er bei seiner Schwester Belisant gelegen, auf sein Lager zurückgekehrt war, fiel er in tiefen Schlaf und hatte einen qualvollen Traum: er träumte, eine Schlange entspringe seinem Munde, aber er zertrat sie nach heftigem Kampfe, doch brachte auch sie ihm durch einen Biß ihrer giftigen Zähne den Tod. Der böse Traum ging ihm nicht aus dem Sinn und quälte sein Gewissen so, daß er sich am nächsten Tage selber verriet. Als er nämlich der Königin von Orcanie bei Tisch diente und ihr das Vorgeschnittene kniend reichte, verweilte er so lange, daß Belisant ihn aufforderte, aufzustehen. Da sagte Artus, er flehe um Verzeihung für das, was in der Nacht geschehen sei. Als die Königin von Orcanie stumm blieb, weil sie seine Rede nicht faßte, gestand er ihr, daß er sich in ihr Bett geschlichen und sie besessen habe. Belisant vernahm es mit Scham und Entsetzen, aber es war nun so geschehen.»

Eliezer erschrak über das, was Guinebaus ihm erzählt hatte, und seufzte: «Was kann aus solchem Unheil anderes kommen als neues Unheil!»

«Was kommt, ist uns verborgen, nur Merlin weiß es, und der hat es verschwiegen und ist verschwunden», sagte Guinebaus und fuhr dann fort: «Um Mariä Lichtmeß fühlte Belisant, daß sie schwanger war, und als Artus zum König gekrönt wurde, entdeckte sie Loth ihren Zustand. Der aber verwand die Schande nicht und war Belisant im tiefsten Herzen gram, und als gar Mordred geboren wurde, kannte sein Haß gegen den jungen König keine Grenzen. Er schürte den Aufstand der Barone, ja, er ritt zusammen mit Belisant nach Caërlion in Wales und ließ Mordred in der Wiege mitführen. Auf dem Weg nach Caërlion wurden sie von den Sachsen überfallen, einer wollte Belisant bei ihren Haaren auf sein Pferd zerren und schleifte die Jammernde und Schreiende über den Boden. Da kam Loth ihr zu Hilfe, erschlug den Sachsen und rettete Belisant. Ihr Unglück und ihre Schmach hatten sein Herz erweicht, daß er ihr verzieh und ihr von neuem seine Liebe schenkte. Aber König Artus zürnte er noch lange.»

«Ist es Merlin gewesen, der Loth mit

König Artus versöhnt hat?» fragte Eliezer.

«Nein, das hat Gawain getan. Darum ist er des Königs liebster Verwandter! Gawain hat mir erzählt, als er einmal von der Jagd mit drei Hasen heimgekommen sei, habe Belisant ihm Vorwürfe gemacht und gesagt, er und seine Brüder sollten sich schämen, Hasen zu jagen, während ihr Oheim, König Artus, tapfere Ritter brauchte. Darauf hätten dann er und seine Brüder ihren Vater so lange mit Bitten bestürmt, bis er eingewilligt habe, sie ziehen zu lassen, denn auch Loth wollte, daß seine Söhne den Ruhm seines Hauses vermehrten. Und wo hätten sie mehr Ehre gewinnen können als an König Artus' Ritterhof! So sandte er denn Gawain, Guerrhet, Agrawain und Gaheriet, ausgerüstet mit den schönsten Waffen, an den Artushof, und auch Mordred ließ er ziehen. Gawain ist es dann gewesen, der seinen Vater auch bewog, an den Hof in Camalot zu kommen und neben dem König zu kämpfen, so wie er auch diesen

Sommer mit ihm gegen den römischen Kaiser Lucius gekämpft hat!»

Unterdessen war es dunkel geworden, die Ritter hatten sich ins Schloß begeben, und Guinebaus und Eliezer standen allein auf der Wiese. Da stieß Guinebaus Eliezer an und deutete auf den Sternenhimmel, wo der Mars rot leuchtete und der zweigeteilte Strahl der Venus das Dach des Hauses traf, in dem Artus und Ginevra sich zum Schlafe niederlegten. Aber Guinebaus verriet nicht, was er in den Sternen gelesen, und begleitete Eliezer schweigend ins Schloß.

DIE SUCHE NACH DEM GRAL

Merlin hatte einst, als er die Tafel gründete, vorausgesagt, daß unter König Artus' Herrschaft die Tafelrunde vollendet und die Abenteuer des heiligen Grals vollbracht würden. Einhundertneunundvierzig Ritter saßen nun um die Tafel, und nur der eine Stuhl war noch frei, den sie den «gefürchteten Sitz» nannten. Diesen Namen trug er, seit ein Unberufener sich einmal erdreistet hatte, sich darauf zu setzen, und die Erde ihn verschlang. Denn es war verheißen, daß einzig der Reine und Erwählte den Platz einnehmen werde, den Judas einst verlassen hatte, um den Herrn zu verraten. Denn wißt, König Artus' Tafel war die dritte, von der die Welt reden wird bis ans Ende der Tage.

Die erste war der Abendmahlstisch, an dem mit den andern Jüngern Judas gesessen und mit dem Herrn zur gleichen Zeit das Brot in die Schüssel getaucht hat. Und seit er aufstand und hinausging, blieb der Sitz leer.

Die zweite Tafel nach dem Tisch des Abendmahls hatte Joseph von Arimathia in Sarras in der Wüste errichtet, um die Guten von den Bösen zu trennen. Denn der Gral auf der Tafel speiste die Reinen, die zu Tische saßen, erleuchtete ihren Geist und erfüllte ihre Herzen mit Demut. Diejenigen aber, die keinen Platz an der Tafel fanden, verspürten nichts von seiner Gnade, sie mußten sich abwenden und in die Wüste zurückkehren. Auch an dieser Tafel blieb der eine Sitz immer leer.

Dann hieß Merlin König Uter, dem er vor Artus gedient, die dritte Tafel in Carduel gründen, rund wie die Welt, rund wie der Kreis der Gestirne. Und daran sollten die Kühnsten, die das Wunder aller Wunder ersehnen, Platz finden. Uters Bischof hatte die

Stühle gesegnet, an deren Lehnen die Namen der ersten Ritter in goldenen Lettern standen. Die von Merlin Erwählten nahmen Platz, und von da an kamen aus allen Winkeln der Erde die Gefährten, um an des Königs runder Tafel zu sitzen. Die sich vorher nicht gekannt, wurden eines Herzens und eines Sinnes und trachteten nicht nur nach weltlicher Ehre, sondern nach dem Geheimnis des Grals.

Lancelot war dem Gral in Corbenic begegnet, und manch einer nach ihm war in des Fischerkönigs Hause seiner ansichtig geworden. Aber es war ihnen geweissagt, wenn der Gral nicht mehr in Corbenic erscheine, sondern, den Hütern enthoben, zu wandern anfange, dann sei die Zeit gekommen, ihn zu suchen, dann würden die Ritter der Tafelrunde in alle Winde zerstreut.

Nun begab es sich auf die Vigil eines denkwürdigen Pfingstfestes, gerade als sich die Ritter am Fluß von Camalot ergingen, daß ihnen ein junger Reiter in roter Rüstung über die Wiesen entgegenkam, bei ihnen hielt und fragte, ob dies Camalot sei, von wo die Suche nach dem Gral ihren Ausgang nehme. Da umringten sie ihn und befragten ihn, woher er käme und aus welchem Hause er stamme. Er gab zur Antwort, er komme aus einer Abtei, wo man ihn großgezogen habe, er wisse weiter nichts über sich als seinen Namen. Während sie den Fremden am Fluß von Camalot umstanden und verwundert seine schöne Gestalt betrachteten, kam in einem purpurroten Kleid die Königin auf ihrem Zelter herangeritten. Sie gaben Raum und standen beiseite, als sie mit ihrem kleinen Gefolge vorbeiritt; sie grüßten sie ehrerbietig, und die Königin neigte sich, sah den Jungen an in ihrer Mitte und dachte bei sich: ‹Bei Gott, er gleicht Lancelot, wie ein Sohn seinem Vater gleicht›, grüßte wieder und senkte den Schleier.

Im Weiterreiten gab sie einer ihrer Damen einen Wink, und das Fräulein Ohnelüge näherte sich dem Knaben in der roten Rüstung und lud ihn ein, ihr zu folgen. Sie

·L·

führte ihn in den Saal, wo König Artus und all die Seinen an der runden Tafel saßen. Da schritt der Knabe zu dem Sitz, der auf Merlins Gebot zwischen Perceval, Herzeleides Sohn, und Bohort immer freigeblieben war, verneigte sich vor dem König und setzte sich nieder. Und die Erde tat sich nicht auf, ihn zu verschlingen wie einst den Frevler, denn er war der vom Herrn Erwählte, den Platz, den der Verräter einst verlassen hatte, einzunehmen.

Als der König das Wunder sah, wußte er, daß die Tafelrunde nun vollendet und das Zeichen für ihr nahes Ende gegeben sei. Voll Liebe und voll Trauer schaute er auf den erwählten Jüngling, den er schon am Pfingstsonntag zum Ritter schlagen lassen wollte.

Am Abend schritten Bohort und Lionel hinauf zum Münster, und einige Schritte hinter ihnen folgte Lancelot allein nach. Auf dem Wege sprachen die beiden von dem jungen Reiter, und Bohort sagte zu Lionel: «Ich bin gewiß, der Knabe, der sich heute auf den ‹gefürchteten Sitz› gesetzt hat, ist der Sohn Lancelots, denn vorzeiten hat Lancelot mir anvertraut, daß er mit Elaine, des Fischerkönigs Tochter, einen Sohn gezeugt hat.» Lionel sagte darauf, er glaube dies auch, denn der Knabe gleiche Lancelot aufs Haar. Als vor dem Münster dann Lancelot zu ihnen trat, fragten sie ihn, ob das, was sie von dem Knaben glauben müßten, die Wahrheit sei. Aber er gab keine Antwort und schritt schweigend neben ihnen her. Als sie ins Münster traten, fanden sie den Knaben vor dem Altare kniend, auf dem die Monstranz erstrahlte. Er war im Gebet versunken und flehte, schauen zu dürfen, was keines Menschen Herz zu ersinnen und keines Menschen Zunge zu nennen wagt, die Gnade selbst. So verbrachte er die ganze Nacht im Gebet und ging erst am Morgen ins Schloß zurück, um sich für die Feier zu rüsten, bei der er den Ritterschlag empfangen sollte.

In der Nacht auf Pfingsten blieb auch König Artus ohne Schlaf und ging noch vor Tagesanbruch hinüber in die Kammer, wo er Gawain und Lancelot schlafend wußte. Er fand sie beide schon dabei, sich zu rüsten, setzte sich zu ihnen und sagte: «Glaubt mir, Ihr werdet nicht mehr lange bei mir sein, denn die hohe Suche nach dem Gral wird bald beginnen! Der Erwählte ist gekommen, er hat auf dem leeren Stuhl ungestraft Platz genommen und die Tafelrunde vollendet.» Dabei wischte sich König Artus heimlich die Augen, damit seine liebsten Ritter nicht sehen sollten, wie betrübt er war.

Als die Sonne aufging, kam die Königin zu ihrem jungen Gast, denn sie wußte auch ohne das Geflüster im Schloß, wer der Fremdling war, aber sie wollte es aus seinem eigenen Munde wissen. Lächelnd begann sie ihn zu fragen, aus welchem Land er käme und aus welchem Geschlecht er stamme. Da erzählte er ihr manches, sagte auch, daß er Galaad heiße, verriet aber nicht, wer seine Mutter und sein Vater waren. Darauf sagte Ginevra: «Warum verschweigst Du mir den Namen Deines Vaters? Beim Himmel, Du brauchst Dich seiner nicht zu schämen, denn er ist der beste Ritter von der Welt, und Du gleichst ihm so sehr, daß jeder Dich als seinen Sohn erkennt. Gebe Gott, daß Du von ihm nicht nur seine schöne Gestalt, sondern auch seine Kühnheit und sein Herz bekommen hast!»

Während sie saßen und die Königin lauschte, was Galaad ihr von sich erzählte, begannen die Barone, die vom Land hereinkamen, das Schloß zu füllen, und die Ritter versammelten sich in der Halle. Als alle zum Zuge ins Münster bereit waren, erschienen Lancelot und Gawain bei der Königin, um Galaad zu holen. Im Münster empfing er im Angesicht des Königs und aller seiner Getreuen den Ritterschlag, und es war Lancelot vom See, der ihn zum Ritter erhob und mit dem grünen Schwert gürtete.

Nach der Messe fand auf der Wiese unterhalb der Burg ein großes Turnier statt, das allen, die es sahen, für ihr Leben im Gedächtnis blieb: denn Galaad übertraf die Ritter der Tafelrunde alle bis auf zwei, und das waren Perceval und Lancelot. Als man Galaad auf der breiten Straße zum Schloß führte und Eliezer ihn unbedeckten Hauptes und mit strahlendem Gesichte reiten sah, da sagte er zu Mordred: «Wer gestern noch meinte, Lancelot sei der beste Ritter, hat wahr geredet, doch wer es heute sagt, der täuscht sich, denn er ist es nicht mehr, seit Galaad gekommen.»

Als darauf die Ritter im Schloß Camalot die Waffen abgelegt und die Hände gewaschen hatten, ließen sie sich an der runden Tafel nieder, die nun vollkommen war. Da widerfuhr dem König und den Seinen etwas, das vor ihm noch keinem König Britanniens geschehen war: es erdröhnte ein Donnerschlag, daß sie erbebten, und dabei kam ein Licht über sie, das noch siebenmal heller war als der Strahl der Sonne, und ein Glanz kam über sie, und sie sahen einer den anderen an und konnten kein Wort reden und waren stumm wie die Tiere. Und während sie schweigend verharrten, wurden sie des heiligen Grals ansichtig, wie er, von weißer Seide verhängt, einen unendlichen Wohlgeruch verbreitend, an den Tischen vorüberglitt, von niemandem getragen.

Während vor jedem Platz die Gerichte, die vorher ein jeder sich heimlich gewünscht hatte, erschienen, verschwand der Gral, der ihnen diesen Augenblick ihres Lebens geleuchtet.

Als sie die Sprache wiedergewonnen hatten, sprach König Artus: «Welch große Liebe hat uns der Herr erzeigt, daß er uns mit seiner Gnade speist an diesem Pfingsttag!» Darauf rief Gawain: «Der Gral ist in Camalot erschienen und jedem hat sich erfüllt, was er wünschte! An keinem Hof ist das je geschehen, außer in des Fischerkönigs Burg! Auch dort in Corbenic ist der Gral nie unverhüllt erschienen. Ach, ich will nicht leben, ohne ihn unverhüllt zu schauen und ohne daß meine Seele sein Geheimnis erfährt!»

«O Gawain! Schweige! Dich treibt der Fürwitz!» rief König Artus aus.

«Mich treibt das Verlangen zu erfahren, was höher ist, als was des Menschen Herz zu erdenken vermag! Und ich schwöre, daß ich ausziehen und nicht ruhen werde, bis ich den Gral wieder finde; eher komme ich nicht an Euren Hof zurück, mein König! – Aber bin *ich* erwählt, ihn zu schauen? Wir alle müssen ihm folgen, denn uns ist verheißen, daß wir ausziehen müssen, um den Gral zu retten, wenn er in Britannien zu wandern beginnt! Und ihr, meine Gefährten, wollt ihr leben, ohne das Wunder zu suchen?»

Da sprang Lancelot auf und schwur: «Auch ich will ausziehen, nach dem Gral suchen und keine Prüfung scheuen, kein Abenteuer fürchten!» Als die Ritter das hörten, erhoben sie sich, einer nach dem andern, und schwuren, den Gral ohne Unterlaß zu suchen und ihn vor den Unreinen zu retten.

Als der König sie schwören hörte, erschrak er tief, denn er wußte, daß er sie nun nicht mehr zurückhalten konnte. «Ach, Gawain», sagte er zu seinem Neffen, «Du gibst mir den Tod mit Deinem Schwur, denn Du trennst mich von der treuesten Ritterschaft, die je ein König besessen, und ich habe Euch wie meine eigenen Söhne und Brüder gehalten. Viele von Euch werden umkommen in diesem Abenteuer, das länger dauern wird als ihr glaubt! Das macht mich über die Maßen traurig.» Dabei traten König Artus Tränen in die Augen, und sie bemerkten es wohl. Und dann sprach er noch einmal, so laut, daß es alle hörten: «Gawain, Gawain, Du hast mir großes Herzeleid gebracht! Und ich werde mich nie mehr freuen können, bis ich weiß, daß die hohe Suche zu Ende gebracht ist. Ich habe große Furcht, daß Ihr, meine lieben Gefährten, nie mehr zurückkehrt!»

«Herr!» rief da Lancelot, «es ziemt Euch nicht, Furcht im Herzen zu haben! Seid vielmehr guten Mutes! Denn fallen wir beim Suchen nach dem Gral, so ist es rühmlicher, dabei sein Leben zu verlieren als auf jede andre Weise.»

«Lancelot», sagte der König, «es ist die große Liebe zu Euch allen, die mich so sprechen läßt und die Trauer darüber, daß ich so viele von Euch nicht mehr wieder bei mir sehen werde.»

Gawain wußte wohl, daß der König wahr gesprochen hatte, und er bereute sein Gelübde, aber er konnte es nicht mehr zurücknehmen, denn alle im Saal hatten seinen Schwur gehört.

Ein Edelknabe brachte die Nachricht von der wunderbaren Erscheinung und dem Schwur der Ritter in die Gemächer der Damen. Alle vernahmen sie mit großer Bestürzung, und die Frauen und Fräulein klagten und jammerten, weil sie fürchteten, ihre Ritter würden von der gefahrvollen

Suche nach dem Gral nicht mehr zu ihnen heimkehren. Die Königin Ginevra faßte den Knaben bei der Hand und flüsterte: «Sage mir, wollen auch Herr Gawain und Ritter Lancelot vom See ausziehen nach dem Gral?»

«Herr Gawain war der erste, der es gelobt hat, aber Ritter Lancelot war der zweite, und es war im Saal keiner mehr, der das Gelübde nicht abgelegt hat.»

«Auch Lancelot vom See, sagst Du?»

«Ja, Herrin, auch Lancelot.»

Da erblaßte die Königin und sagte, während ihr die Tränen über das Gesicht liefen: «O Jammer, sie werden die Abenteuer des Grals nicht vollbringen, ohne daß die Besten dabei umkommen! Ach, daß der König die Eide geduldet hat, die ihn seiner Ritter berauben!» Da weinten auch die Frauen, die bei ihr waren.

Als am zweiten Pfingsttag die Ritter, schon gewappnet, doch ohne Schilde, von der Messe kamen, wiederholten sie ihren

Schwur bei den Gebeinen der Heiligen. Diesmal legte Galaad als erster das Gelübde ab, und nach ihm die Gefährten der Tafelrunde. Guinebaus hatte eines jeden Namen aufgeschrieben, und es waren einhundertundfünfzig an der Zahl. Als sie vollends gerüstet und mit ihren Schwertern gegürtet waren, und als die Pferde aus den Ställen geführt wurden und alles zum Aufbruch bereit war, da befiel Ginevra ein so großer Schmerz, als ob sie alle ihre Freunde schon tot vor sich sähe. Damit man aber ihren Kummer nicht bemerken sollte, ging sie in ihre Kemenate, ließ sich auf ihr Bett fallen und weinte.

Lancelot war schon bereit, sein Pferd zu besteigen, da er aber wußte, wie sehr sich die Königin grämte, lief er ihr nach in ihr Gemach und fand sie in ihrem Schmerz.

«Ach, Lancelot, daß Du das Haus des Königs verläßt und in ferne Lande ziehst, von wo Dich nur Gottes Güte zu mir zurücksenden kann, das bringt mich dem

Tode nahe!» – «Aber vielleicht», sagte Lancelot darauf, «ist es bestimmt, daß ich früher zurückkomme als Ihr denkt!» – «Ach nein, mein Herz sagt mir, daß Dir Schreckliches bevorsteht. Du stürzest mich in alle Qualen, die je eine Frau um einen Mann gelitten hat!» – «Liebste Herrin», sagte Lancelot, «das Gelübde ist getan, ich bitte Euch, laßt mich ziehen!»

«Du gehst nicht mit meinem Willen», sagte sie, segnete ihn dennoch und rief Gottes Barmherzigkeit an.

Dann ging er und sah, daß seine Gefährten schon aufgesessen waren und auf ihn warteten. Er bestieg sein Pferd und ritt neben Galaad zur Stadt hinunter, wo die Bewohner standen und ihnen winkten. Es blieb keiner zurück, ob arm, ob reich, der nicht bedrückt war, als die Artus-Ritter an ihnen vorüberzogen. Indessen ritten die, um welche so viele weinten, guten Mutes zum Wald von Camalot; und als sie an die Wegscheide gelangten, wo das Schwarze Kreuz des Joseph von Arimathia stand, hielten sie an und saßen ab, und Gawain sagte zum König:

«Herr! Ihr habt uns nun weit genug begleitet, und da Ihr keiner von den Unsern seid, so ist es Zeit, daß Ihr heimreitet nach Camalot.»

«Glaubt mir», sagte da der König, «das Heimreiten fällt mir schwer! Ich scheide von Euch in großem Schmerze. Was mir von nun an noch bleibt, ist zu beten, daß Gott und seine Heiligen Euch schützen!»

Da nahm Gawain den Helm vom Kopf, und nach ihm alle anderen; sie traten einer nach dem andern vor König Artus hin, und er umarmte einen jeden von ihnen. Als sie schieden, hatten auch die Mannhaftesten Tränen in den Augen.

Während König Artus zurückritt, lenkten die Ritter ihre Pferde durch den großen Wald von Camalot. Sie ritten immer gegen Sonnenuntergang und gelangten vor Einbruch der Nacht zu Wagans Schloß, dessen Herr in seiner Jugend ein kühner Ritter gewesen war und der ihnen den schönsten

Empfang bereitete und sie aufs köstlichste bewirtete. Während des Mahles ratschlagten die Ritter, wie sie es am nächsten Tag halten wollten. Sie kamen überein, sich zu trennen. Jeder sollte fortan seinen eigenen Weg ziehen. Und so geschah es; in der Frühe des Morgens ritten sie, jeder für sich, davon, nachdem sie einander Gott befohlen und brüderlich voneinander Abschied genommen hatten.

Lancelot hatte sich noch nicht lange von den andern getrennt, als er auf seinem Ritt durch den Wald eine Reiterin in einem goldbestickten grünen Mantel zwischen den dunklen Bäumen erscheinen sah. Lancelot staunte über ihre große Schönheit und ihr weißes, zierliches Reittier, das auf der Stirne einen weißen Schmuck trug – ob es ein Federschmuck war oder ein beinernes Horn, vermochte er nicht zu erkennen. Als Lancelot sie gegrüßt hatte und sie anreden wollte, sagte sie: «Herr Lancelot,

Herr Lancelot, reitet nicht tiefer in den gefährlichen Wald hinein! Ihr seid nicht der erste Mutige, der nicht zurückgekommen ist. Kehrt lieber um, es wäre schade, wenn ein Ritter, so schön und liebenswert wie Ihr, hier großes Ungemach erleiden müßte!» Kaum hatte sie die Warnung ausgesprochen, war sie auch schon entschwunden. Lancelot, der von der Reiterin wissen wollte, wer sie war und was ihm denn drohen könnte, lenkte sein Pferd bald nach der linken, bald nach der rechten Seite zwischen den Baumstämmen hindurch, aber er konnte sie nicht mehr finden und setzte endlich seinen Weg wieder fort. Er sann der seltsamen Begegnung lange nach und fragte sich, ob er einer Fee begegnet sei oder einer Dame aus einer Jagdgesellschaft, die ihren entflogenen Falken suchte.

Als es schon dunkel geworden war, kam er zu einem Fluß und fand an seinem Ufer eine Abtei, wo ihn ein frommer Bruder mit köstlichen Fischen bewirtete und ihm ein Lager für die Nacht anbot, aber auch er warnte Lancelot, seinen Weg durch den Wald fortzusetzen.

«Was hat es denn für eine Bewandtnis mit diesem Wald?» fragte Lancelot.

«Die Leute des Landes nennen ihn den ‹Verloren-Wald› und glauben, daß die Ritter dort in den Bann von Feen geraten», antwortete der Mönch. Als Lancelot sich am Morgen nicht davon abhalten lassen wollte, über den Fluß zu reiten, gab ihm der Mönch einen wegkundigen Knaben mit, der zum Hause des Fischerkönigs Pelles gehörte und zu seinem Herrn zurückkehren mußte.

Die beiden verirrten sich aber im Walde, der immer dichter und dunkler wurde; alle Pfade waren überwachsen, und ob sie ihre Pferde gegen Aufgang oder gegen Untergang der Sonne lenkten, sie fanden nicht mehr aus dem Wald heraus. An einem späten Nachmittag kamen sie zu einer großen lichten Wiese, und beide stießen einen Freudenruf aus: der Knabe des Pelles, weil er die Wiese mit den drei Eichen in der Mitte

kannte und von dieser Stelle aus den Weg wieder wußte, Lancelot aber, weil er auf der Wiese, wo der Pellesknabe nur die drei Bäume gewahrte, ein festliches Getümmel erschaute und fröhliche Musik hörte, von der sein Begleiter keinen Ton vernahm. Lancelot sah viele bunte Zelte, aus denen verlockender Gesang ertönte zu Flöten und Fiedeln: «Der allerschönsten Königin singen wir im Reigen ... la plus bel royne dez autres!» Um die drei Eichen tanzten Ritter und Fräulein in der Runde. Da waren Ritter in halben Mänteln, die hielten ihre Damen bei den Händen und tanzten mit ihnen und sangen und jauchzten dabei, und diejenigen, die keine Damen hatten, hielten einen andern Ritter bei der Hand, denn es waren viel mehr Ritter als Damen auf der Wiese.

«Wie schön ist doch solche festliche Gesellschaft! Sieh, wie sie lachen und sich vergnügen! Laß auch uns an ihrer Lustbarkeit teilnehmen!» rief Lancelot und sprang vom Pferde, warf Helm und Schild ab und gab die Lanze dem Knaben. Dann lief er, gelockt von der Melodie, auf die bunten Zelte zu. Beim ersten Zelt angekommen, erlosch sein Gedächtnis, er wollte nur noch tanzen und begehrte einzig, mit den anderen zu hüpfen und zu singen: «Silberblatt vom Uferrain, Venusstrahl und Sternenschein ... la plus bel royne dez autres!» Er mischte sich in das fröhliche Treiben, ergriff das erste Fräulein, das ihm begegnete, bei der Hand und begann die Füße einen vor den anderen zu setzen. Er sang so munter und gebärdete sich so toll und laut, daß der Knabe, der immer noch am Waldrand stand, sich entsetzte und fürchtete, Lancelot sei von Sinnen gekommen. Er rief ihm bald flehend, bald gellend zu, er möge doch innehalten und zurückkommen, denn er glaubte, Lancelot sei in den Zauberkreis der Feen geraten. Aber Lancelot drehte sich weiter, hüpfte und sang; als der Knappe nicht zu rufen aufhörte, ging er ihm auf eine kleine Entfernung entgegen und schrie: «Ich komme nicht mehr zurück! Ich will endlich meine Freude haben und tanzen und singen!» Dann drehte er sich wieder rundum, tanzte davon und sang einen neuen Vers aus dem «Königinnen-Lied».

Der Knabe des Pelles begriff nun vollends, daß Lancelot verhext war. In großer Angst ritt er nach Corbenic, um dem König Pelles Nachricht zu bringen von dem, was mit Lancelot geschehen war. Er fand den König neben seiner Tochter Elaine beim Mahle und erzählte, was er mit eigenen Augen gesehen hatte. Nachdem Pelles ihn entlassen, sagte Elaine zu ihrem Vater, der alles wortlos staunend angehört hatte: «Von Merlin weiß ich, daß Guinebaus zur Hochzeit des Königs Artus das ‹Zauber-Lied› ersonnen hat, denn als die Königin Ginevra ein immer noch schöneres Lied begehrte, ein Tanzlied, das alle Liebenden betören sollte, da hat Guinebaus ein Lied gesungen, das alle tanzen und singen machte, die die Weise hörten, bis er den Zauber wieder löste. Aber Guinebaus hat auch gesagt, wenn derjenige, der die Königin am meisten liebt, dem Lied verfällt, dann schwindet dessen Zauber. Ist es Lancelot vom See, der die Königin am meisten liebt, dann ist der Zauber jetzt gebrochen.»

Und so war es auch wahrhaftig geschehen. Zur gleichen Stunde, da Elaine ihrem Vater die Geschichte vom Zauberlied erzählte, war sein Spuk auch schon vergangen, so wie einst Vivianes Zauberspiele verflogen. Lancelot lag auf der Wiese bei den drei Eichen und erwachte aus seiner Betäubung. Die Worte und die Weise lagen ihm noch im Ohr, aber das Lied hatte keine Macht mehr über ihn.

Nach dem einsamen Mahl mit ihrem Vater zog Elaine sich zurück, und der Fischerkönig ging ans Fenster und schaute, auf die Brüstung gestützt, über das Wasser hinweg nach dem großen dunklen Wald. Da sah König Pelles, wie im Schloßhof ein Reiter vom Pferde sprang und Pferd und Waffen einem Knappen übergab. Am Schilde erkannte er den Ritter: es war Gawain. Als er zu ihm geführt wurde, begrüßte er ihn freundlich, ließ ihn bewirten und fragte ihn nach König Artus und nach den Ereignissen an seinem Hofe, von denen auch zu ihm Kunde gedrungen war. «Ihr seht», sagte er betrübt zu Gawain, «jetzt ist das Haus leer, wo den Rittern einst der Gral geleuchtet hat und das Mahl beschert ward. Elaine ist traurig, und ich warte auf meinen Sohn Eliezer. Sagt, wie es war, als der Gral in Camalot erschien, und ist es wahr, daß er auch anderswo in Logres leuchtet?»

«Es geschah, nachdem Galaad den ‹gefürchteten Sitz› eingenommen hatte und die Erde sich nicht auftat und kein Feuer vom Himmel fiel», sagte Gawain.

Der König hörte erfreut zu, als Gawain erzählte, wie alle am Artus-Hofe von der Schönheit Galaads betroffen waren, als er dort in seinem roten Gewand erschien, wie Lancelot seinem Sohne am Pfingsttag im Münster den rechten Sporn angelegt und Bohort den linken, wie Lancelot ihn mit dem Schwert gegürtet, wie Galaad im Turnier gekämpft und wie sein Eid gelautet hatte, als alle Ritter gelobten, den Gral zu suchen.

«Erinnert Ihr Euch noch», fragte der König Gawain, «wie Ihr das erstemal hier auf Corbenic wart, damals, als Elaine noch das Gralsgefäß trug?»

Gawain wurde rot, denn damals hatte ihn Elaines Schönheit so entzückt, daß er kein Auge von ihr hatte wenden können. Als sie mit dem weiß-verhängten Gral an ihm vorüberglitt, und die anderen Ritter sich in Demut neigten, hatte Gawain nur Augen für Elaine Ohnegleichen. Während sich darauf der Tisch mit den schönsten Speisen bedeckte, war er an seinem Platz leer. Gawain schämte sich dessen.

«Ja», sagte er, «ich erinnere mich wohl! Eure schöne Tochter trug das heilige Gefäß!»

Unter solchen Reden verging der Abend, und Gawain bat König Pelles, in jenem Teil der Burg nächtigen zu dürfen, der «Turm der Abenteuer» hieß, weil dort der Gast seltsamer Erscheinungen und Gesichte teilhaftig wurde, die Arges oder auch Gutes bedeuten konnten. Zuerst zögerte König Pelles, doch dann willigte er ein und entließ Gawain mit Sorge.

Gawain fand das Turmgemach hell von den Strahlen des Mondes, die durch die offenen Fenster fielen. Er legte sich nieder und dachte an König Artus und an seine Brüder, die nun in alle Winde zerstreut waren, bis er in tiefen Schlaf versank.

Im Licht des Mondes erblickte Gawain eine Schlange, die sich hin und her wand und mit dem Schwanz auf den Boden schlug. Nachdem sie sich eine Zeitlang gedreht und gewunden hatte, stieß sie einen lauten Schrei aus und blieb liegen, als sei sie tot, während sich aus ihrem Rachen einhundertundfünfzig Schlänglein wanden. Aber kaum hatte sie die Brut ausgespien, stürzte sich ein Leopard auf sie, während die Schlange versuchte, sich auf dem Rücken des Leoparden festzubeißen. Dann wälzten beide Tiere sich im Kampf aus dem Turmgemach hinaus, und die meisten Schlänglein krochen ihnen nach. Während sie draußen zischend und fauchend kämpften, verdunkelte sich der Mond. Schlange und Leopard stürzten nach einer Weile wieder herein, und vor Gawains Lager ging ihr Kampf zu Ende; beide lagen danach regungslos auf dem Boden hingestreckt. Der Turm erzitterte von einem Donnerschlag und ein feuriger Wind begann zu rasen.

Gawain fuhr in großem Schreck aus dem Schlaf und fand sich im Dunkel. Verwirrt und beklommen suchte er sich zu besinnen. So war ihm auch im «Turm der Abenteuer» keine Weisung für die Suche nach dem Gral beschieden worden, sondern ein arges Traumgesicht hatte ihn geängstigt. Er sann die ganze Nacht darüber nach, aber er konnte es nicht deuten. Als er am frühen Morgen den Fischerkönig verließ, kam ihm aber in den Sinn, daß sein Bruder Mordred seit dem Rom-Feldzug den Leoparden in seinem Schilde führte.

Als Lancelot unter den drei Eichen erwacht und wieder zu sich gekommen war, fand er Helm, Lanze und Schild neben sich und sah sein Pferd auf der Wiese grasen. Noch benommen schwang er sich in den Sattel und ritt davon. Da er weder Weg noch Steg im «Verloren-Wald» kannte, zog er dahin, wie der Zufall ihn führte, bis er zu einem hohen Kreuz unweit einer großen, offenen Kapelle gelangte. Dort stieg er ab, lehnte Lanze und Schild an einen Baum und legte sich nieder, um sich auszuruhen. Aber er geriet in einen seltsamen Zustand von Schlaftrunkenheit; seine Glieder waren gebannt, seine Zunge gelähmt. Während er reglos lag, trugen Knappen einen kranken Ritter herzu und standen mit ihrer Bahre einen Augenblick vor Lancelot still. Als sie sahen, daß er sich nicht rührte, glaubten sie, er schlafe, und setzten mit dem klagenden Ritter ihren Weg zur Kapelle fort. Lancelot blieb stumm und unbeweglich, selbst dann, als die Kapelle von einem überirdischen Licht erhellt wurde und auf dem Altar der Gral erschien! Der kranke Ritter aber sank in die Knie und flüsterte: «Herr, der Du so viele Wunder getan und so viele Schmerzen gestillt hast, nimm meine Sünden von mir, damit ich geheilt werde durch Deinen heiligen Gral!» Betend schleppte der Ritter sich zum Altar, zog sich mit der Kraft seiner Arme an ihm empor und berührte mit geblendeten Augen und trockenen Lippen den Tisch. Da verschwand der Gral wieder, und der Ritter war geheilt und verließ nach einem Dankgebet, wieder mit seiner alten Kraft bedacht, die Kapelle.

Lancelot aber lag noch immer reglos, er hatte alles gesehen, aber nur im Traum. Er hatte die heilige Erscheinung verschlafen! So fand ihn der geheilte Ritter wieder an dem Kreuz und sagte zu seinen Knappen: «Wahrhaftig, der muß ein schlechter Mensch sein, daß er den Gral verschläft! Und sein Schild erweist ihn doch als einen Ritter der Tafelrunde, der sich auf der hohen Suche nach dem Gral befindet!»

Da nahm einer der Knappen Lancelots Schild, seinen Helm, ja, Lancelots Schwert, und brachte alles seinem Gebieter, führte ihm auch Lancelots Pferd zu und sagte: «Herr, steigt auf! Denn von so gutem Pferd und so gutem Schwert macht Ihr besseren Gebrauch als der, der hier liegt und schläft!»

Da nahm der fremde Ritter Lancelots Schwert an sich und zog es aus der Scheide. Er sah es aufblitzen im Mondlicht und fand es gut und scharf, dann bestieg er Lancelots Pferd und ritt davon.

Der geheilte Ritter hatte sich mit seinem kleinen Troß noch keine halbe Meile weit entfernt, da erwachte Lancelot, kam zu sich und fand sich allein, ohne Pferd, ohne Schild und Waffen. Nun, da er sich der Abzeichen seiner Ritterschaft beraubt sah, erkannte er, daß das, was ihm ein Traum geschienen, in Wahrheit geschehen war. Darüber geriet er außer sich vor Scham und wollte sterben, daß er den Gral verschlafen hatte. Er ging in die Kapelle, aber es war kein Licht mehr in ihr, und aus dem Dunkel vernahm er eine Stimme:

«Lancelot, Lancelot, Du bist härter als Stein, bitterer als morsches Holz, kahler als ein Feigenbaum. Wie wagst Du Dich hierher an diesen Ort, an dem der Gral erscheint? Geh fort von hier, denn Du besudelst die Stelle, an der Du stehst!» Da beugte Lancelot sein Haupt und schlich davon und verfluchte die Stunde, in der er geboren war.

Seit dieser Nacht hatte die allerschönste Königin keine Herrschaft mehr über ihn. Er mußte voll Bitternis inne werden, daß alles, was ihm die höchste Freude gewesen, ihn in tiefstes Elend gestürzt hatte. ‹Ich muß bekennen›, dachte er, ‹daß ich von dem Tage an, da ich Ritter wurde, in der Sünde war. Ich muß bekennen, daß es keine Stunde gab, in der ich nicht der Königin gedachte, von Wollust gestachelt. Kann es denn sein, daß alles, was mir himmlisch schien, finster war und vom Teufel kam?› Lancelot irrte strauchelnd durch den

Wald, bis die Sonne durch die Bäume zu leuchten begann. Er sah wohl, wie lieblich die Jahreszeit war und hörte, wie süß die Vöglein sangen, und dennoch war er zu Tode betrübt. So stapfte er weiter durch den pfadlosen Wald, immer der aufgehenden Sonne entgegen, bis er endlich zu einer Einsiedelei neben einer winzigen Kapelle kam. Auf der Bank vor der Klause saß ein Mönch in einer weißen Kutte. Als der fromme Bruder erfuhr, daß der ungewappnete Ritter König Artus' Tafelrunde angehörte und Lancelot vom See hieß, staunte er, denn er hatte viel von ihm gehört.

«Der Herr hat Euch wohlgestaltet und Euch die schönsten Gaben verliehen. Ihr habt allen Grund, Ihm dankbar zu sein und Ihm zu dienen!» sagte der Mönch.

Lancelot bat ihn, wenn er seine Messe gesungen hätte, ihm sein Ohr zu leihen für das, was er ihm aus tiefstem Herzen anvertrauen möchte. Da sah ihm der Klausner in die Augen und sagte: «Ich habe meine erste Messe schon gehalten. Aber wie seltsam, heute nacht habe ich den Teufel gesehen, und nun kommt Ihr am Morgen daher und seht aus wie ein Erwählter!»

Lancelot wich das Blut aus dem Gesicht und er sagte: «Ihr macht es mir schwer, zu bekennen, was mir auf der Seele liegt!» Da nahm ihn der Alte bei der Hand und führte ihn in die Kapelle. Als Lancelot aber dort neben dem Klausner kniete, verschloß es ihm den Mund; er seufzte nur, denn er wußte nicht, wie er den Namen Ginevras über seine Lippen bringen sollte. Der alte Mann wartete geduldig, bis Lancelot zu reden begann. Stockend wiederholte er die Worte der Stimme: «... härter als Stein, bitterer als morsches Holz, kahler als ein Feigenbaum ...» Der fromme Bruder legte ihm das Gleichnis aus und ermunterte ihn, die Sünde, deren er sich schuldig gemacht, reuig zu bekennen.

Da sagte Lancelot leise: «Wißt, ich bin vom ersten Tage meiner Ritterschaft an in der Todsünde. Jetzt zürnt mir Gott und hat mir die Gnade des Anblicks seines heiligen Grals entzogen, denn vom ersten Tage meiner Ritterschaft hange ich in sündiger Liebe der schönsten aller Königinnen an, ich liebe sie mit allen Gedanken, von ganzem Herzen und wider die Gebote.»

«Ist die, von der Ihr sprecht, die Gemahlin Eures Königs?» fragte der Mönch. Lancelot nickte und antwortete: «Ihr sagt es.»

Da erschrak der fromme Bruder und sprach: «Fürwahr, Ihr habt Euch mit schwerer Schuld beladen! Aber da Euch Gott auch viel Tugend verliehen hat und Ihr gerecht gegen Eure Brüder und den Armen hilfreich seid ...»

«... Für sie allein bin ich hilfreich und gerecht gewesen! Ihre Liebe allein hat mich geduldig, sanft, stark und kühn gemacht!»

«Hört, Lancelot vom See! Wenn Ihr nicht von Herzen bereut, so kann ich das Himmelstor, das Ihr zugeschlagen habt, nicht wieder aufreißen für Euch! Wenn Ihr heimlich in Eurer Sünde verharrt, so geht weiter den breiten Weg des Ruhms und habt weiter die Glut der Unzucht in Euren Augen! Aber dann sucht Ihr bis ans Ende des Lebens vergeblich den Gral. Erschiene er heute noch einmal in seinem himmlischen Glanz, Ihr würdet ihn ebensowenig sehen wie der Blinde ein gezücktes Schwert vor seinen Augen. Der Teufel hat Euch verlockt und die Königin verführt, Euch allzu gern zu sehen.»

Da gelobte Lancelot vor dem frommen Bruder, Buße zu tun und fortan Keuschheit und Enthaltsamkeit zu üben. Der Einsiedler gab ihm darauf viele gute Ratschläge, wie er es halten müsse, um nicht rückfällig zu werden. Lancelot war von Herzen willens, sein Gelübde zu halten. Der alte Mann befahl ihm, zu fasten, weder Fleisch zu essen noch Wein zu trinken, solange er sich auf der Suche befinde, und zum Zeichen der Reue ein härenes Hemd zu tragen. Ja, er gab ihm sein eigenes, und Lancelot legte das härene Hemd an, das hart und stechend war, und schlüpfte wieder in sein

Ritterkleid. Drei Tage blieb er noch in der Obhut des Klausners, und als der ihn entließ, hatte Lancelot keinen anderen Wunsch im Herzen, als durch seine Sühne des Grals würdig zu werden.

An jenem Tag, da Lancelot von der Einsiedelei wegzog, rastete sein Vetter Bohort unweit von Corbenic; er war in Schlaf gesunken und hatte einen merkwürdigen Traum: Lancelot und er fuhren von ihren Sitzen auf und sprangen auf ihre Pferde, dabei sagte Lancelot zu ihm: «Komm! Laß uns suchen, was wir nicht finden werden!» Dann ritten sie zusammen aus. Aber schon bald riß ein Mann Lancelot vom Pferd, zog ihm seine Kleider aus, legte ihm ein Hemd an, das voll stechender Borsten war, und setzte ihn auf einen Esel. Darauf ritt Lancelot zu einem Wiesenquell, wo er abstieg, um zu trinken. Wie er zur Quelle hintrat, weitete sie sich zu einem breiten See. Lancelot wollte von dem Wasser trinken und bückte sich, da sank der See von ihm fort.

Nachdem Bohort aus diesem Traum er-

wacht war, sann er ihm lange nach und setzte dann seinen Weg durch den Wald der Terre Foraine fort, wo Schlingen und Fallen gestellt waren. Er nahm weder Speise noch Trank zu sich an diesem Tag und war froh, als er gegen Sonnenuntergang das Schloß «Namenlos» erreichte, das dem Herrn von Estrangore gehörte und von dem man sich wundersame Dinge erzählte. Er hoffte im Schloß «Namenlos» Kunde zu erhalten von der Wanderung des Grals.

Abends ließ ihn der Herr der Burg allein in einem Saale nächtigen, den nur der Mond erhellte, der durch die vielen Fenster hereinschien. Bohort wollte wach bleiben in dieser Nacht. Aber selbst wenn er eingeschlafen wäre, so hätten ihn die Winde geweckt, die das Schloß umbrausten. Er sah im Mondlicht eine Lanze, deren Spitze glühte, auf sich zukommen, ohne daß jemand sie trug. Sie fuhr ihm in die linke Schulter, so daß ihn ein heftiger Schmerz durchzuckte; darauf verschwand sie. Durch die offene Türe des Nebengemachs ergoß sich eine leuchtende Helligkeit auf Bohorts Lager. Er stand auf und schritt dem Licht entgegen. Aber er konnte die Schwelle nicht überschreiten und stand wie festgebannt, denn er sah auf einem silbernen Tisch, in einer Gloriole von Saphiren, Smaragden und Rubinen strahlend, den unverhüllten Gral! Bohort wurde von seinem Leuchten so geblendet, daß er das Augenlicht verlor in dieser Nacht. Er hörte eine Stimme, die zu ihm sagte: «Bohort, komme nicht näher, denn Du bist nicht würdig, mehr von dem Geheimnis zu erblicken, als Du gesehen hast! Erkühnst Du Dich, näherzukommen, so wirst Du die Kraft Deiner Glieder für immer verlieren!» Da trat Bohort zurück und versuchte, zu seinem Lager zu gelangen; er tastete sich vorwärts und rückwärts, ohne es zu finden. Endlich legte er sich auf den Boden, erschöpft und in verzweifelter Angst, weil er fürchtete, der Gral habe ihn mit seinem Leuchten für immer geblendet. Als nach der in großer Not verbrachten Nacht der Tag endlich anbrach, gewahrten Bohorts Augen die wachsende Helligkeit; er dankte Gott, daß ihm sein Augenlicht zurückgegeben war.

In der Frühe kam der König von Estrangore zu ihm und war nicht wenig froh, ihn gesund zu finden, denn sie hatten sich im Schloß «Namenlos» um ihn sehr geängstigt. Nun wunderten sich alle, daß der Gral an so vielen Orten des Königreichs erschien.

Auf der Suche nach dem wandernden Kelch hatten die Ritter Abenteuer ohne Zahl bestanden und sich tapfer, erprobt und kühn erzeigt, und alle hatten ihren Ruhm gemehrt. Wie aber könnte ich meine Geschichte zu Ende bringen, wenn ich erzählen wollte, was ein jeder von ihnen Gutes und Schlimmes erfahren hat? Wahr ist, daß von allen Rittern keiner den Gral so heftig zu sehen begehrte wie Lancelot vom See. Der seiner Ritterzeichen Beraubte hatte auf einer Burg, wo man ihn kannte, neue Waffen bekommen, er war landauf und landab gezogen, hatte in Schlössern, in Städten und Wäldern geschlafen, in Kirchen und

Abteien gebetet; die Gnade des Grals aber war ihm nicht zuteil geworden.

Eines Tages, als Lancelot aus der «Burg der Weißen Dornen» fortzog, hörte er aus einem nahen Gehölz Schreie, ritt hin und sah vier Räuber, die einen Ritter überfallen und halb nackt auf sein Pferd gebunden hatten und ihn mit Schmutz bewarfen. Er war so besudelt, daß weder sein Mund noch seine Augen zu sehen waren. Lancelot stürzte sich auf die Räuber, aber im Zuschlagen spürte er, daß seine Hiebe ihre frühere Gewalt nicht mehr besaßen und sein Arm schwer wurde. Dennoch entwand er ihnen ihre Äxte, band rasch den Ritter los und erkannte ihn nun: es war Gawains dunkler Bruder Mordred. Als sie einander erstaunt betrachteten, nutzten die Räuber diesen Augenblick, schwangen sich auf die Pferde der Ritter und entkamen.

Es war eine Schande für einen Ritter, sein Pferd zu verlieren, und besonders Mordred war erbost und sagte: «Ich wäre lieber umgekommen, als zuzusehen, wie elende Räuber mir mein liebstes Pferd entreißen konnten!» Lancelot sagte darauf: «Glaubt mir, Mordred, wenn ich den Gral damit erreichen könnte, zöge ich zu Fuß oder ritte gar auf einem Esel durch das Land Logres!» Da wunderte sich Mordred, daß der stolze Artus-Ritter redete wie ein Büßer.

Mordred und Lancelot machten sich nun miteinander auf den Weg. Um die Mittagszeit fanden sie eine Quelle; Lancelot bückte sich, um zu trinken, und Mordred wusch sich das Gesicht. Darauf legten sie sich in den Schatten einer Tanne. Mordred erzählte, wie er hinterlistig im Schlafe überfallen worden sei, und beklagte erneut sein Mißgeschick. Da erschien plötzlich ein Zwerg am Rande der Quelle; er hatte Mordreds Rede gehört und sagte nun lachend: «Gott bewahre die schmählichen Ritter, die zu Fuß durch den Wald gehen wie Bauern! Aber wenn Ihr mit mir kommt, so könnt Ihr Eure Pferde wieder finden!»

Da zögerten sie nicht lange; der Zwerg

ging voraus, und Lancelot und Mordred folgten ihm. Er führte sie einen weiten Weg, immer tiefer in den Wald hinein. Nachdem sie lange und auf beschwerlichen Pfaden hinter ihm her gegangen waren, begann es zu dämmern. Da verlor Mordred die Geduld und sagte, er glaube, der Zwerg wolle sie in die Irre führen und mache sich lustig über sie. Lancelot rief ihn darauf an, aber da war der Zwerg verschwunden, als ob der Boden ihn verschluckt hätte. Dafür aber stand plötzlich, nicht weit von ihnen, zwischen den Baumstämmen ein weißer Hirsch! Mordred wollte Lancelots Speer ergreifen, um ihn zu verfolgen; dieser wehrte es ihm aber und sagte: «Laß diesen Frevel! Wenn er es duldet, daß wir ihm folgen, leitet er uns gewiß an einen friedlichen Ort.» Dann gingen sie, immer in gleicher Entfernung, hinter ihm her, und als sie ihn auf einmal nicht mehr gewahrten, war auch der Wald zu Ende, und sie standen vor einer Einsiedelei. Sie klopften an das Tor und riefen, bis der Klausner kam und ihnen öffnete. Als er hörte, daß sie fahrende Ritter waren, die ein Unterkommen suchten für die Nacht, nahm er sie gerne auf und brachte ihnen Wasser und Brot, denn anderes hatte er nicht. Dann fragte er, wer sie seien, denn er wunderte sich, wie sie durch den gefährlichen Wald gekommen waren, aus dem selten einer ohne Unglück heimgekehrt war. Nun erzählten sie, daß sie König Artus' Hause angehörten und Ritter seiner Tafelrunde seien.

«Ich bin Lancelot vom See, der Sohn des Königs Ban von Benoic. Und mein Gefährte hier ist Mordred, der Sohn des Königs Loth von Orcanie!»

«Ach, ihr unglückseligsten von allen Rittern», rief da der Einsiedler aus, «des Königs runde Tafel wird wegen Eurer Missetaten zerbrechen!» Er nahm Mordred beiseite und zog ihn zur Türe hinaus in die Nacht und sagte zu ihm: «Du wirst das schlimmste Übel tun, denn durch Dich wird der größte König fallen, aber auch Du wirst von seiner Hand getötet werden. So wird der Vater durch den Sohn und der Sohn durch den Vater sterben. Und Du wirst gehaßt sein von allen, die Deinen Namen hören werden.»

Da geriet Mordred in Zorn und rief: «Was erdreistest Du Dich zu reden, Alter? Wie kann es sein, daß ich meinen Vater morde? Loth von Orcanie ist tot! Er starb bald nach dem Rom-Feldzug, wo wir uns rühmlich geschlagen! Und seitdem trage ich zu Recht seinen Leoparden im Schild! Loth hat auch mich geliebt, obwohl ich dunkler bin als meine Brüder! Du lügst, alter Mann!»

«Mordred», sagte der Klausner darauf, «Du betrügst Dich, wenn Du glaubst, Loth von Orcanie hätte Dich gezeugt wie Deine Brüder! Dein Vater ist ein größerer König! Denn Artus hat Dich in Blutschande gezeugt! Damit Du mir glaubst, achte auf die Schlange im Münster! König Artus ließ sie malen, damit er jene unselige Nacht nie vergesse! Denn ihm hat geträumt, wie eine Schlange seinem Mund entsprang, um das Land zu verbrennen, wie er die Schlange dann tötete und dabei vom Gift ihrer Zähne selber den Tod fand. Denke daran, wenn Du die Schlange siehst in Camalot! Denn Du bist wie sie, die sich anfangs ringelt und nachher tötet. Und jetzt schwillt das Gift in Dir, und Du willst auch mich töten!»

Mordred rollte die Augen vor Wut und Schmerz, und der alte Mann hatte kaum ausgeredet, da streckte er ihn nieder.

Lancelot, der den Todesschrei des Alten gehört, stürzte aus der Hütte und sah entsetzt, was Mordred getan hatte. Voller Abscheu rief er aus: «Mordred, welch fluchwürdige Tat! Du hast Deinen Schild für immer befleckt! Nie wirst Du Deine Seele von dieser Sünde befreien!»

Mordred schrie: «Du hast nicht gehört, wie abscheulich er mich geschmäht hat. Als Bankert hat er mich beschimpft, von Artus in Blutschande gezeugt!»

Da ging Lancelot schweigend in die Kapelle der Klause und verbrachte dort betend die Nacht. Sein Gebet führte seine

Seele hoch über alle irdischen Dinge empor, und er vernahm eine Stimme, die sagte: «Lancelot, Lancelot, stehe auf und geh' davon! Fliehe von diesem Ort des Mordes! Du wirst Dein Pferd gesattelt finden. Reite zum Meer, wo ein Schiff auf Dich wartet!» Da stand er auf, trat ins Freie und sah im Dunst der Morgendämmerung den Zwerg auf der Wiese sein Pferd am Zügel halten. Lancelot schwang sich in den Sattel und ritt davon.

In Camalot warteten König Artus und Ginevra schon im zweiten Jahr auf die Heimkehr ihrer Ritter. Die Königin war des Schachspiels müde, des Stickens leid, und ihre Spindel ruhte. Selbst der heitere Lenz, welcher die Knaben zu neuer Liebe ermuntert und die Mädchen verschönt, machte die Königin traurig. Alle hofften, Ginevra werde das Lachen wieder lernen, sobald ihre Ritter, vor allem Lancelot vom See, wiederkämen. Aber einstweilen waren nur wenige Ritter zurückgekehrt, darunter Gaheriet, Guerrhet, der mißgünstige Agrawain und ihr dunkler Bruder Mordred. Da keiner etwas von Lancelot zu berichten wußte und Mordred schwieg, hörte die Königin den Erzählungen von ihren Kämpfen und Abenteuern kaum zu. Des Königs Schreiber aber mußten alles getreulich aufschreiben.

Die Gärten von Camalot blühten schon, die Vöglein sangen wieder und Pfingsten war nicht mehr weit, als ihnen gegen Mittag die Ankunft einer kleinen Schar gemeldet wurde, worauf alle zu den Fenstern eilten. Noch erkannte niemand, daß es Gawain war, der ankam. In der Nähe des Schlosses sagte er zu seinen Gefährten: «Wir dürfen nicht ganz in Waffen zum König reiten, laßt uns die Helme abnehmen!»

Als die an den Fenstern Gawain erkannten, war des Jubels kein Ende, und König Artus selbst eilte ihm entgegen, umarmte und küßte ihn und umhalste darauf einen nach dem andern. Nun legten sie in der

Halle ihre Schilde ab und hängten sie an die Wände des Saales. Gawain fragte als erstes, ob Lancelot schon angekommen sei, doch niemand wußte etwas von ihm. Mordred schwieg über das, was in der Einsiedelei geschehen war, aber Gaheriet sagte betrübt: «Wie gerne hätten wir von Lancelots Abenteuern erfahren, sie sind sicher die kühnsten von allen.» Da entgegnete König Yder: «Glaubt doch nicht, daß nicht ein jeder von Euch ebensolche Waffentaten wie Lancelot vom See vollbracht hat! Beunruhigt Euch nicht! Er wird nach Camalot schon kommen!»

Darauf sagte die Königin: «König Yder, Ihr könnt Herrn Lancelots Taten nicht mit denen anderer Ritter vergleichen!» Als aber Agrawain ihr darauf erwidern wollte, sagte sie zum König: «Herr, es ist hohe Zeit, zur Messe zu gehen!»

Als sie nach der Messe aus dem Münster traten, sahen sie Bohort eilends herankommen. «Gott gebe, daß er erfreuliche Nachrichten bringt!» sagte die Königin und dachte an Lancelot. «Glaubt mir, wenn er schlechte Nachrichten brächte, käme er nicht so eilends daher, wie er jetzt auf uns zukommt!» sagte König Artus.

Groß war die Freude der Ritter, als sie Bohort wiedersahen; sie umstanden ihn und fragten, ob er Lionel und Eliezer mitgebracht, ob er von Lancelot gehört und vor allem, ob er den Gral gesehen habe? Da erzählte ihnen Bohort, wie er im Schloß «Namenlos» den Gral erblickt habe, aber von seinem Leuchten geblendet gewesen sei für eine ganze Nacht. – Noch verschwieg er seine Morgenlandfahrt und sein größtes Abenteuer im Lande Sarras, denn er hatte eine Botschaft und wartete damit auf Lancelot.

Als dann die Tafel gedeckt war und jeder seinen Sitz eingenommen hatte, da fehlten von den einhundertundfünfzig noch zwölf Gefährten. Das bedrückte den König Artus sehr, denn er fürchtete, seine Ritter würden nie mehr in voller Zahl an der runden Tafel sitzen wie an jenem Pfingsttag, da

Galaad sich auf dem «gefürchteten Sitz» niedergelassen hatte. Er klagte, daß die geliebten Galaad, Perceval, Lionel und Lancelot vom See ihm fehlten. Noch beim Mahl überlegte König Artus, wie er die kostbaren Kleider, die er für seine Ritter bereithielt, verteilen wollte, und fand, Bohort habe das prächtigste verdient. Es war aus goldbesticktem grünem Sammet und hätte einem König wohl angestanden.

Als die Tische hinausgetragen wurden, meldete ein Knappe, ein Ritter mit rotem Schild sei soeben im Hof von Camalot abgestiegen. Darauf eilten alle hinunter, weil sie meinten, Lancelot sei endlich gekommen. Aber es war nicht Lancelot, sondern Kai, der Seneschall, den sie vor den König führten. Als aber Ginevra sah, daß statt Lancelot Kai in den Saal getreten war, verlor sie alle Farbe aus dem Gesicht und hatte Mühe, ihre Enttäuschung zu verbergen, als sie ihn begrüßte. Nachdem sie erfuhr, daß auch er nichts von Lancelot wußte, verließ sie den Saal und ging in ihre Kammer. Wie so oft schon stand sie wieder am Fenster und schaute auf das weite Land hinaus und seufzte: «Mein Gott, warum kommt er nicht? Was ist ihm geschehen? Wie lange muß mein Herz noch um ihn bangen?» Diesmal brachte die Nacht ihr keinen glückverheißenden Traum.

So kam der Pfingstmorgen heran, und sie hatten in der Frühe in der Stadt grüne und graue Tücher aus den Fenstern der Häuser gehängt. König Artus stieg auf den Turm, von dem aus man zehn Meilen weit über die Stadt hin ins Land sehen konnte; er verbrachte lange Zeit dort oben, sah in die Nähe und sah in die Ferne rings umher, aber er konnte auf keinem Pfad und auf keiner Straße etwas entdecken. Er dachte: ‹Was ist geschehen, daß der, den ich am innigsten herbeiwünsche, nicht kommt?› Er wollte sich schon dareinfügen und wieder hinabsteigen, als er vom Walde her einen Reiter nahen sah. Zwar ritt er allein und hatte keine Knappen bei sich, doch erkannte König Artus bald freudig den roten Schild. Schnell stieg er die Stufen hinunter, ging in den Saal und rief: «Er kommt! Sitzt auf und reitet Lancelot entgegen!» Da eilten sie zu den Pferden, warfen ihnen die bunten Decken über und ritten durch die mit wehenden Tüchern geschmückte Stadt Lancelot entgegen, und groß und klein rief: «Lancelot! Gegrüßt sei Lancelot vom See!»

Noch nie hatte es eine solche Freude gegeben am Hof; einer war glücklicher als der andere, und am glücklichsten war die Königin.

Alle rüsteten sich nun zum Zuge nach dem Münster, um das Pfingstfest zu feiern. Hinter den Kirchenbannern schritt, umgeben von seinen tapfersten und vornehmsten Rittern, Artus im Königsmantel und mit der schweren Krone auf dem Haupt; Königin Ginevra, die mit ihren Fräulein folgte, trug ein golddurchwirktes Kleid. Aber der Glanz ihrer Schönheit, der sie heraushob aus allen ihren Frauen, kam nicht vom Golde, sondern von dem Glück, das aus ihrem Antlitz strahlte.

Lancelot aber hütete sich vor ihrer Nähe und mied es, seine Augen auf sie zu lenken. Er trug unter dem Festgewand sein härenes Hemd und hoffte, bei der Feier des Pfingstfestes durch den Geist des Herrn die Kraft zu erlangen, ihrer Schönheit widerstehen zu können.

Im Münster kniete er zur Linken des Königs und der Königin, und als er nach dem Gebet aufstand, sah er erschrocken, als sei es zum erstenmal, das große Bild der Schlange an der Wand, denn er erinnerte sich an die Rede jenes Klausners, den Mordred erschlug. Damals in der Hütte hatte Lancelot gehört, wie der Mönch das Schlangenbild seherisch gedeutet hatte. Er hörte nicht, daß jetzt der Bischof die Worte der Sequenz sang: «Wasche, was befleckt ist, heile, was verwundet ist, tränke, was dürre steht», sondern er blickte immer wieder auf die Schlange an der Wand, dann auf den König, dann auf Mordred und wieder auf die Schlange, voller Angst, der Klausner habe wahr geredet. Die Königin Ginevra hatte das seltsame Gebaren Lancelots bemerkt und sich vorgenommen, ihn deswegen zu fragen, wenn sie allein wären. Sie sah aber auch, wie ausgezehrt sein Antlitz war und wie hager seine Gestalt.

Nach dem Festmahl im Schloß Camalot saßen die Ritter wie vordem als Brüder unter Brüdern um den König und begannen einander zu erzählen, denn jeder wollte alles vom andern erfahren. Lancelot war der erste, an den der König sein Wort richtete: «Du blickst ernst drein, aus Deinem Antlitz lese ich, daß Du mehr Entbehrungen erlitten und Schwereres erfahren hast als die anderen. Doch sage, Lancelot, ehe Du gehst, Deine Glieder auszuruhen, welche Kunde bringst Du uns? War es Dir beschieden, den Gral zu schauen?»

Da senkte Lancelot das Haupt, und der König sah, daß er traurig war und sich schämte. Nach einer Weile hob Lancelot an: «Er ist an mir vorübergegangen. Als ich bei einer Kapelle unter einem Kreuz lag und nicht wachte und nicht schlief, sah ich nur im Traum, wie er in der Kapelle erschien und einem gelähmten Ritter Heilung brachte. Aber sagt, hat einer von Euch den Gral erblickt?»

Da antwortete Kai: «Bohort hat ihn gesehen.»

«Und Perceval», sagte Bohort.

Lancelot schaute sich um; er konnte Perceval nicht entdecken und hörte Bohort sagen: «Du suchst ihn vergebens. Er ist bei Galaad in Sarras.»

«So hat denn Perceval den Gral gesehen, und an mir ist er vorübergegangen», seufzte Lancelot, und seine Augen füllten sich mit Tränen.

«Wie?» sagte Agrawain mit höhnischer Miene, «er hat den Gral nicht gesehen?»

«Hört!» flüsterten nun auch die, welche weiter weg von ihm saßen, «Lancelot, der einst der kühnste Ritter gewesen, hat den Gral nie gesehen!»

Da Lancelot schwieg und es vermied, die Königin oder den König anzublicken, fragte Agrawain: «Hat Lancelot denn gar keine Abenteuer zu berichten, außer dem, daß er die Probe nicht bestanden hat?»

Da erhob Lancelot sein Haupt, blickte sich im Kreise um und begann seine Erzählung, während alle andern schwiegen und lauschten: «In einer Nacht, da ich an einem heiligen Orte Zeuge einer schlimmen Tat war» – dabei warf er einen heimlichen Blick auf Mordred – «hörte ich eine Stimme von oben, die mir befahl, aufzubrechen und ans Meer zu reiten. An der Küste fand ich ein weißes Schiff, und die gleiche Stimme hieß mich, es zu besteigen. Es trug mich so schnell, wie ein Seevogel fliegt, über das Wasser an ein felsiges Eiland, das ein dichter Wald umschloß. Da die Sonne schon ins Meer versank, wollte ich nicht mehr in den Wald eindringen, um nach Menschen zu suchen und setzte mich auf einen Uferfelsen. Da sah ich aus dem Dämmerwald einen Ritter in strahlend weißer Rüstung auf mich zukommen. Als er vor mir stand, nahm er den Helm vom Kopf, und ich sah, was ich nicht glauben wollte und fragte: ‹Bist Du es wirklich, mein Sohn Galaad?› Und er sagte: ‹Ja, ich bin es, Vater!› Nicht mit Worten kann ich die Freude sagen, die mein Herz erfüllte. Wir bestiegen miteinander das weiße Schiff, und es trug uns, von keiner Hand gesteuert, so schnell durch die Nacht über das Meer, wie kein von Menschenhand gebautes Schiff. Galaad betete, bis die Sonne ihren Kreis vollendet hatte und der Tag hell und schön anbrach. Dann erzählte er mir alle seine Abenteuer, und es waren die wunderbarsten, die ich vernommen habe, seit ich ihn mit dem Schwert gegürtet. Viele seiner Waffentaten sind Euch zu Ohren gekommen, nicht aber, daß seine Hand auch Wunder gewirkt hat. Auf einer Insel, die wir anliefen, gab es Quellen, die kochten, daß sie Blasen warfen. Als Galaad seine Hand in eine der Quellen tauchte, verließ die Hitze das Wasser, und die Quelle wurde kühl.

Viele Kranke wurden danach von ihrem Wasser geheilt, und seither heißt sie ‹Galaads Brunnen›. – Aller Trost für mein Herz und alle Hoffnung für mein Leben kam mir von ihm!»

Als Lancelot das sagte, blickte ihn die Königin an, so daß er einen Augenblick stockte. Dann sagte er: «Galaad ist der reinste Ritter von uns allen, beherzt und großmütig; keiner ist so frei von jedem Makel wie er.»

«Doch!» sagte Bohort, «Perceval! Auch er hat den Gral erblickt!»

«Ja», sagte Lancelot, «doch Galaad ist der Erwählte», und fuhr dann fort: «Wir waren lange Zeit zusammen, wir liefen fremde Inseln an, wir schliefen unter Feigenbäumen auf freiem Feld, fischten, jagten wilde Tiere, und kehrten immer wieder auf das weiße Schiff von Nirgendwo zurück, dessen Segel sich blähten von einem Winde, von dem wir nichts spürten, bis Galaad eines Tages um die Mittagsstunde eine Stimme vernahm, die ihm sagte, seine Ritterschaft auf dieser Erde gehe ihrem Ende entgegen, er solle sich bereithalten für sein letztes Abenteuer. Am nächsten Morgen führte uns das Schiff ans Ufer des Festlandes. Galaad sagte nun zu mir, daß ihm befohlen sei allein weiter zu ziehen und er mich verlassen müsse. Da wußte ich, daß wir uns in diesem Leben nicht mehr wiedersehen, und sagte: ‹Leb nun wohl, mein Sohn Galaad, und bete für mich!› Darauf gab er zur Antwort: ‹Kein Gebet gilt *Ihm* mehr als das eigene!› und er befahl mich dem Herrn an und bat, daß *Er* mich in Seinem Dienst erhalten möge.»

«Warum hast Du nicht mit dem Recht des Vaters Deinèm Sohne befohlen, Dich mit ihm ziehen zu lassen, wenn es wahr ist, daß Du den Gral so sehr zu sehen begehrtest wie Du sagst?» fragte Agrawain.

«Die Stimme», sagte Lancelot, «hat Galaad geheißen, die Suche nach dem Gral zu beenden – nicht mich.»

«Du gehorchst Deinen eigenen Wünschen! Du wolltest heim, nach Camalot!

Er aber wollte die letzte Probe, die Gott dem Ritter auferlegt, bestehen!» sagte Agrawain.

«Du irrst», sagte Lancelot müde, während er sein härenes Hemd stechen fühlte. «Als Galaad meinen Augen entschwunden war und ich mich umsah, da fand ich das Schiff nicht mehr am Ufer. Ich wanderte landeinwärts, bis ich in eine Stadt kam, wo ich ein Pferd nahm und Tage und Wochen ritt, bis ich nach Logres gelangte. Ich wollte noch einmal nach Corbenic, aber König Pelles' Burg war dunkel. Die Mauern von Corbenic standen nicht mehr im Licht, und das Wasser des Stromes, der sie umfließt, war schwarz. Schatten lag auf dem Säulengang, der einst wie Zauberwerk geglänzt hat. Elaine ist tot. Das Wunder ist von Corbenic genommen, und der Gral erscheint nicht mehr. Doch sagte Eliezer mir, ein einziges Mal noch habe er in Corbenic geleuchtet, in der Nacht, ehe er aus dem Lande Logres verschwunden war.»

Darauf wagte eine Weile kein Ritter auch

nur ein Wort zu sprechen, bis König Artus sagte: «Gebe Gott, daß Bohort, dessen Augen ja einmal vom Licht des Grals getroffen worden sind, uns berichten kann, in welchem Teil der Welt der heilige Kelch danach gesehen wurde!»

Da setzte sich Bohort zu Lancelot und sprach: «Denkt Euch, der Gral ist heimgeführt nach Sarras! Von dorther bin ich gekommen. Ich habe Botschaft für Lancelot, ich kann das Abenteuer, das ihr von Ihm gehört habt, zu Ende erzählen:

In jener Nacht, von der Lancelot durch Eliezer weiß, daß der Gral zum letztenmal auf Corbenic geleuchtet, war auch ich in der Gralsburg zusammen mit Galaad und Perceval. Der Zufall, der uns zerstreut hatte, führte uns zu unserem Glück wieder zusammen. Dort fragte mich Perceval: ‹Habt Ihr je gesehen auf Euren Fahrten, was wir suchen?› Ich gab ihm zur Antwort, ich sei dem Gral begegnet, aber sein Licht habe mich blind gemacht, und seit damals sei ich in ständiger Furcht, seines Anblicks nicht würdig zu sein. Aber Galaad tröstete mich und sagte: ‹Glaubt mir, wir werden uns nun nicht mehr trennen, bis ich mit Euch den Gral gefunden habe!›

Darauf kam König Pelles von Terre Foraine in den Saal, in dem vierzig Kerzen brannten, um uns willkommen zu heißen. Er sagte, er wisse, daß mit unserer Ankunft auf Corbenic das Ende der Gralzeit in Logres gekommen sei. Als er Galaad wiedersah, weinte der Fischerkönig, denn er hatte niemanden so geliebt wie ihn. Darauf trat Eliezer ein und mit ihm neun Ritter, die eben angelangt waren, drei von Gallien, drei von Irland, drei aus Dänemark.

Um die Vesperzeit verdunkelte sich der Himmel, ein brennender Wind durchwehte den Saal, und eine Stimme kam aus dem Sturm und wies diejenigen hinaus, die keinen Platz am Tisch des Herrn hatten. Da verließen uns der Fischerkönig und Eliezer. Die neun Ritter legten ihre Helme ab und sagten, ihnen sei verheißen, mit uns an der silbernen Tafel zu sitzen. So waren Perceval, Galaad und ich mit ihnen zu zwölft, wie einst die Jünger beim letzten Mahl.

In diesem Augenblick schwebte vom Himmel herab eine leuchtende Gestalt, ein Bischof mit der Mitra auf dem Haupte und dem Krummstab in der Hand. Dann traten vier Engel zu ihm; die beiden ersten stellten brennende Kerzen auf den silbernen Tisch, der dritte Engel brachte ein seidenes Tuch für den heiligen Kelch, und der vierte Engel, der eine Lanze trug, hielt sie darüber, damit das Blut, das von der Spitze rann, in den Gral fiel. Dann sahen unsere Augen die Engel nicht mehr, und der Bischof redete zu uns: ‹Ihr Bannerträger Gottes, der zu Euch spricht und jetzt zum letztenmal hienieden erscheint, ist Joseph von Arimathia, der den Gral in Sarras empfangen hat.›

Darauf begann Joseph das Meßopfer darzubringen und trat mit dem Gral in den Händen zu Galaad, küßte ihn und hieß ihn, seine Brüder zu küssen. Nachdem Galaad nach seinem Geheiß getan, empfing er kniend und mit gefalteten Händen die Hostie, und nach ihm ein jeder von uns. Der Empfang des Himmelsbrotes erfüllte uns mit unaussprechlicher Seligkeit. Dann hob Joseph den Gral empor und sagte: ‹Galaad, ich halte das heilige Gefäß in Händen, aus dem der Herr mit seinen Jüngern zu Ostern getrunken hat. Durch den Gral habe ich die Guten von den Bösen geschieden. Du hast gesehen, was Du zu schauen begehrtest, aber das ganze Geheimnis wird Dir nicht hier offenbart, sondern erst in Sarras, im ‹Palast der heiligen Taube›. Dorthin sollst Du den Gral geleiten. Nimm Perceval und Bohort als Gefährten mit! Reitet jetzt ans Meer, dort werdet Ihr ein Schiff finden, ohne Ruder, ohne Segel, ohne Steuer, das trägt den Gral, und er wird es lenken.›

Seine leuchtende Gestalt verschwand, der silberne Tisch war leer, und nur die Kerzen der Engel brannten noch. Keiner von uns vermochte ein Wort zu sprechen, bis einer der neun fremden Ritter sagte:

‹Das Himmelsbrot, das wir empfangen haben, hat den Hunger unserer Seelen für immer gestillt. Lebt wohl; daß wir Euch

fanden, war unsere größte Freude, Euch nicht folgen zu dürfen, ist unser größter Schmerz!›

Es war nach Mitternacht, als wir in den

Hof hinuntergingen; wir fanden dort unsere Waffen und Pferde, schwangen uns in die Sättel und ritten über die Fallbrücke davon. Oft meinten wir, uns im ‹Wilden Wald› verirrt zu haben, aber nach vier Tagen gelangten wir ans Meer.

Ein wandernder Glanz auf dem Wasser führte uns zu dem Schiff, das uns verheißen war. Es trug auf dem silbernen Tisch, von roter Seide verhüllt, den Gral; er lenkte unser Schiff in schneller Fahrt über das Meer. Am Morgen rief uns Galaad und zeigte uns in der Ferne die Stadt Sarras. Wir waren am Ziel unserer Fahrt.

Als wir an Land gingen, trug Galaad den silbernen Tisch mit dem verhüllten Gral. Perceval und ich schritten neben ihm auf der Straße nach Sarras, von wo aus einst Josephs Schar den heiligen Kelch über das Meer ins Land Logres gebracht hatte. Je näher wir der Stadt kamen, umso schwerer trug Galaad an dem Heiligtum. Fast schon brach er unter der Last zusammen, als wir das Tor der Stadt erreicht hatten. Dort saß ein lahmer Bettler, der seine Krücken neben sich liegen hatte. Galaad ging mit seiner Last auf ihn zu und bat ihn: «Komm, hilf mir diesen Tisch zum ‹Palast der heiligen Taube› tragen!»

Da sah der Bettler an ihm vorbei und sagte: ‹Ich kann mich seit vielen Jahren nicht ohne Krücken fortschleppen, wie soll ich Euch da tragen helfen?›

Darauf sagte Galaad, der nicht mehr weiter konnte: ‹Stehe auf und hilf mir, denn Du bist geheilt!›

Da stand der Bettler auf, ließ seine Krükken auf dem Stein zurück und ging mit sicheren Schritten neben Galaad und half ihm den heiligen Tisch tragen.

Während der Gral nun leuchtete, führte uns der Bettler zu Evalacs Haus, dem ‹Palast der heiligen Taube›, wo Joseph von Arimathia zum erstenmal den Leib des Herrn gespendet hatte. Dort unter der goldenen Kuppel endete unsere Wanderschaft. Dort wich die Hülle von dem Gral, und ich sah den Himmel offen. Galaad aber wurde das Wunder aller Wunder zuteil: Er erschaute den Auferstandenen in seiner Glorie von Angesicht zu Angesicht. Verzückt flehte Galaad, *Er* möge ihn aus der Welt erlösen und zu sich nehmen. Da sah ich eine Hand von oben herabkommen und Kelch und Lanze in den Himmel entführen.

Galaad warf sich vor dem silbernen Gralstisch nieder, der Kopf sank ihm vornüber auf den steinernen Boden. ‹Bohort›, sagte er zu mir, ‹der Herr hat mein Gebet erhört und nimmt mich aus dieser Zeit in die Ewigkeit. Sage meinem Vater Lancelot, Galaad lasse ihn grüßen, er bete für ihn im Himmel, daß der Herr ihn das Heil, das er vom Gral erhoffte, dereinst auf anderen Wegen finden lasse.› – Nach diesen Worten gab er seinen Geist auf. Und ich bin am Leben geblieben, um Dir, Lancelot, seine Botschaft zu bringen.»

Da senkte Lancelot, dessen Augen voll Tränen standen, sein Angesicht und fragte leise: «Wo ruht er?»

«In Sarras, unter dem ‹Palast der heiligen

Taube›. Wir haben ihn eingesalbt wie einen König und wachten drei Tage und drei Nächte in seinem Grabgewölbe.»

«Und Perceval, Herzeleides Sohn?» fragte König Artus.

«Perceval suchte eine Einsiedelei auf vor den Toren der Stadt. Er hatte Abschied genommen von der Welt und die Mönchskutte angezogen. Ich bin ihm nachgefolgt und bei ihm geblieben, aber ich behielt mein Ritterkleid, denn ich wollte zurück an Euren Hof, mein König. Und früher als ich dachte sollte ich heimkehren, denn Perceval starb bald nach Galaad, versöhnt mit Gott. Ich habe seinen sterblichen Leib neben Galaad ins Grabgewölbe unter dem ‹Palast der heiligen Taube› gelegt. Dann fuhr ich auf einem Schiff während vieler Tage und Nächte von Sarras, einem Land, das von Camalot so weit entfernt ist wie Babylonien, heimwärts zu Euch, meine Brüder, um Euch getreulich alles kundzutun.»

Als Bohort geendet hatte, waren die Herzen aller tief bewegt; aber während ihre Tränen flossen, überlief sie auch ein Schauer der Ehrfurcht und Freude über die Gnade des Himmels, die Galaad und Perceval geschenkt wurde, weil sie den Gral heimführen und sein höchstes Wunder schauen durften.

Des Königs Schreiber zeichneten alles auf, was Bohort berichtet hatte; diese Pergamente bewahrte König Artus in einer kostbaren Kassette auf. Dort hat man sie gefunden nach der Schlacht bei Salisbury, die des Königs Artus letzte Schlacht gewesen ist.

DER UNTERGANG DES REICHS

Am Pfingsttag wurde auf den Wiesen von Camalot tjostiert, doch maßen sich jetzt die Jüngeren im ritterlichen Kampf. Die Älteren, darunter Gawain und Lancelot, wollten ihnen zusehen. Sie folgten dem König und der Königin auf die Mauern der Stadt und ließen sich auf einem Gerüst nieder. Während Bohort und Lionel um den Preis des Turniers rangen, saß Lancelot still an der Seite der Königin. Da aber im Verlauf der Spiele einer nach dem andern die Galerie verließ und wohl auch Lust bekam, nach dem Strohmann auf der Wiese mit dem Speer zu zielen, kam es, daß Lancelot und die Königin allein nebeneinander saßen.

Da begann Ginevra zu fragen, was ihm auf seinen Fahrten zugestoßen sei, daß er ganz verändert heimkehre. Lancelot erbebte, als er ihre Stimme wieder vernahm, blieb aber stumm und wagte nicht, sie anzusehen.

«Du bist traurig über Galaads Tod, Lancelot!» sagte die Königin leise, als er in sich gekehrt neben ihr schwieg.

Dann sagte er plötzlich: «Entsinnt Ihr Euch noch der Mär des blinden Sängers und seiner Weissagung? Sein Spruch war: Der neunte Nachkomme aus Josephs von Arimathia Stamm wird den Gral finden und das Wunder aller Wunder schauen, aber der achte wird die Erscheinung eines Hundes annehmen. Galaad war der Erwählte, und ich bin der achte des Stammes, ich bin der Hund, der Fleisch frißt. Ich bin der Wollüstige, der Ausgestoßene, der Elende.»

«Ach, Lancelot, viele Unberufene öffnen den Mund über Dinge, die kommen sollen.»

Lancelot sank auf seinem Holzsitz zusammen; dabei verzog sich sein Gewand, das ihm König Artus geschenkt hatte, und Ginevra gewahrte sein härenes Hemd darunter – und wandte sich ab.

An diesem Abend sagte König Yder beim Mahl: «Wahrhaftig, heute hat man größere Waffentaten gesehen, als sie Herr Lancelot je vollbringen könnte!»

«Gott verhüte», sagte da die Königin, «daß die jungen Ritter gegen Lancelot antreten, sie wären wie Schafe vor dem Wolf!»

König Yder sagte darauf: «Königin, ich weiß wohl, daß Ihr Herrn Lancelot für den besten Ritter von der Welt haltet, aber heute gab es zwanzig Ritter, die kühn genug sind, ihn zu besiegen!»

«Bei meiner Ehre!» sagte König Artus, «nein! Ich kenne Lancelots Mut und Stärke besser als Ihr. Nie werdet Ihr einen Ritter sehen, der ihn aussticht!»

«Nun, so laßt uns das nächste Turnier beraten!» rief König Yder. Nach der Mahlzeit gingen sie hinaus in den Garten; während sie unter den Bäumen spazierten, trat Girflet, Dos Sohn, an König Artus heran und wollte ihn fragen, ob es nicht an der Zeit wäre, Lancelot zum König von Benoic und Gannes zu erheben. König Artus jedoch war so tief in Gedanken versunken, daß er Girflet gar nicht bemerkte. Aber da zog Lukan, der Mundschenk, Girflet zu sich heran und sagte ihm, Artus sei nachdenklich, weil die Königin seit Pfingstsamstag sehr schweigsam und traurig sei, und er suche nach dem Grund. Noch während Lukan redete, horchte der König auf, winkte Girflet zu sich heran und sagte: «Sprich, Girflet, und wenn Du eine Bitte hast, so will ich sie Dir erfüllen!» Da sagte Dos Sohn, viele Ritter dächten, es wäre an der Zeit, Lancelot zum König von Benoic und Gannes zu krönen. Da lächelte König Artus und gebot ihm, Ausschau nach Lancelot zu halten und ihn zu ihm zu bringen. Aber sie konnten ihn nicht finden im Garten; er war auch nicht in der Burg und nirgendwo sonst in Camalot; und wie sehr sich der König und die Seinen auch darüber wunderten, sie sollten ihn vor dem St. Magdalenentag nicht wiedersehen.

Lancelot trug so schwer an seinem Gelübde und war in so großer Angst, es zu brechen, wenn er auch nur einen Tag länger in Ginevras Nähe weile, daß er in den Wald von Camalot geflohen war! Dort, wo er jede Wildbahn und jede Höhle kannte, wollte er sich verbergen und sich kasteien. Als er aber einmal am Waldrand einen Zweig emporhob, damit er in der Ferne die Burg und das Fenster der Königin sehen konnte, dachte er an das große Glück, das ihm dort widerfahren war, und daß er nun den Rest seines Lebens in Trauer und Tränen verbringen müsse. Er klagte:

«Ach, Camalot, du schöne Stadt, hochberühmt durch deinen Hof! Dort habe ich zu leben begonnen, als ich die Königin liebte, und als ich ihr abschwur, starb ich der Welt; aber der Gral hat sich mir dennoch versagt. Gott hat mich nicht gewollt.

Ich bin ein Hund vor *Ihm!* Komm! Hole mich, Tod, und nimm mich fort!» Dann verkroch er sich dort, wo der Wald am dichtesten war, wie ein verwundetes Wild.

Am St. Magdalenentag fand wieder ein großes Turnier in Camalot statt, zu dem viele Edle und Damen geladen waren. Sie lehnten aus Erkern und Fenstern und blickten auf die Ritter nieder, die in zwei Reihen mit ihren Lanzen gegeneinander ritten; Gawain kämpfte so tapfer, daß viele ihm den Preis des Turniers zusprechen wollten. Die Königin aber sagte: «Scheint es Euch denn nicht, daß Bohort am besten kämpft?»

Da sahen sie, wie auf dem schrankenumwehrten Feld ein neuer Ritter in den Kampf eingriff, der eine schwarze Rüstung trug und die Männer rechts und links aus ihren Sätteln hob. Nun klagten die Damen, deren Ritter für Artus' Farbe kämpften, und beschimpften den schwarzen Ritter, während König Artus seufzte:

«Wäre nur Lancelot hier, er würde unsere Ehre retten!»

Aber die Königin lächelte über die Reden und Klagen der anderen, denn sie hatte an der Haltung und an jeder Kampfgebärde des schwarzen Ritters denjenigen erkannt, den sie herbeisehnte.

Das Turnier war zu Ende, und der unbekannte Ritter lenkte sein Pferd vor die Galerie der Königin, hob das Visier und schaute zu Ginevra empor, die vor Glück strahlte, als sie in Lancelots Augen blickte. Er aber wurde von ihrer Schönheit so betört, daß er nicht mehr wußte, ob er wachte oder schlief, ob er zu Fuß war oder zu Pferde. Das Schwert entfiel seiner Hand, er verlor alle Gewalt über seine Glieder, wankte im Sattel, ohne einen Blick von der Königin zu wenden. Als ihm die Sinne zu schwinden drohten, wandte er sich zu Baudemagus um, der zu ihm geritten war, und sagte: «Herr, haltet mich fest, oder Ihr seht mich fallen!»

Baudemagus legte einen Arm um ihn,

mit dem andern ergriff er die Zügel von Lancelots Pferd und führte ihn fort zu dem Brunnen bei den Maulbeerbäumen unterhalb der Burg. Dort zog er ihm den Helm ab, wusch ihm das Gesicht und brachte ihn dann hinunter zu seinem Zelt. Als Lancelot dort gewahrte, daß Baudemagus weißes Haar bekommen hatte seit seines Sohnes Meleagan Tod, sagte er: «Herr! Wißt Ihr, wen Ihr pflegt?»

«Ja», sagte Baudemagus, «Ihr seid Lancelot vom See.»

«Ich bin der, der Euren Sohn ...»

«Schweigt!» sagte da der alte Mann flehend, «ich will es nicht hören aus Eurem Mund!»

An diesem Abend stand die Königin vor ihrem Minnekästchen und entnahm ihm Lancelots Ring mit dem blauen Stein, in den zwei Schlangen eingeschnitten waren, denselben, den er vorzeiten von der Frau vom See erhalten hatte, und steckte ihn an ihren Finger; ihren Gürtel schmückte sie mit einer goldenen Schließe. Dann ging sie hinunter in die Halle, wo König Artus mit Gawain redete, und hörte diesen sagen: «Herr, was gäbt Ihr drum, wenn der unbekannte Ritter einer von Eurer Gefolgschaft wäre?»

König Artus erwiderte: «Bei Gott, ich würde alles darum geben und ihn an allem teilhaben lassen, außer an meiner Liebe zur Königin!»

Ginevra trat näher und stand neben Gawain, als er sagte: «Ich glaube, jede Frau, und wäre sie die schönste von der Welt, muß einzig wünschen, ihm ihr Leben lang zu gebieten.»

«Und Ihr, Ginevra?» fragte der König leichthin, «was gäbt Ihr darum, den schwarzen Ritter ständig in Euren Diensten zu haben?»

«Ich?» sagte Ginevra und dachte nach. «Wahrhaftig, Herr Gawain hat schon alles gesagt, was eine Frau darauf antworten könnte! Er hat mir nichts zu sagen übriggelassen!»

Da lachten sie, und der König war glücklich, daß Ginevra heiter schien.

Anderntags ließ die Königin sich von Bohort nach der Messe zu Baudemagus' Zelt vor der Stadt führen. Als sie das Zelttuch zurückschlug, schien die Sonne auf Lancelots Gesicht. Ginevra setzte sich an sein Lager und gewahrte, daß seine Augen im Fieber glänzten. Lancelot glaubte, er sehe die Königin im Traum. «Daß ich Euch, geliebte Herrin, wiedersehe!» flüsterte er, «daß Ihr zu mir kommt in dieses Zelt! Alle Kraft war mir genommen, als ich in Eure Augen schaute! Glaubt mir, ich habe im Turnier nur gekämpft, um Euch zu sehen! Um Euretwillen bin ich wieder aus dem Wald herausgekommen, in dem ich hatte sterben wollen! – Wenn ich leben muß, so kann ich es nur mit Eurer Liebe!»

Da liebkoste ihn die Königin und fragte, wie es habe geschehen können, daß er zuerst alle besiegte und dann fortgetragen werden mußte.

le detraison · et le conquiert par coi ele en est deliuree.

Or dist li contes que quant li doi compaingnon se furent parti de lanselot il cheuauchierent tant quil

«Wahrhaftig», sagte Lancelot, «als ich vor Euch kam und Euer Antlitz sah, in das nie mehr zu blicken ich gelobt hatte, und Eure große Schönheit mir durch die Augen ins innerste Herz drang, da verließ mich alle Kraft.»

«Bei Gott», sagte da Ginevra, «kommt wieder an den Hof von Camalot, dort wird die Liebe Euch nicht krank machen, sondern Euch stärken für Eure größten Taten! Die von der Tafelrunde, die große Worte gegen Euch gebraucht haben, sollen beschämt werden.»

Lancelot hörte ihr mit glänzenden Augen zu, bis sein Blick auf den Ring an ihrer Hand fiel, in dem der Stein mit dem Schlangenbild blitzte. Dann fragte er: «Habt Ihr die Schlange gesehen an der Wand im Münster?» – «Gewiß!» sagte die Königin, «sie war doch immer dort! Wo hattest Du denn Deine Augen?» – «Wo ich meine Augen hatte? Ich weiß es nicht, wenn Ihr es nicht wißt!»

«Die Schlange», sagte Ginevra, «ließ der

König vor vielen Jahren ans Gemäuer malen, damit sie ihn an einen bösen Traum gemahne.»

«Einst auf einem Friedhof», sagte Lancelot, «nicht weit von Corbenic, habe ich einen Stein gehoben, doch fand ich nichts Gutes darunter, wie in ‹Joyeuse Garde›, sondern eine Schlange schoß hervor, spie Feuer und verbrannte, was auf den Gräbern wuchs. Ich riß den Schild mir vors Gesicht, versuchte, den Wurm mit der Lanze zu töten, aber er verschwand blitzschnell – und an jenem Tag ist in ganz Corbenic die Ernte verbrannt!»

«Sei ruhig, Lancelot! *Die* Schlange hat nichts zu bedeuten! Auf Gräberfeldern haust vielerlei Ungetier, und in glühheißen Sommern ist die Ernte schon oft verbrannt!»

Darauf erzählte er der Königin die Weissagung des Einsiedlers, der von Mordred dafür getötet wurde, und verhehlte ihr auch nicht, daß Artus Mordred gezeugt hatte.

Nachdem Ginevra Lancelot noch einmal gebeten hatte, an den Hof zurückzukehren, verließ sie ihn voller Unbehagen über seine Reden.

Schon am nächsten Tag ritt Lancelot nach Camalot zurück, denn er hatte sich nach nichts mehr gesehnt, als wieder unter einem Dach mit der Königin zu weilen. König Artus umarmte ihn und empfing ihn mit großer Freude.

Als aber in der nächsten Zeit Artus Lancelots Gesellschaft beim Mahl und auf der Jagd der der anderen Ritter stets vorzog, da gab es viele, die mißgünstig wurden und Lancelot heimlich zu hassen begannen und abfällige Reden über ihn führten. Selbst Gawain, des Königs liebster Neffe, sagte einmal laut:

«Wie merkwürdig, daß der, welcher einst die Hoffnung der Ritterschaft gewesen ist, die Prüfungen auf der Suche nach dem Gral nicht bestanden hat! Hat ihn Frau Welt verdorben?»

Das hörte auch die Königin, und als Lancelot in ihre Nähe kam, während sie allein an einem Fenster im Burgsaal stand, sagte sie:

«Ach, Lancelot! Ich bin traurig über das, was Herr Gawain gesagt hat. Du hast meine Liebe teuer erkauft! Um meinetwillen hast Du die höchste Tugend verloren! Gott hat Dich zum besten und schönsten aller Ritter erschaffen, und um meinetwillen hat er Dich verworfen. Ach, wäre ich nie geboren! Dann hättest Du auch die letzte Probe bestanden und das himmlische Wunder erblickt!»

«Herrin», sagte darauf Lancelot, «dafür habe ich das Wunder Eurer großen Liebe und Schönheit erfahren. Ihr habt mein Herz stolz gemacht, Ihr habt mich auf die Höhe des Ruhms und der Ehre geführt. Als ich zu Euch kam, war ich ein Fremder ohne Namen. Ihr habt mich reich gemacht, als ich arm war, habt mich kühn gemacht, wenn ich zag war. Euch gehört mein Leben!»

Je heftiger Lancelot seine Liebe beteuerte, umso glücklicher war die Königin, und im Weggehen flüsterte sie ihm zu, sie werde wie früher in der Dunkelheit auf ihn warten. Und als in dieser Nacht Lancelot Ginevra umfing, waren sie zueinander, als lägen sie zum erstenmal beisammen.

Vier Wochen nach Lancelots Heimkehr an den Hof von Camalot herrschte im ganzen Lande Logres festlicher Jubel. Von weither waren die Leute herbeigeströmt, um zu sehen, wie der König und seine Ritter in einem prächtigen Aufzug Lancelot ins Münster geleiteten, wo er zum König von Benoic und Gannes gekrönt wurde.

In den Tagen nach der Krönung hatte Lancelot ein so gutes Leben wie nie zuvor. Die Königin hütete ihre Blicke weniger als früher, und der König gab ihm alle Zeichen seiner Gunst. Das wurmte vor allem Agrawain, und als ihm gar zugetragen wurde, Artus habe zur Königin gesagt, Lancelot allein gelte ihm so viel wie die halbe Tafelrunde, wurde sein Haß übermächtig, und er begann Lancelot und Ginevra argwöhnisch nachzuspähen. Als er die beiden eines

Abends in der Halle miteinander reden sah, sagte er zu Gawain so laut, daß es auch andere hörten:

«Seht, wie munter Lancelot spricht; er muß sein härenes Hemd schon lange mit einem feinen und weichen vertauscht haben!» Abends, wenn die Lichter in den Fenstern der Burg, eins nach dem andern, ausgingen, umlauerte er den Säulengang, der vom Gästehaus zu den Frauengemächern führte.

Als der König alle seine Ritter zu einem Turnier nach Winchester aufbot, dem die Königin der Sommerhitze wegen fernbleiben wollte, und Lancelot keine Anstalten machte, am Turnier teilzunehmen, wuchs Agrawains Argwohn. Er wartete, bis der König sich zur Ruhe legen wollte, trat dann zu ihm und sprach:

«Herr, seht Euch vor, daß Ihr nicht in Schande geratet!»

«Wie?» fragte Artus zornig, «gibt es etwas, das mir Schande einbringen könnte? Sprich deutlich, Agrawain!»

«Nun, da Lancelot nicht in Eurer Gesellschaft reiten will, wird er die Zeit zu nützen wissen, um der Königin nicht nur im Geheimen schön zu tun!»

«Du Lästermaul!» rief der König, denn er kannte Agrawains argwöhnisches und neidisches Herz.

«Herr!» sagte Agrawain, «wenn Ihr so sicher seid, daß ich lüge, so laßt mich Lancelot und die Königin ausspähen!»

«Was Du tust, ob Du horchst und schleichst, kümmert mich nicht. Aber hüte Deine böse Zunge! Sage Deine Lüge nicht noch einmal, weder mir noch einem andern Menschen; ich ziehe morgen früh nach Winchester zum Turnier, kämpfe Du dort, aber suche auch den Sieg über Deinen Argwohn und Deinen Neid!»

Wenn der König auch in dieser Nacht über das, was ihm Agrawain gesagt hatte, lange nachsinnen mußte, so bewahrte er dennoch seinen Glauben an die Treue Ginevras und an Lancelots Rittertugend.

In der Frühe nahm er Abschied und zog,

begleitet von einem großen Teil der Ritterschaft, nach Winchester. Am Abend erschien Lancelot bei der Königin, um Urlaub zu erbitten für seinen heimlichen Ritt dorthin, weil er es liebte, unerkannt zu tjostieren. Die Königin lachte und ließ ihn ziehen. Als jedermann schlief in Camalot, ritt er auf seinem besten Pferde und in seiner schönsten Rüstung mit seinem Knappen davon. Auf dem Ritt durch die kühle Nacht war ihm so fröhlich zu Mute, daß er einen frischen Eichenzweig auf seinen Helm steckte und zu singen begann.

Tags darauf rasteten sie in einer kleinen Burg, die dem Herrn von Escalot gehörte, einem niederen Lehenshalter des Königs Artus. Sie wurden gut empfangen, und der Herr von Escalot führte sie selber in die Halle, wo sie ihre Waffen ablegten. Beim Fackelschein sah Lancelot an der Wand zwei einfarbige Schilde ohne Wappenzeichen, einen roten und einen weißen. Es war damals Sitte, daß die Ritter im ersten Jahr ihrer Ritterschaft im Schilde kein Kennzeichen trugen. Als der Herr von Escalot Lancelot sagte, daß die Schilde seinen beiden Söhnen gehörten, der eine Sohn aber krank darniederliege, da bat Lancelot den Vasallen, ihm den roten Schild zu leihen, damit er unerkannt tjostieren könne. Willig trug ihm der alte Lehenshalter Waffenhemd, Schild und Rüstung seines Sohnes herzu.

Lancelot setzte sich den fremden Helm auf, der im Fackelschein leuchtete. Da kam die Tochter von Escalot hinzu und wunderte sich, wer da ihres Bruders Helm trage.

«Seid so gut und nehmt den Helm ab, damit ich sehe, wie Ihr ausschaut und ob ich Euch vertrauen kann», bat sie Lancelot.

Der sagte: «Ach! Ihr werdet mich häßlich finden, denn ich habe ein schwarzes Gesicht, eine krumme Nase und einen schiefen Mund.»

«Laßt mich Euch trotzdem sehen!»

Lancelot nahm den Helm ab, und die Tochter von Escalot staunte. Sie sah seine lachenden Augen, sein helles Haar und seinen schönen Mund.

Sie starrte ihn an und wußte nichts zu sagen.

«Aber nun müßt auch Ihr Euch zeigen!» sagte Lancelot. Da hob das Fräulein von Escalot den Schleier und lachte nun auch.

Als sie zu Tisch gingen, hielt sie Lancelots Knappen zurück und fragte ihn nach dem Namen seines Herrn. «Ihr müßt ihn mir nennen! Ich schenke Euch silberne Sporen dafür!»

«Auch wenn Ihr mir goldene versprecht, so

würde ich seinen Namen nicht verraten. Aber eins kann ich Euch wohl sagen, er ist der beste Ritter von der Welt!»

Als sie nach dem Mahl in der Abendkühle sich im Burghof ergingen, führte das Fräulein Lancelot zum Brunnen, setzte sich auf dessen Rand und sagte: «Ob Ihr mir wohl einen Wunsch erfüllt, noch ehe Ihr wißt, was es ist, worum ich Euch bitte?»

Lancelot blickte in den Brunnen, in dessen Spiegel ihr Gesicht weiß wie eine Wasserrose erschien, und versprach ihr, zu tun, was sie ihn heißen werde. Da bat sie ihn, beim Turnier von Winchester ihr Liebespfand an seinem Helmkamm zu tragen. Da er nun einmal dem schönen Mädchen sein Versprechen gegeben, nahm er den roten Seidenärmel an, den sie ihm reichte. «Tragt ihn beim Turnier um meiner Liebe willen!» Als Lancelot doch noch zögerte, sagte sie leise: «Ihr sollt auch wissen, daß Ihr der erste seid und der einzige bleiben werdet, den ich darum bitte!»

Auch der eine Bruder des Fräuleins war

so voller Bewunderung für Lancelot, daß er mit ihm ritt zum Turnier.

Ich kann Euch nicht alle Gänge des Lanzenstechens von Winchester erzählen. Doch sei Euch gesagt, daß es eines der prächtigsten Turniere zu König Artus' Zeiten gewesen ist, bei dem der Ritter mit dem leeren roten Schild und dem Liebespfand am Helm die meisten Lanzen brach. König Artus und Girflet aber glaubten keineswegs, daß dieser Ritter der junge Herr von Escalot war. Vor dem Ende des Turniers wurde er von Agrawain herausgefordert, und beim fünften Ritt gegeneinander fuhr Agrawains Lanze seinem Gegner zwischen Halsberge und Schulterschutz, daß er verwundet wurde und der Kampf sieglos endete. Lancelot wendete sein Pferd und ritt davon, gefolgt von dem jungen Herrn von Escalot.

Auf dem Rückweg vom Turnier nahmen König Artus und seine Gefolgschaft im gleichen Schloß Herberge, wo Lancelot zuvor gerastet hatte. Der Herr von Escalot bot alles auf, um den König würdig zu empfangen. Wie es die Sitte gebot, wartete die Tochter des Vasallen beim Mahle auf. Als sie zu Herrn Gawain kam, fragte sie ihn, wie das Turnier in Winchester verlaufen sei, und wer den Preis davongetragen.

«Ja», sagte Gawain, «Ihr könnt mir glauben, es hat selten ein Turnier gegeben, wo man so trefflich tjostiert hat. Und denkt, ein unbekannter Ritter hat sich als der stärkste gezeigt, und er soll Euer Bruder sein!»

«So meint Ihr den Ritter mit dem roten Schild?» fragte das Mädchen.

«Er trug den roten Ärmel seiner Liebsten am Helm!»

Da wurde das Fräulein von Escalot rot vor Freude und sagte: «Sprecht! Wo bleibt er? Warum ist er nicht mit Euch gekommen?»

«Er ist verwundet worden!»

«Schwer?» fragte das Fräulein. Und Gawain sagte:

«So schwer, daß sein Blut auf dem Boden eine Spur zog.»

Da erschrak das Fräulein von Escalot und erblaßte so, daß Gawain sagte:

«Ach, Fräulein, wenn Ihr wüßtet, wie schön Ihr seid, wenn Ihr lacht! Aber Eure traurige Miene tut mir weh!»

Als die andern den Tisch verließen, blieb Gawain zurück. Der Würzwein hatte ihn kühner gemacht, und als das Fräulein von Escalot wieder zu ihm trat, trug er ihr seine Liebe an.

«Ach», sagte das Mädchen, «wie könnte ein so großer Herr wie Ihr, noch dazu ein Verwandter des Königs, um ein so armes Mädchen wie mich werben?»

«Ihr seid das schönste Mädchen, das mir je vor Augen kam! Eure Liebe würde mir mehr gelten als die Gunst der vornehmsten Dame!»

«Wenn Ihr die Wahrheit sagt, Herr Gawain, so wißt, daß ich einem andern mein ganzes Herz gegeben habe. Wenn Ihr ihn kennen würdet, wenn Ihr seine stolze Gestalt, seine lachenden Augen sehen könntet, Ihr würdet Euch nicht wundern, daß ich armes Mädchen ihm zugetan bin. Ich glaube, er ist der beste Ritter von der Welt, und Ihr sagt selbst, er habe am kühnsten gekämpft in Winchester! Mein Liebespfand, meinen roten Ärmel, trug er an seinem Helm!»

«So sagt, wer ist es denn, den Ihr so treulich liebt? Bei Gott, ich will ihn vor meine Lanze fordern, damit Ihr seht, wer von uns beiden kühner ist!»

«Da sei der Himmel davor! Ich will doch nicht schuld sein an solchem Zweikampf!»

«So nennt mir dennoch seinen Namen!»

«Seinen Namen», sagte das Fräulein, «weiß ich nicht. Doch könnt Ihr seinen Schild sehen, den er zurückgelassen hat. Er hängt in der Kammer, in der Ihr nächtigen werdet. Wenn Ihr erlaubt, will ich Euch hingeleiten!»

Sie entzündete ein Wachslicht und führte ihn zu seiner Kammer. Da sahen sie an der Wand den schwarzen Schild mit dem weißen Schrägbalken. «Das ist der Schild des Ritters, den ich von Herzen liebe!» sagte das Fräulein von Escalot, und Gawain stand wie vom Blitz getroffen.

«Kennt Ihr den Ritter? Sagt mir seinen Namen!» bat das Fräulein.

«Hört, ich gebe mich besiegt; ich weiß, es gibt keine Frau und kein Fräulein auf der Welt, die seine Liebe um meiner Liebe willen ausschlüge!»

«Nennt mir seinen Namen!» sagte das Fräulein flehend.

«Keine noch so hochgeborene Dame könnte stolzer sein, wenn er Euch wiederliebt, es ist Herr Lancelot vom See!»

Alleingelassen, dachte sich Gawain: ‹Lancelot muß dem Fräulein wahrhaftig sein Herz gegeben haben, denn sonst hätte er nicht ihr Liebespfand getragen! Ist sie auch nicht von hoher Geburt, so ist sie dafür ein Mädchen von hoher Tugend und großer Schönheit. Ob dies der Grund ist, daß Lancelot nie zu jemandem von Minne sprach?› Je mehr er darüber nachdachte, umso gewisser schien ihm Lancelots Liebe zu dem Fräulein. Als am Morgen König Artus sich bereits von dem Herrn von Escalot verabschiedet hatte, sagte Gawain zu dessen Tochter:

«Vergeßt nicht, ich werde immer Euer Ritter sein! Es gibt keinen Ort, von dem ich nicht käme, wenn Ihr mich ruft! – Und grüßt mir Lancelot vom See, denn Ihr werdet ihn noch vor mir wiedersehen!»

Dann saß er auf, gab seinem Pferd die Sporen und holte König Artus und dessen Schar ein. Als er ihm zur Seite ritt, fragte er: «Herr! Wißt Ihr auch, wer im Turnier von Winchester den leeren roten Schild getragen hat?»

«Ich weiß es wohl, und Ihr hättet ihn auch erkennen müssen, denn wer tjostiert wie Lancelot?»

«Ihr habt recht, aber in den fremden Farben erkannte ich ihn nicht. Jetzt weiß ich, von wem er das Liebespfand empfing, das er an seinem Helmkamm trug: von dem Fräulein von Escalot, dem schönsten und tugendsamsten Mädchen im Lande Logres. Er liebt sie und hat seinen Schild bei ihr gelassen; ich habe ihn selbst gesehen.» Da dachte der König bei sich: ‹Ich wußte es ja, daß Lancelot mich nicht hintergehen kann!›

Als sie ohne Lancelot nach Camalot heimkehrten, wollte die Königin wissen, ob er denn nicht in Winchester gewesen sei, worauf Gawain antwortete: «Herrin, wäre er dort gewesen, dann müßte ich ihn nicht erkannt haben. Einer ist in fremden Farben gekommen, ein Ritter mit einem roten Schild, aber der konnte nicht Lancelot sein, weil er ein Liebespfand am Helme trug.»

Da war die Königin ratlos, sie wandte sich an Artus und erfuhr von ihm, daß jener Ritter in Wahrheit Lancelot gewesen sei. Nie war ihr der Gedanke gekommen, daß Lancelot eine andere Frau lieben könnte. Sie schloß sich in ihre Kammer ein und weinte, als müßte ihr das Herz brechen. Aber bald verwandelte sich ihr Schmerz in Zorn. Laut sprach sie vor sich hin: «Wenn er morgen kommt, jage ich ihn weg, wie man einen Hund fortjagt. Ich sage zu ihm: Wie wagst Du es, Deinen Fuß über meine Schwelle zu setzen? Ich will Dich nicht mehr sehen! Und um einen Treulosen, wie Du, habe ich den besten König betrogen!»

Aber Lancelot kam nicht, den ganzen Monat und den nächsten dazu blieb er aus. Die Bauern schnitten die Wiesen schon zum zweitenmal, als man immer noch nichts von Lancelot hörte. Da wunderte sich auch der König, und als er zusammen mit Ginevra und Gawain in der Halle saß, sagte er: «Es beunruhigt mich mehr und mehr, daß Lancelot so lange fern bleibt von Camalot, hier war doch sonst sein liebster Aufenthalt!»

Da lächelte Gawain und sagte: «Nun, er wird Kurzweil haben wo er ist, denn wenn er sich langweilte, würde er nicht säumen, an den Hof zu kommen!»

Bald darauf ließ der König zum Aufbruch rüsten, denn es wurde Zeit, die Städte zu besuchen, die ihre Herolde nach ihm gesandt hatten, damit er komme, um in Lon-

don, Caerdif und Carohais Recht zu sprechen.

Als er mit den Seinen in Caerdif einzog, da kam ihm aus der Menschenmenge, die ihn empfing, Belisant, Mordreds Mutter, entgegen, und sie küßten einander wie

Bruder und Schwester. Artus aber kam dabei die Schlange im Münster in den Sinn. «Höre», sagte Mordreds Mutter, «Schwester Morgane läßt Dich grüßen, sie wartet auf Deinen Besuch schon seit die Felder reif sind. Du sollst sie diesmal nicht vergessen!» – «Wenn ich in London und Carohais zu Gericht gesessen habe», antwortete Artus, «will ich Morgane gerne besuchen. Bring ihr meinen Gruß und richte es aus.»

Seit jenem längst vergangenen Morgen, an dem Morgane Lancelots Gefängnis mit den gemalten Bildern leer gefunden hatte, war ihr Haß gegen ihn noch heftiger geworden. So wartete sie voll Ungeduld, daß König Artus sie in ihrem Schloß besuchen komme. Für seinen Empfang hielt sie alle nur erdenklichen Speisen bereit, Granatäpfel, alexandrinischen Ingwer und Würzweine von zauberischer Wirkung, wie nur Morgane sie zu mischen verstand.

Als eines schönen Tages nach der Erntezeit König Artus mit seinem Hofstaat anlangte, wurde ihnen ein Empfang bereitet wie noch auf keiner Burg, ja, sie meinten, keine Kirche wäre je so schön geschmückt gewesen wie Morganes Schloß. Selbst Sagremor, der Byzanz und Damaskus kannte, glaubte, noch nie eine solche Pracht gesehen zu haben.

Morgane kam ihnen mit ihren Damen entgegen, hieß sie willkommen und lud sie zur Tafel. Während sie das Silbergerät, die schimmernden Schalen und Becher bewunderten, ertönte Musik von Gamben und Violen so süß, wie ihnen noch keine erklungen war.

Spät in der Nacht führte Morgane den König in den Raum, in dem sie Lancelot vorzeiten gefangen gehalten, und wo sein Bett noch stand, diesmal für den König selbst gerichtet. Hier legte Artus sich nieder, blickte sich im Schein der Kerzen nicht mehr um und schlief bald ein.

Als der Morgen dämmerte, kam Morgane zu ihrem Bruder, setzte sich zu ihm, und sie fragten einander nach ihrem Ergehen. Morgane erzählte ihm vieles, bis die Sonne aufging und mit ihren Strahlen den ganzen Raum erhellte. Der König begann um sich zu schauen und erblickte die Bilder mit den Schriftzeichen darunter. Sobald er auf der Wand Lancelots Taten aus seiner ersten Ritterzeit erkannte, betrachtete er sie genauer, und je länger er schaute und las, um so mehr ging ihm auf, daß Lancelot ihn schändlich betrogen hatte.

«Schwester», sagte der König, «vertraut es mir an: ist es die Wahrheit?»

«Ja», sagte Morgane, «es ist die Wahrheit, Lancelot hat alle seine Taten um Ginevras Liebe willen vollbracht. Er liebt sie wie noch kein Sterblicher geliebt, vom ersten Tage seiner Ritterschaft an!»

Sie redete noch weiter, auch beschrieb sie genau, was die Bilder enthielten, bis der König sagte:

«Ich habe nun genug von meiner Schande gehört!»

Während Artus entsetzt die Wand anstarrte, schürte Morgane seine Rache, bis er auffuhr und rief: «Wenn es wahr ist, was die Bilder verraten, dann will ich ein furchtbares Gericht halten, oder ich will die Krone nicht mehr tragen!»

Noch am gleichen Tag verließ er Morganes Schloß und fragte sie beim Abschied, wann sie nach Camalot käme, um ihm dort in seiner Trübsal Gesellschaft zu leisten. Aber Morgane hatte nicht im Sinn, an seinen Hof zu kommen.

«Wenn ich von hier fortgehe», sagte sie, «dann fahre ich nach Avalon, zur glückseligen Insel.»

Nach dem Turnier von Winchester hatte der junge Herr von Escalot den verwundeten Lancelot in die kleine Burg seines Vaters zurückgebracht. Das Fräulein von Escalot war zutiefst erschrocken, als Lancelot, gestützt von ihrem Bruder, in die Halle kam! Er war so schwach und blaß wie einer, der viel Blut verloren hat, so daß sie ihm eiligst ein Lager bereiten mußte.

«Schwester», sagte der junge Herr von Escalot, «Ihr kennt die Heilkraft der Kräuter gegen das Wundfieber, so helft ihm doch!»

Da ging das Fräulein von Escalot und suchte Kräuter und Wurzeln, bereitete Tränke und flößte sie Lancelot ein. Manche Stunde des Tages und der Nacht saß sie an seinem Lager, bis das Fieber von ihm zu weichen begann. Wenn sie ihn am Morgen betrachtete, erfüllten sie Gedanken voller Hoffnung, wenn ihre Augen am Abend auf ihm ruhten, kamen ihr dunkle und traurige Gedanken. ‹Ich weiß nicht, wie mir geschieht, er liegt mir Tag und Nacht im Sinn. Wenn ich ihm meine Liebe zeigte, würde er sich wohl abwenden? Ein so hoher Herr kann ein armes Mädchen wie mich seiner Liebe nicht für würdig halten. Aber ich kann mich meiner Liebe nicht erwehren!› dachte das Fräulein von Escalot und begann still vor sich hinzuweinen. Lancelot schlug die Augen auf und wollte ihren Kummer wissen.

«Ich beklage mich über niemanden, nur darüber, daß mein Herz nicht hat, was es gerne haben möchte.»

Sie wischte sich die Augen und gab sich Mühe, heiter zu erscheinen, aber Lancelot sah, daß das Mädchen sich seinetwegen grämte. «Ihr seid ritterlicher Liebe wert, es wäre ein Glück für einen König, Euch zu besitzen. Glaubt mir, ich täte Euch alles zuliebe, wenn ich es vermöchte, aber mein Herz gehört nicht mehr mir», sagte er.

Als Lancelot fast genesen war, machten sie ihm ein Zelt gegen die Sonne, damit er draußen auf der Wiese sein konnte. Da kam die Tochter von Escalot, so schön wie ein Mädchen nur sein kann, in einem safrangelben Kleid zu ihm und fragte ihn noch einmal, ob er seinem Herzen denn gar nicht anders befehlen könne.

«Ach, glaubt mir», sagte da Lancelot, «es macht mich unglücklich, Euch zu sagen, was ich bisher niemandem anvertraut habe: Ich liebe eine hohe Herrin, und weder um des Todes noch um des Lebens willen kann ich mein Herz von ihr reißen, denn mein Wille gehört nicht mehr mir.»

«So sehr liebt Ihr die hochgeborene Herrin?» fragte das Mädchen.

«So sehr», sagte Lancelot, «daß meine Sinne niemandem gehorchen außer ihr, meine Augen sehen nur sie, mein Ohr hört nur auf das, was ihr Mund spricht. Mein Leib und meine Seele gehören ihr!»

Da stürzten dem Fräulein von Escalot die Tränen aus den Augen: «Ihr habt mir nun genug von Eurem Herzen gezeigt!» sagte sie, «wahrhaftig, Herr, es ist mein Unheil, daß ich Euch je gesehen habe, es bringt mir den Tod.»

Verzweifelt wandte sie sich ab und ging

zurück in die Burg. Von nun an hing sie nur noch dunklen Gedanken nach.

Sobald Lancelot wieder reiten konnte, nahm er Abschied von denen, die ihn gepflegt hatten, traurig, daß er dem Fräulein so großen Schmerz zufügen mußte, froh, daß er die Königin wiedersehen würde. Doch als Lancelot diesmal in der gleichen Rüstung, in der er Abschied genommen von Ginevra, und auf demselben Pferd, das ihm König Artus am Krönungstag geschenkt hatte, in Camalot einritt, schloß sich Ginevra in ihre Kammer ein. Gawain wollte ihr Lancelots Ankunft melden, aber sie ließ ihm sagen, sie sei zu krank, um Lancelot zu begrüßen, sie habe weder die Kraft noch den Willen, die Halle zu betreten, solange er da sei. «Herrin», sagte Gawain, «wollt Ihr denn den Ritter von größten Tugenden aus Camalot verjagen?» Die Königin gab keine Antwort und dachte bei sich: ‹Wenn die Sonne aus dem Kreis der Gestirne verschwände, es könnte nicht dunkler um mich sein›.

Über Ginevras Bescheid war Lancelot zutiefst erschrocken, denn er konnte keine Schuld bei sich finden. Nun wußte er sich keinen andern Rat, als nordwärts zu reiten zu seiner Burg «Joyeuse Garde».

Dies geschah wenige Tage ehe König Artus, von Morganes Schloß kommend, wieder nach Camalot zurückkehrte. Nun hörte er, daß Ginevra Lancelot nicht hatte sehen wollen, und dieser nicht einen einzigen Tag in Camalot verweilt hatte. Darauf befielen ihn große Zweifel an der Wahrheit dessen, was ihm Morgane entdeckt hatte. Auch mußte er des falschen Ringes gedenken, den sie einst in ihrem Haß auf Lancelot durch ihre Botin geschickt hatte. Er sann wieder über die Nacht in der Bilderkammer nach, und je mehr er sann, umso stärker wurde sein Glaube, daß Morgane, die Fee, ihn durch ein Zauberspiel genarrt habe. Woher sollte auch ein Ritter wie Lancelot die Kunst des Malens genommen haben?

Nur wenige Tage danach, als König Artus abends mit Gawain und seinen Brüdern am Fluß von Camalot stand, sahen sie einen Nachen auf sich zutreiben. Sie warteten unter den Weiden, die ihre Zweige ins dunkle Wasser hängten, bis der Nachen nahe war, und fanden ihn mit Kränzen aus weißen Blumen geschmückt. Hingestreckt auf kostbaren Decken, lag die Gestalt eines Mädchens. Gawain erschrak, als er das Fräulein von Escalot erkannte, das da leblos im Nachen herangeglitten war. Keine Worte vermögen zu sagen, wie schön das Fräulein im Tode war, das im Leben Herrn Lancelot vom See hold gewesen und Herrn Gawain verschmäht hatte.

Gawain trat ins Wasser und zog den Nachen ans Land, und als er sich über das tote Mädchen neigte, gewahrte er an dessen Gürtel ein Almosentäschchen, aus dem eine Briefrolle hervorsah. Gaheriet half den Nachen festmachen, während Gawain den Brief dem König übergab. So mußte Artus lesen, daß die Tochter von Escalot in den

Tod gegangen war, weil sie Lancelot vom See, den besten aller Ritter, der auch der grausamste war, ohne Hoffnung geliebt hatte.

Dann lasen auch die anderen den Brief und gaben die Neuigkeit weiter, und so verbreitete sich die Wahrheit von einem zum andern, bis auch die Königin sie erfuhr.

Die Ritter machten eine Bahre aus Zweigen, trugen die Tochter von Escalot hinauf zum Münster und umstellten die schöne Tote mit vielen Kerzen. Als sie zurückkamen und Gawain traurig in den Saal trat, in dem Ginevra und Artus saßen, sagte er:

«Ich bin von Herzen betrübt; die Tochter von Escalot war das tugendsamste Mädchen, um das ich je geworben habe. Auch habe ich mich sehr getäuscht, ich glaubte wirklich, Lancelot habe das Fräulein geliebt.»

«Ach», sagte die Königin darauf, «man hat schon manchen Ritter der Minne wegen ins Gerede gebracht und damit nichts als Unheil angerichtet.»

Der König sah Ginevra an und sagte: «Ich gäbe mein schönstes Schloß dafür, wenn ein Mädchen wie dieses mich geliebt hätte!» Darauf wandte er sich ab, die Königin aber machte sich Vorwürfe, daß sie Lancelot in ihrem Herzen der Untreue bezichtigt hatte. Darum ging sie zu seinem Vetter Bohort und bat ihn flehentlich, Lancelot zu suchen und ihn zu ihr nach Camalot zurückzubringen.

Beglückt über Bohorts Botschaft verließ Lancelot «Joyeuse Garde» und ritt auf seinem schnellsten Pferd nach Camalot zurück. Ginevra empfing ihn bangend wegen der Kränkung, die sie ihm angetan, und beschwor ihn, ihr zu verzeihen. Lancelot war dazu nur allzu bereit, denn er war mehr denn je der Königin verfallen. Von nun an suchte er Ginevra unverhohlener auf, und öfter als früher teilten sie das Lager. Waren sie früher sehr besorgt gewesen, daß ihre Zusammenkünfte geheim blieben, so vermochten sie ihre Liebe jetzt kaum mehr zu verbergen. Nicht nur die Argwöhnischen, Agrawain und Mordred, mußten es bemerken, sondern selbst Gawain und Gaheriet.

Als eines Tages die vier Brüder im Säulengang beieinander standen, die Köpfe zusammensteckten und miteinander flüsterten wie solche, die Geheimnisse haben, kam König Artus aus dem Gemach der Königin auf sie zu und hörte Gawain sagen:

«Schweigt doch still, der König kommt!»

«Wovon habt Ihr gesprochen, meine Neffen?» fragte der König.

«Ach, nichts, was Euch zu wissen wert wäre, – fragt uns nicht, Herr!» sagten sie.

«Ich will wissen, wovon die Rede war! Gawain, sprich Du!» rief der König.

Aber Gawain schwieg. Da wurde der König zornig und rief, die Hand an seinem Schwert:

«Dann sage ich Dir: Gawain, fliehe! Ich kann Dir nie mehr vertrauen, wenn Du jetzt schweigst!»

«Und wenn Ihr mich aus Eurem Lande jagt, aus *meinem* Munde sollt Ihr Eure Schande nicht erfahren!»

«Gaheriet, dann rede Du!»

Aber Gaheriet schwieg und brachte kein Wort über die Lippen.

«So sprecht jetzt meine Schande aus!» schrie der König und zog sein Schwert.

«Nicht ich!» sagte Gawain.

«Nicht ich!» rief Gaheriet.

Dann eilten sie aus dem Säulengang hinaus. König Artus schrie laut ihre Namen, aber sie wollten ihn nicht hören.

Nur Agrawain blieb mit höhnischem Gesicht bei Mordred stehen. Artus zog ihn beiseite und sagte: «Nun rede Du!» Und Agrawain schonte den König nicht.

Da schwur Artus, furchtbare Rache zu üben, sobald Ginevra des Ehebruches überführt würde. Von nun an wartete er auf den Beweis, und Agrawain und Mordred versprachen, ihn zu liefern.

Als nach der Non Lancelot in den Rittersaal schritt, wandte der König sein Gesicht ab und vermied es, den zu grüßen, den er sonst immer mit Freude empfing. In der Meinung, der König sei in Gedanken verloren, wie er das oft zu sein pflegte, setzte sich Lancelot mit Bohort und Lionel, seinen Verwandten, zu Tisch. Sie hörten, wie der König einige der Ritter aufforderte, am Tag darauf mit ihm zu jagen, aber er überging Lancelot und dessen Verwandtschaft.

In dieser Nacht warnte Bohort Lancelot: «Höre auf mich, geh morgen, wenn Artus auf der Jagd ist, nicht zur Königin! Es wird Dir Unglück bringen!»

«Und ich sage Dir, ich kann nicht anders, ich werde dennoch gehen!»

«So nimm Dein Schwert mit Dir und sieh Dich vor! Nimm den Weg durch den Garten, den Wildhag entlang!»

Aber was half der heimliche Pfad durch den Garten, was die verborgene Tür zum Hause der Königin? Kein Dunkel, keine Strickleiter hätte den Liebenden mehr geholfen; ihre Wege waren ausgespäht. Agrawains Knechte hatten Lancelot umstellt, während er über Treppen und Gänge schlich bis zum Gemach der Königin. Sobald er hineingelangt war, verriegelte er die Türe. Die Königin lachte, als sie Lancelot erblickte, denn es war ihr nie in den Sinn gekommen, daß man es wagen könnte, sie zu belauern. Sie warteten auch nicht, bis die Dunkelheit kam; Lancelot tat seine Kleider ab, legte sich zur Königin nieder und nahm sie in seine Arme.

Sie lagen noch nicht lange beieinander, als sich vor der Tür Lärm erhob. Sie hörten Agrawain befehlen: «Brecht die Türe auf!» Entsetzt flüsterte Ginevra: «Lancelot, wir sind verraten! Nun weiß Artus, wie es um uns steht! Das hat uns Agrawain angetan!»

«Dafür soll er sterben!» rief Lancelot, während die Türe von den Brecheisen krachte. Sie sprangen von ihrem Lager auf und griffen nach ihren Kleidern. «Sind keine Waffen hier?» rief Lancelot. «Nein, keine!» sagte die Königin, «sie werden Dich töten! Mir werden sie nicht ans Leben gehen. Ach, ich gäbe es für Dich, wenn ich könnte!»

Lancelot stemmte sich gegen die Tür, aber sie wurde eingedrückt, und als erster von Agrawains Gedungenen drang Tanaguis ein. Lancelot entrang ihm sein Schwert und schlug ihn nieder mit einem einzigen Hieb, so daß er mitten ins Gemach fiel. Noch ehe seine Spießgesellen es wagten, einzudringen, zog Lancelot dem Toten Helm und Panzer ab, rüstete sich selbst damit und stürzte sich auf die Knechte, die auf ihn warteten. «Feiglinge!» schrie er und hieb wild um sich mit seinem Schwert. Diesmal kämpfte Lancelot mit der Stärke eines Riesen, Frollo selbst hätte nicht gewaltiger zuschlagen können; er streckte Agrawains Knechte zur Rechten und zur Linken nieder und entkam ihnen nach schrecklichem Kampf.

Am späten Abend kehrte König Artus von der Jagd heim und stieg mit seinem Gefolge die Treppe zur Halle hinauf. Agrawain stürzte auf ihn zu und erzählte mit wilden Gebärden, was geschehen war, wie seine Späher die Türe zum Gemach der Königin erbrochen und Lancelot darin gefunden hätten, und daß dieser Tanaguis erschlagen und entkommen sei.

«Wo ist Lancelot hin?» rief der König. «Bringt ihn vor mich! So ist es also wahr, er hat mich betrogen! Er hat die Königin entehrt und mich in Schande gebracht! Noch in dieser Stunde will ich Gericht halten über ihn und die Königin!»

«Sire!» sagte König Yder, «in diesem Land ist es nicht Brauch, daß man nach der Non Gericht hält über Leben und Tod. Morgen wollen wir zusammentreten und das Urteil fällen.»

Wieder rief der König: «Wo ist Lancelot? Wo ist Lancelot?»

Darauf sagte Gawain, daß Knechte gesehen hätten, wie Bohort ihm eines seiner Pferde gegeben habe und wie Lancelot dann, begleitet von Lionel und Bohort, davongeritten sei. Auch hätten sie gehört, daß sie nach «Joyeuse Garde» fliehen wollten.

«So haben denn auch diese beiden mich mit dem Treulosen verlassen!» klagte der König.

Artus verbrachte die Nacht wachend, in großem Jammer. Auch wollte er, so sehr das Fräulein Ohnelüge ihn darum bat, Ginevra nicht sehen.

In der Frühe, als die Barone sich zum Gericht im Schloß versammelt hatten, sagte der König: «Ihr Herren, welchen Spruch sollen wir über die Königin fällen?» Da befragten sie zuerst Agrawain und seine Brüder. Die hielten dafür, daß Ginevra einen Tod der Schande verdiene, weil sie dem besten aller Könige mit einem seiner Ritter die Ehe gebrochen habe; ihre Schuld wiege umso schwerer, weil sie eine mit heiligem Öl gesalbte Königin sei. Nur Gawain sagte: «Möge Gott verhüten, daß man eine Dame, die in der Welt in höchsten Ehren steht, einem schmählichen Tod übergibt!» Trotzdem verurteilten sie Ginevra zum Feuertod, weil sie glaubten, dies sei der Wille des Königs.

Da trat Gawain zu Artus und sagte: «Mein König, ich habe Euch alle Tage meines Lebens treulich gedient. Aber wenn Ihr duldet, daß Eure Königin sterben muß, dann kündige ich Euch meinen Dienst!» Als Artus schwieg, wandte sich Gawain ab, verließ den Hof und ging in seine Herberge.

Darauf ließ Artus die Königin vor sich bringen. Ginevra kam vor ihn in einem scharlachroten Gewand, sie war totenblaß, die Tränen strömten ihr über das Gesicht. Da ergriff den König ein solches Mitleid, daß er sie nicht anzusehen vermochte; er ließ sie wegführen und befahl, daß mit ihr geschehen müsse, was die Barone für Recht erkannt hatten, und daß auf der Wiese von Camalot ein großer Scheiterhaufen errichtet werde, in dessen Flammen Ginevra den Tod finden sollte.

Niemand hatte geglaubt, daß Artus die Königin so furchtbar bestrafen werde und den Vollzug des Urteils zulassen könne, denn alle wußten, wie groß seine Liebe zu seiner schönen Gemahlin gewesen war. In Camalot flüsterten sie einander auf der Straße zu: «Habt Ihr es gehört? Die Königin ist zum Tode verurteilt!» Die Jungen sagten es den Alten: «Wißt Ihr schon? Ginevra soll verbrannt werden!» Die Frauen sagten: «Wir können es nicht glauben!» Aber die Männer antworteten: «Sie richten schon den Scheiterhaufen auf.» Viele hofften, der König werde zuletzt doch noch Gnade walten lassen. «Gnade?» fragten manche, «wie kann es Gnade geben bei solchem Verbrechen?»

Auf der Wiese von Camalot trugen die Knechte Reisigbündel herzu, schichteten den Scheiterhaufen und entfachten das Feuer. Rauch und Flammen stiegen so hoch, daß man sie von der Königsburg aus sehen konnte. Als Ginevra gebunden aus dem Burghof von Camalot hinausgeführt wurde, erhob sich ein solches Wehklagen, als sei die Königin eines Jeden Mutter gewesen. Während sie die Straße hinab zum Richtplatz geschleppt wurde, gab es keinen, ob jung, ob alt, ob Edelmann, ob Bauer, der nicht um Gnade rief für Ginevra. «König Artus, rettet sie, noch könnt Ihr Euren Spruch bereuen! Übt Gnade an unserer Königin!» Als Ginevra mehr tot als lebendig, gestützt von ihren weinenden Frauen, an ihnen vorbeigeführt wurde, gerieten sie außer sich und gebärdeten sich wie von Sinnen.

In der Burg hatte König Artus Agrawain befohlen, mit vierzig Rittern auszuziehen, um den Richtplatz zu bewachen.

«Herr!» sagte selbst Agrawain da, «ich bringe es nicht über mich, sie brennen zu sehen!»

«Agrawain, gehorcht! Geht und nehmt Gaheriet mit!»

Da rief Gaheriet: «Herr, ich gehe nicht; ich flehe Euch an, laßt mich hier bleiben!» Da bedrohte ihn der König derart, daß er Agrawains Schar folgte. Doch neben Agrawain reitend, sagte er: «Mir wäre lieber, Lancelot behielte Ginevra für immer, als daß sie sterben muß. Überfällt uns Lancelot hier, um sie zu retten, *ich* erhebe mein Schwert nicht gegen ihn!»

Sie begannen mit ihren Reitern den Richtplatz zu umzingeln; schon brannte der Scheiterhaufen lichterloh, und meilenweit sah man den Feuerschein. Die Knechte entrissen die Königin ihren Frauen, um sie ins Feuer zu stoßen. Da erhob sich ein großes Geschrei: «Flieht! Flieht!» Lancelot, der sich mit Bohort, Lionel und ihren Knappen verborgen gehalten hatte, brach aus dem Wald hervor und stürzte auf rasendem Roß den Seinen voran auf den Richtplatz zu. Sie jagten Agrawains Schar mit ihren Lanzen und Schwertern vor sich her, daß sie flohen wie die Hasen vor dem Hund. Lancelot aber schlug seinem Pferd die Sporen in die Weichen und trieb es dorthin, wo er Agrawain erkannte. «Verräter, nimm Deinen Lohn!» schrie er und erschlug ihn mit mächtigen Hieben. Zur gleichen Zeit warf sich Bohort auf Guerrhet, hieb ihn vom Pferd und stieß mit der Lanze derart zu, daß kein Schild ihn mehr schützen und kein Arzt ihm mehr helfen konnte. Wütend kämpften Lancelots Mannen, achtundzwanzig an der Zahl, gegen Agrawains Wächter. Im wilden Getümmel brachten sie sich gegenseitig zu Fall, blind vom rauchenden Feuer, taub vom Lärm des Kampfes. Als einer der Kämpfenden neben Lancelot fiel, wollte dieser ihn rächen, versetzte dem nächsten Ritter einen Streich mit solcher Wucht, daß ihm das Haupt bis auf die Zähne gespalten wurde. Als Artus' Schar diesen Ritter tot am Boden liegen sah, fuhr der Schreck in sie, und sie begannen zu fliehen. Lancelot hatte Gaheriet getötet. Er hielt nicht inne, sondern raste und tötete, wo sein Schwert hintraf, bis er sich zum Scheiterhaufen durchgekämpft hatte, wo die Königin, von den Fliehenden allein gelassen, am Boden lag. Er sprang vom Pferd, riß Ginevra an sich und hob sie in seinen Sattel, ergriff einen reiterlosen Rappen und schwang sich hinauf; beide jagten ohne Verfolger zum Wald zurück, dorthin, wo er am dichtesten war. Dort sammelten sich Lancelots Kampfgefährten und hielten Rat, ob sie nun nach Kalec oder Lamborc oder nach Norden zum Humber fliehen wollten. Da sagte die Königin zu Lancelot: «Rette mich vor Artus! Bringe mich an einen Ort, wo sein Arm nicht hinreicht!»

«Dann laßt uns, Herrin, nach ‹Joyeuse Garde› fliehen!» rief Lancelot, «dort seid Ihr in Sicherheit!»

König Artus war auf der Burg zurückgeblieben. Er saß allein auf seinem hohen Sitz in der Halle, vornübergesunken barg er sein Haupt in den Armen, starr vor Schmerz und Gram, als Mordred hereinstürmte und rief: «Herr, Lancelot hat uns überfallen, er hat die Königin gerettet und sie entführt, die Unsern sind tot oder fliehen!» Da sprang der König auf, lief hinaus, rief nach einem Pferd und jagte davon nach dem Wald von Camalot. Er fand die Spuren von Hufen, und herbeieilende Knechte zeigten ihm die Richtung, in welcher die

Fliehenden verschwunden waren. Dann sprengte er über die Wiese, wo der Scheiterhaufen niederbrannte, und fand viele seiner Ritter im Blut. Da lag Agrawain, der nun nie mehr Schlimmes reden konnte, da lag

Guerrhet, und der König legte die ungleichen Hände dessen, der das Schwert nicht mehr führen würde, zusammen in großer Trauer. Als er aber Gaheriet, seinen liebsten Neffen, mit gespaltenem Schädel fand, stürzte er über ihn, drückte ihn an seine Brust und schrie: «O Gott, ich habe zu lange gelebt!»

Während der König sich in wildem Schmerz gebärdete, erhob sich unter den Zurückgebliebenen großes Jammern, und die, welche geflohen waren, erfüllten auch die Stadt mit Wehklagen und Geschrei. Aufgeschreckt von dem Lärm, kam Gawain aus seiner Herberge gerannt, denn er glaubte, die Königin sei tot und sie jammerten darum so laut. Auf der Straße rief ihm ein verwundeter Ritter zu: «Herr Gawain, Ihr geht, um Euer größtes Unglück zu erfahren!»

Als König Artus Gawain kommen sah, rief er: «Gawain, Gawain, seht hier Euren großen Schmerz und den meinen!» und er zeigte ihm den Leichnam Gaheriets, blutend wie er war, an seiner Brust. Da fiel Gawain nieder und küßte die Augen des Bruders und seinen Mund, der kalt war. Er starrte ihn voll Entsetzen an und sagte: «Ach, liebster Bruder, wie grausam ist Fortuna zu Dir, daß Dein Haupt so zerschlagen und Dein Gesicht so blutig entstellt wurde! Sie hatte Dich doch mit Schönheit bedacht und auf die Höhe ihres Rades gehoben! Nun ist mein Leben mir nichts mehr wert! Wer hatte das Herz, Dich zu töten? Ach, mein Bruder, ich schwöre bei Deinem Leichnam, ich will nur noch leben, um Dich zu rächen!»

Er wankte, stürzte hin, und die Sinne verließen ihn für so lange wie ein Mensch braucht, um eine Meile weit zu gehen. Seine Gefährten glaubten, er werde ihnen unter den Händen sterben und trugen ihn zur Herberge in seine Kammer. Dort lag Gawain und konnte kein Wort hervorbringen, weder ein gutes noch ein böses. Der König aber wollte, daß er dort bleibe, bis seine Brüder, die man auf ihren Schilden vom Felde trug, begraben waren. Dann bot er die Bischöfe und Erzbischöfe des Landes nach Camalot auf zur Totenmesse im Münster. Später kamen die Steinmetzen und gruben in den prächtigsten der Särge die Inschrift ein:

HIER LIEGT GAHERIET
DER NEFFE DES KÖNIGS ARTUS
GETÖTET
VON LANCELOT VOM SEE

König Artus hatte das schwerste Leid seines Lebens erlitten durch Lancelots Schuld. Viele seiner Ritter hatte Lancelot auf der Richtstätte von Camalot erschlagen, und manche waren abtrünnig geworden und Lancelot nach «Joyeuse Garde» gefolgt. Es fehlten ihm neunundvierzig an seiner Tafel, und da er sie wieder vollzählig haben wollte, ließ er von seinen Baronen die kühnsten Ritter dafür auswählen. An Lancelots Platz saß dann Helyan, der rühmlichste Ritter Irlands, Bohorts Sitz nahm Bellinor ein, an

Lionels Platz saß Vadahan, ein schottischer Recke, und die andern leeren Sitze wurden von neuerkorenen Rittern eingenommen. Als sie vollzählig beieinander waren, und auch Gawain endlich wieder an den Hof kam, pflegten sie Rat, und wie sehr auch manche Ritter warnten, gegen Lancelot und seine Sippe zu Felde zu ziehen, so wurde dennoch beschlossen, «Joyeuse Garde» zu belagern und Krieg zu führen, bis die große Schmach gesühnt sei.

Als die Kundschaft kam, der König habe die Belagerung von «Joyeuse Garde» befohlen, entsandte Lancelot Boten über das Meer in seine Länder Benoic und Gannes, und gebot, daß dort seine Burgen befestigt würden, für den Fall, daß er die Blaue Bretagne verlassen und fliehen müßte. Dann schickte er nach den Baronen und Rittern von Sorelois, und es eilten ihm viele gehorsam zu Hilfe, um «Joyeuse Garde» zu verteidigen.

Lancelot hielt Ginevra in hohen Ehren,

aber das Unheil der Vergangenheit hatte seinen Schatten über die beiden geworfen. Ihre Herzen waren ruhelos und sie leb-

ten beieinander ohne Freude. «‹Joyeuse Garde›», seufzte die Königin, «du trügest besser deinen alten Namen ‹Douloureuse Garde› wieder!» Mochte man in Lancelots

Burg den Estrich der Halle mit Binsen bestreuen, die Wände mit Decken behängen, die Fenster mit Balken verriegeln, stets mußte sie den Lärm aus des Königs Heerlager vor den Wällen draußen hören.

Dreimal hat König Artus «Joyeuse Garde» berannt, dreimal haben ihn Lancelot und seine Getreuen zurückgetrieben, aber beim dritten Mal, als die Belagerten ins freie Feld ausbrachen, traf Hector im wildesten Kampfgetümmel König Artus mit einem solchen Hieb, daß dieser sich nicht mehr im Sattel halten konnte und vom Pferd stürzte. Während Hector das Schwert über des Königs Haupt schwang, schrie er Lancelot zu: «Wollt Ihr, daß ich den Krieg beende?»

Da warf sich Lancelot vor den König, gab ihm sein eigenes Pferd, half ihm auf und schrie außer sich: «Reitet! Mein König, reitet, dorthin, wo Gawain Euch beschützt!»

Am Abend dieses Tages, als die Verwundeten und Toten in die Zelte getragen wurden, fehlten an die zweihundert Mann, und König Artus sagte zu denen, die ihn umstanden: «Ihr wißt nicht, was Lancelot heute für mich getan hat! Er hat mich ins Herz getroffen mit seiner Großmut. Ich wollte, ich hätte diesen Krieg nie begonnen!»

Aber Gawain stachelte die Ritter auf, daß sie weiter auf dem Kampf bestanden, und diese bedrängten den König so, daß er weiterhin «Joyeuse Garde» belagerte.

Während dieser Zeit geschah es, daß der Bischof von Rochester König Artus zu wissen tat, der Heilige Vater wolle Logres mit dem Bann belegen, wenn er die Königin, statt sie zu töten, nicht in allen Ehren wieder aufnähme und in ihre Rechte einsetzte, denn niemand hätte sie der Tat, deren man sie bezichtigte, wirklich überführt. Als Artus das Gebot vernahm, ergrimmte er zuerst, aber da er trotz allem Ginevra noch liebte, ließ er sich durch die Reden des Bischofs dahin bringen zu zweifeln, ob sie die Tat, deren man sie beschuldigte, begangen hätte, und so sagte er, die Königin möge zurückkehren, damit der Krieg zwischen ihm und Lancelot ein Ende habe.

Nun begab sich der Bischof von Rochester nach «Joyeuse Garde» und sprach zur Königin: «Herrin, es ist geboten, daß Ihr zum König, Eurem Herrn, zurückgeht, denn so will es der Heilige Vater. Im Angesicht all seiner Barone wird Euch König Artus versprechen, daß er Euch wie früher halten wird.» Da ließ Ginevra den Bischof in der Halle warten und ging, um sich mit Lancelot und den Seinen zu bereden, denn sie wollte um nichts auf der Welt «Joyeuse Garde» verlassen, wenn König Artus nicht Lancelot verzeihen würde. «Nun ratet mir, was soll ich tun! Wenn es Euch lieber ist, daß ich bei Euch bleibe, so bleibe ich, und wenn Ihr wollt, daß ich fortgehe, so gehe ich», sagte sie, während ihr die Tränen aus den Augen liefen.

«Herrin», sagte da Lancelot, «wenn Ihr tun wollt, was mein Herz will, dann müßtet Ihr bleiben, doch Ihr dürft meinen Willen nicht über Eure Ehre und den Frieden stellen. Geht zu Eurem Gemahl zurück! Denn, wenn Ihr jetzt nicht geht, so gibt es keinen, der nicht Euren Treubruch und meine Schande erkennen würde. Ich sage Euch das nicht, weil ich Euch weniger liebe als je ein Ritter eine Dame geliebt hat, sondern um Eurer königlichen Ehre willen.» Bohort aber meinte, Lancelot werde diesen Entscheid noch bitter bereuen und nach kurzer Zeit die ganze Welt, wenn er sie besäße, dafür geben, um eine einzige Stunde mit Ginevra zu verbringen. Da aber Lancelot schwieg, ging Ginevra zu dem Bischof von Rochester in die Halle und sagte ihm, sie sei bereit, zu ihrem Gemahl zurückzukehren, doch müsse er auch Lancelot verzeihen. Da befahl der Bischof die Königin und alle in «Joyeuse Garde» Gottes Schutz an und kehrte in des Königs Zelt zurück.

Artus hörte mit Staunen und Freude die Nachricht, daß Ginevra und Lancelot sich seinem Willen fügten. Der Königin ließ er sagen, er werde weder Lancelot noch seinen

Rittern einen Sporn rauben, Lancelot aber verbanne er aus seinem Lande.

Während in dieser Nacht an Artus' Lagerfeuern großer Lärm und Jubel herrschte, konnten die in «Joyeuse Garde» keinen Schlaf finden. Lancelots Getreue, die Ritter von Sorelois und Gorre, aßen nicht und tranken nicht, denn sie trauerten mit Lancelot und Ginevra.

Als nach dieser Nacht voll Jammer der Morgen kam, sagte Lancelot zu Ginevra: «Herrin! Dies ist der Tag, an dem Ihr von mir scheiden müßt. Ich muß außer Landes gehen und weiß nicht, ob ich Euch je wiedersehe.» Lancelot gab ihr den Ring, in dessen Stein zwei Hände eingeschnitten waren, die ein Herz umfangen hielten. «Seht», sagte er, «hier ist der Ring, den Ihr mir vorzeiten geschenkt habt. Nehmt ihn in dieser Stunde wieder von mir an und tragt ihn nun Euer Leben lang um meinetwillen!» Dann sprachen sie nicht mehr miteinander.

Um die Mittagszeit ritten sie, begleitet

von hundert Rittern, zum Lager des Königs, festlich wie zum Turnier, mit wehenden Mänteln und bunten Wappenschildern, und seidenen Schabracken über ihren Pferden. Als Lancelot sah, daß König Artus sich ihnen näherte, stieg er vom Pferd, nahm den Zelter der Königin beim Zügel und führte Ginevra ihrem Gemahl zu. König Artus dachte bei sich, Lancelot könne die Königin doch nicht mit der «folle amour» geliebt haben, sonst würde er sie jetzt nicht freiwillig zurückbringen. «Mein Herr und König», sprach Lancelot ihn an, «seht, ich bringe Euch Königin Ginevra wieder. Sie würde nicht mehr leben, wenn ich sie nicht vor dem Feuertod gerettet hätte, den Ihr über sie verhängt habt!»

«Lancelot», sagte da der König, «heute danke ich Gott für das, was Ihr getan habt.»

Da trat Gawain vor und rief Lancelot zu: «Ihr mögt viel für den König getan haben, aber jetzt fordert er von Euch, daß Ihr außer Landes geht, und zwar dorthin, wo Euch keiner mehr findet.» Lancelot kehrte sich zu Artus und fragte: «Herr, wollt Ihr mich wirklich in die Verbannung schikken?»

«Da es Gawain gefällt, will ich es auch», erwiderte Artus. «Verlaßt mein Land und geht in das Eure jenseits des Meeres!»

«Und wenn ich in Benoic bin, habe ich da Krieg oder Frieden von Euch zu erwarten?»

«Ihr könnt gewiß sein», entgegnete Gawain, «der Krieg wird so lange dauern, bis mein Bruder Gaheriet mit Eurem eigenen Leben gerächt ist. Ich werde keinen Tausch auf der Welt gegen Euren Kopf annehmen.»

«Herr Gawain», sagte Bohort, «laßt das Drohen! Denn wenn Ihr uns wirklich in Gannes oder Benoic bekriegt, so seid Ihr näher daran den Kopf zu verlieren als wir!»

Noch während Gawain und Bohort sich gegenseitig herausforderten, führte König Artus Ginevra an der Hand in sein Zelt unter dem großen Jubel seiner Barone und Ritter.

Nachdem Lancelot und seine Schar wieder nach «Joyeuse Garde» zurückgekehrt waren, rief Lancelot seinen Knappen Kanahin und befahl ihm, vier Saumtiere zu beladen mit allem, was er an Gold- und Silberzeug und kostbaren Stoffen besaß, als Geschenk für die Kirche, seinen Schild aber ins Münster von Camalot zu bringen, dorthin, wo er einst die Ritterwürde empfangen hatte. Der Knappe trug Lancelots Schild mit der Spitze nach oben, zum Zeichen der Trauer, nach Camalot. Im Münster hängte man den Schild an einer silbernen Kette an die Wand.

Am nächsten Tag schied Lancelot von «Joyeuse Garde». Es folgten ihm über vierhundert der Seinen zu Pferde in langem Zug auf der Straße, die zum Meer führte. Als sie den Hafen erreicht und Lancelot das Schiff bestiegen hatte, sah er auf das Land zurück, wo er einst Ehre und Freude empfangen hatte. Alle Farbe war aus seinem Gesicht gewichen, und er seufzte tief. Er stand am Bug des Schiffes und sprach vor sich hin, so leise, daß es außer Bohort, der neben ihm war, keiner hörte. Er flüsterte Gebete um Frieden, den er nicht hatte, um Ehre und Sieg für die, die keine Missetat getan, und blickte auf die Blaue Bretagne zurück, bis er sie aus den Augen verlor.

Als Lancelot nach langer stürmischer Fahrt in Benoic an Land ging, da gab es keine Glocke, die nicht zu seinem Einzug geläutet hätte. Das Volk empfing seinen König mit großem Jubel. Aber nach einer Feier in Benoics Kathedrale legte Lancelot seine Königswürde ab und schenkte das Land seiner Väter Bohort, der fortan darüber herrschen sollte. Das geschah vier Wochen vor Allerheiligen.

In Logres besuchte König Artus während dieses Winters zusammen mit Ginevra seine Städte und Burgen, überall herrschte Friede, und nichts geschah, was ihm mißfallen hätte. Aber Gawain wollte den Krieg und drang unablässig auf den König ein, gegen Lancelot auszuziehen. Weihnachten wurde diesmal in Camalot festlich gefeiert; es war das erste Fest, an dem die Königin wieder teilnahm. Aber wie prächtig es auch begangen und wieviele Geschenke auch verteilt wurden, Ginevra blieb ernst, sie sprach kaum ein Wort und verhielt ihre Tränen. Am zweiten Weihnachtstag ging König Artus allein ins Münster, stand in dem dunklen Gewölbe, sah die Grabplatten mit den Namen von Gaheriet, Guerrhet und Agrawain, von Baudemagus' Sohn Meleagan und die blaue Inschrift auf des Fräulein von Escalots steinernem Sarg. Dann sah er lange auf Lancelots alten Schild und dachte an die Waffentaten dessen, den er verbannt hatte.

Am Abend sagte er zu Gawain in der

Halle: «Höre, wollen wir nicht den Krieg gegen Lancelot ruhen lassen? Ich habe ihn ja fortgejagt! Er hat seine Königswürde abgelegt und hat nicht eine Handbreit Land mehr zu eigen. Was willst Du noch?»

«Rache will ich!» schrie Gawain außer sich. «Der Haß ist ein schlechter Ratgeber», mahnte der König, doch als er Gawains Narbe im Gesicht rot anlaufen sah, schwieg er. Gawain hatte vergessen, was ihm in des Fischerkönigs Turm von Corbenic im Traum geweissagt worden war, vergessen hatte er den Kampf der Schlange mit dem Leoparden.

Als die Kälte gewichen war, drängten Gawain und viele Ritter den König mit solcher Ungeduld, den Krieg gegen Lancelot weiterzuführen, daß Artus endlich nachgab. Noch vor Ostern sandte er seine Boten in alle Windrichtungen, um die Barone von Logres zu versammeln, den Heerzug vorzubereiten und die Schiffe auszurüsten. Da kamen die Ritter des Reiches mit großem

Gepränge in London zusammen. Während sie den Feldzug berieten, fragte Gawain den König: «Herr, wer von den Euren bleibt hier zum Schutz der Königin?»

Der König begann nachzudenken. Da sprang Mordred vor und sagte: «Sire, wenn Ihr die Königin meinem Schutze anvertrauen wollt, so schwöre ich Euch, sie mehr zu hüten als mein eigenes Leben!» Der König zögerte eine Weile, dann nahm er Ginevra bei der Hand und führte sie Mordred zu und sagte: «So bleibt Ihr denn hier im Lande, ich vertraue Euch die Königin an, hütet sie so, wie ein Lehensmann die Frau seines Herrn hüten soll!»

Allein, die Königin, die Mordred mißtraute, fürchtete, sie würde viel Ungemach zu leiden haben. Der König aber übergab Mordred die Schlüssel zu seinen Schatztruhen und ließ diejenigen, die im Lande blieben, schwören, von nun an Mordred zu gehorchen. Da leisteten sie den Eid, den Artus später bitter bereute, denn diejenigen, die ihm soeben noch untertan waren, stellten sich ihm später in der Ebene von Salisbury zu tödlicher Schlacht.

König Artus zog mit seinem ganzen Heer durch die Blaue Bretagne zum Meer, und bis dorthin begleitete ihn die Königin. Viele sahen den Zug, Mütter und Väter, Muhmen und Greise, Verlobte und Waisen, und waren nachdenklich und traurig. Aber diejenigen, die fortzogen, waren guten Mutes. Die Seeleute schmückten ihre Ruder, allenthalben sah man, wie Schiffe beladen wurden mit Zelten und Mundvorrat, wie Bolzen und Nägel eingeschlagen, Taue gespannt und Masten aufgerichtet wurden. Reisige trugen Waffen herzu, und die Ritter führten ihre Pferde am Zügel über die Planken. Als die Anker gelichtet werden sollten, und die Krieger Abschied nehmen mußten, befahlen die Zurückbleibenden jene, die nach Gallien fuhren, Gott an. Als König Artus auf sein Schiff gehen mußte, weinte Ginevra, und der König küßte sie, worauf sie sagte:

«Glaubt mir, ich habe noch nie so große Angst um Euch gehabt wie jetzt. Und wie es auch um Eure Rückkehr bestellt sein

mag, mein Herz sagt mir, daß ich Euch nicht wiedersehen werde!»

«Ihr dürft Euch nicht ängsten», sagte der König darauf, «es wird so kommen, wie es Gott gefällt.»

Die Seeleute hißten die Segel und richteten sie so, daß sie den vollen Wind empfingen, der sie rasch aufs offene Meer trug. Am Ufer stand Ginevra und schaute den Schiffen nach; es schien ihr, als triebe ein Sturm das Boot des Königs, denn kein Windstoß war so schnell wie das Schiff.

Schnell erreichte des Königs Artus Flotte die Küste Galliens, wo die Krieger ihr erstes Lager aufschlugen. Dann durchzog das Heer das fremde Land und wälzte sich in breitem Zug auf Gannes zu, wo Lancelot und die Seinen den Ansturm erwarteten.

Lancelot ließ die Ausrufer durch die Straßen von Gannes schreien, daß die Bewohner noch vor der Prime sich rüsten sollten. Und viele lärmten in dieser Nacht, denn sie liebten den Krieg mehr als den Frieden. Durch die Straßen der Stadt gingen die Wachen ihre Runden und riefen die Stunden aus; und vor den Wällen der Stadt, in König Artus' Lager, wachten sie gleichfalls, und auch ihre Wachen riefen die Stunden aus, bis der Tag erschien. Da führten Lancelot und Bohort eine Schar ihrer Krieger vor die Mauern der Stadt, wo sie Artus' Vorhut begegneten, angeführt von Gawain und Ywain. Bei diesem ersten Treffen hoben sich Lancelot und Gawain, Bohort und Ywain gegenseitig aus dem Sattel. Als König Artus selbst in den Kampf eingriff und Lionel verwundete, drängten ihn Lancelots Krieger wild kämpfend zurück. Während die Waffen und Helme in der Sonne blitzten, wurde manch guter Streiter und manch edler Ritter hingestreckt in den Sand.

So berannte König Artus viermal in einer Woche Gannes, viermal wurde er zurückgeschlagen, und jedesmal wälzten sich tapfere Männer im Blut, ohne daß es etwas genutzt hätte. Die Artus-Ritter hielten Gannes noch zwei Monate lang belagert und verloren dabei mehr als sie gewannen.

Da begann König Artus, Herrn Gawain gram zu werden. Der aber ging mit sich zu Rate und schickte zu Lancelot, er solle sich ihm zum Zweikampf stellen, denn er sei gekommen, um seine Brüder zu rächen, und ihrer beider Kampf müsse den Krieg entscheiden.

«Welch wahnwitzige Botschaft!» rief Bohort, «Gawain weiß recht gut, daß Du Gaheriet nicht mit Wissen und Willen erschlagen hast.»

«Seine Trauer hat ihn maßlos gemacht», sagte Lancelot. Nie hätte er gegen den, der ihm einst der liebste Gefährte war, kämpfen wollen, aber er konnte die Herausforderung nicht ablehnen, sonst hätte er seine Ehre verloren. Darum erklärte er sich zum Zweikampf bereit. «Ich weiß nicht, wie alles kommen wird», sagte er zu Bohort, «aber es ist wahr, selbst wenn ich Gawain überwältigen würde, ich brächte es nicht über mich, ihn zu töten!»

«Daß Du ihn noch immer mit Großmut liebst, wo er Dich tödlich haßt!»

«Er kann mich nicht so tief hassen, wie ich ihn liebe. Jetzt will ich es sagen, denn es ist nur mehr ein Schritt zwischen mir und dem Tod!»

So kam es zur Zusammenkunft vor Gannes. König Artus und Ywain geleiteten Herrn Gawain, der sein bestes Streitpferd ritt.

Als Lancelot den König sah, sprang er vom Pferd, bat Bohort und Lionel, die ihn geleiteten, das gleiche zu tun, und grüßte den König. Aber Artus blickte weg. Da wandte sich Lancelot, der einst jung und strahlend an König Artus' Hof gekommen war, nun demütig an Gawain und sagte: «Wenn Ihr es wollt, verlasse ich morgen noch Gannes. Ohne Gefährten will ich mich aufmachen und so wie einst, als mir der Gral verwehrt war, davongehen und nicht am Tisch der Reichen essen, sondern das Brot der Armen. Zehn Jahre will ich fortbleiben, und wenn ich es erlebe, so laßt mich zurückkehren und noch einmal in Eurer Gesellschaft sein!» Aber Gawain wollte, tot oder lebendig, seiner Qual, die ihn Tag und Nacht nicht ruhen ließ, ein Ende machen, und wies Lancelot ab. Auch wenn König Artus die Hälfte seines Reiches gegeben hätte, den Zweikampf hätte er damit nicht verhindern können.

Nachdem Lancelot gebeichtet und die Nacht vor dem Zweikampf wachend in der Kathedrale von Gannes verbracht hatte, führte ihn Bohort an der Hand zum Feld und sagte: «Nun geh, und Gott möge Dir den Sieg in diesem Kampf verleihen!» worauf Lancelot sich bekreuzigte. Auf der anderen Seite geleitete Artus Gawain ins Feld, und es begann der Kampf, der allen, die dabei waren, im Gedächtnis blieb, denn sie sahen die besten Ritter Stunde um Stunde um ihr Leben kämpfen. Lancelot wußte, es galt, die Mittagsstunde zu überstehen, da Gawains Kraft wuchs mit der steigenden Sonne. Sie zerhieben einander die Schilde, daß sie zerbrachen und von ihren Schwertern Funken sprangen. Sie brachten sich Wunden bei, ohne voneinander abzulassen.

Lancelot kamen nach der Mittagszeit Kraft und Atem wieder, aber Gawain ächzte zu Tode erschöpft. Sobald die für das Ende des Kampfes festgesetzte Non vorüber war, ohne daß einer von ihnen tot auf dem Felde geblieben, ritt Lancelot ohne Sieg und ungeschlagen zurück nach Gannes. Gawain brachten sie in des Königs Zelt. Dort brach er zusammen, und sie befreiten ihn aus seiner Rüstung.

Seitdem lag Gawain an seinen Wunden darnieder, und König Artus versprach seinem Arzt große Schätze, wenn er ihn heile. Dann ließ er das Lager vor Gannes abbrechen, um nach Meaux zu ziehen. Dorthin nahmen sie Gawain auf einer Bahre mit. Sein weiß und azurblauer Schild blieb zerbrochen vor Gannes.

In König Artus' Land regierte Mordred. Zwar hielt er nicht mehr Hof in Camalot, sondern in London. Er begünstigte die Mächtigen, machte ihnen große Geschenke und ließ Korn und Wein unter das Volk verteilen. Was er befahl, wurde ausgeführt, als sei es König Artus' Befehl. Aber das schlimmste war, daß Mordred, Gawains dunkler Bruder, der Königin Ginevra nachstellte. Je mehr die Königin sich von ihm fernhielt, desto größer wurde seine Begehrlichkeit, und sein Verlangen, sich ihrer zu bemächtigen, wuchs. Da er aber nie hoffen konnte, Ginevra zu besitzen, sann er, wie er sie durch eine List in seine Gewalt bringen könnte. Endlich verfaßte er selbst ein Schreiben, siegelte das Pergament mit einem Siegel, das dem des Königs Artus nachgemacht war, und ließ es durch einen Boten der hohen Versammlung seiner Barone überbringen. Dort las der Bischof von Irland Mordreds Baronen den falschen Brief vor, in dem es hieß: «Ich, König Artus, bin zu Tode verwundet von Lancelots Hand und befehle Euch mit meinem letzten Willen, daß Ihr Mordred, den ich als Neffen gehalten habe, zum König über Logres setzt. Und Euch, Ginevra, bitte ich bei dem Gelöbnis der Treue, das Ihr mir gegeben habt, werdet Mordreds Gemahlin.»

Alle waren tief bestürzt, und Mordred gebärdete sich, als hätten ihn die Sinne verlassen. Als sich die Nachricht in der Stadt verbreitete, hob große Trauer um König Artus an, denn er wurde mehr geliebt als je ein anderer Fürst der Erde. Ginevra aber zeigte einen so großen Schmerz, daß alle Mitleid mit ihr hatten.

Am Abend forderte Mordred die Königin auf, in die Halle zu kommen, wo die Großen des Reiches sie erwarteten. Die Barone erhoben sich von ihren Sitzen, als Ginevra erschien, und einer von ihnen sagte: «Herrin, wir sind übereingekommen, wem Gott das Land gab, dem müßt Ihr auch als Frau zufallen. Wir sind uns einig geworden, daß Mordred, der zu herrschen weiß, Euch zur Gemahlin haben soll!»

Die Königin sagte weinend, daß sie dem Wunsch der Barone nicht willfahren könne. «Aber, Herrin, wir können nicht dulden, daß das Reich ohne Königin sei, und auch Euch ist es geboten, uns in dieser Sache zu Willen zu sein!» sagten sie und lobten Mordred als kühnen und guten Ritter. Ginevra antwortete, sie sei bereit, in ein Kloster zu gehen, aber nie vermöchte sie Mordred als ihren Gemahl anzunehmen. Doch Mordred und die Barone bedrängten sie derart, bis sie sich nicht mehr zu helfen wußte und sich eine Frist erbat.

Der Sommer ging dem Ende zu, und König Artus war noch immer in Meaux, schon wegen Gawain, denn kein Arzt konnte ihm helfen. Artus wurde seiner Tage nicht mehr froh, zwar war der Krieg gegen Lancelot beendet, und er war weiterhin Herr über zwölf gewaltige Reiche, den größten Königen gebietend, aber die Sorge um Gawain und die Trauer um die alten Gefährten der Tafelrunde verließen ihn nicht mehr. Seit dem letzten Sturm auf Gannes fehlte auch Kai, der sonst wie eine Elster geschwatzt und ihn erheitert hatte.

Eines Nachts, nur Girflet schlief bei ihm im Zelt, hatte er einen Traum. Es erschien ihm eine Frau, die schönste, die er je gesehen, und führte ihn auf einen hohen Berg, und die Welt lag ihm zu Füßen. Dort setzte sie ihn auf ein gewaltiges Rad, welches Sitze hatte, die auf der einen Seite emporstiegen und auf der anderen Seite hinabglitten. Der König schaute um sich und sah, daß er auf dem höchsten Sitze saß. Die Frau fragte:

«Artus, wo bist Du?»

Und er antwortete: «Ich bin auf der Höhe eines Rades, von dem ich nicht weiß, was damit sein soll.»

«Das ist das Rad der Fortuna!» sagte sie und fragte wieder:

«Artus, was siehst Du?»

«Mir scheint», sagte er, «ich sehe den ganzen Erdkreis.»

«Ja, so ist es», sagte sie, «und über diesen Erdkreis bist Du bis heute der mächtigste Herrscher gewesen. Aber niemand steigt so hoch, daß er nicht in die Tiefe stürzen könnte. Das ist das Geschick der Mächtigen und des irdischen Stolzes!» Dabei ließ sie das Rad drehen und stieß König Artus so niederträchtig in die Tiefe, daß er mit gebrochenen Gliedern hilflos am Boden liegen blieb.

So sah Artus im Traum das Ende seines Glücks voraus.

Jenseits des Meeres war die Königin in höchster Not, denn die Frist, die Mordred ihr gewährt hatte, nahte sich ihrem Ende.

Da vertraute sie sich ihrem getreuesten Verwandten, Labor mit Namen, an, denn sie hatte eine List ersonnen: sie wollte den Tower von London mit Kriegern und Bogenschützen besetzen und mit Steinschleudern, Kugeln und Pechfässern ausrüsten lassen. «Ihr aber sollt mir die treuesten Ritter dort zusammenbringen, die mich niemandem verraten. Wenn man sie fragt, weshalb ich den Tower zurichten lasse, so sollen sie sagen, er werde für meine Hochzeit mit Mordred geschmückt. Aber lieber würde ich auf den Scheiterhaufen gehen, als in Mordreds Bett. Denn Euch kann ich anvertrauen: Mordred ist in Wahrheit der Sohn des Königs!» – Je länger sie den Plan berieten, desto weniger konnten sie auch glauben, was in Mordreds Brief gestanden hatte, denn keiner von Artus' Rittern war aus Gallien zurückgekehrt.

Als der Tag herankam, an dem sich Mordred Antwort auf seine Werbung holen wollte und mit seinen Baronen vor den Tower gerückt kam, der jetzt gut bestückt war, da ließ Ginevra die Zugbrücke einziehen, stieg auf die Zinne des Turmes und rief zu Mordred hinab: «Nie werdet Ihr mich zur Frau haben, Eure Bosheit und Euer Verrat wird Euch den Tod bringen!»

Darauf hielt Mordred mit den Seinen draußen Rat und verlangte ihnen bei ihrem Leben den Eid ab, daß sie ihm gegen alle seine Feinde beistehen sollten, selbst wenn König Artus mit dem Leben davongekommen wäre und wiederkäme. Darauf rüsteten sie sich und ließen Sturmböcke, Gewerfe und Rolltürme auffahren, um den Tower zu erstürmen. Aber Ginevras Getreue verteidigten ihre Königin und trieben die Belagerer immer wieder hinter die Wälle zurück, und viele blieben tot in den Gräben. In höchster Angst entsandte Ginevra einen Boten nach Gallien, um zu erfahren, ob

König Artus noch lebe oder tot sei. «Wenn er lebt, so sage ihm, er möge eilends kommen, sonst sei ich verloren und geschändet; und erfährst Du, daß er nicht mehr lebt, so suche Lancelot vom See und bitte ihn, daß er mit seiner ganzen Heeresmacht von Benoic und Gannes mich retten soll aus Mordreds Gewalt!»

Unbemerkt gelangte der Bote durch Mordreds Lager, denn er ging unter den Leuten, als sei er einer der Ihren. Schon auf seiner Fahrt über das Meer vernahm er, daß König Artus lebte. So eilte er nach Meaux, wo er den König gerade nach jener Nacht fand, in der ihm das Rad der Fortuna im Traum erschienen war.

Nun empfing Artus, der bis zu jenem Morgen das Schoßkind der Fortuna gewesen, die Unglücksbotschaft von Mordreds Verrat. «Kaum wart Ihr außer Landes, Herr», berichtete der Bote, «da verschwendete Mordred Euren Kronschatz, schenkte den Frauen der Herzöge reiches Geschmeide, und für die Pferde aus Euren Ställen, für Eure Burgen und Wälder beugten sie das Knie vor ihm und leisteten ihm den Treueid! Er hat Euch totgesagt, Herr, er will sich der Königin bemächtigen!»

«Wo ist sie?» schrie der König, «hat sie der Unhold in seiner Gewalt?»

«Nein, Herr, sie ist in den Tower geflohen, Mordred berennt ihn von allen Seiten, und die Königin fleht Euch in Gottes Namen an, sie zu befreien!»

Da schrie Artus, rasend vor Wut: «O Gott, nun hast Du mich erkennen lassen, daß Mordred die Schlange ist, die meinem Leib entsprang. Töten will ich ihn mit meiner eigenen Hand!»

«Rasch, Herr, brecht die Lager ab und eilt mit Eurer Streitmacht in Euer Land!»

König Artus' Schiffe segelten auf glattem Meer nach Dover. Sie hatten guten Wind und rasche Fahrt, die Segel waren hochgeschwellt. Im Königsschiff lag Gawain auf seiner Bahre und fragte:

«Wohin reisen wir?»

Und die, die bei ihm waren, sagten: «Heim nach Logres, Herr!» Und Gawain sagte: «Gott segne Euch, daß Ihr mich mit in das Land nehmt, das ich geliebt habe. Ich sterbe leichter dort.»

Gawain hörte den Wind in den Rahen, spürte, wie das Schiff schwankte und fühlte seine Kräfte schwinden. Abends verlangte er nach dem König. «Herr», sagte er, «wenn Ihr Lancelot, den Ihr durch meinen Wahnwitz verloren habt, wiedergewinnen könnt, so tut es. Lancelot kommt, wenn Ihr ihn ruft, er liebt Euch mehr als Ihr glaubt.»

Gawains Sterben und Mordreds Verrat ließen den König Tag und Nacht nicht ruhen. Gawain schlug noch einmal die Augen auf und flüsterte: «Herr, ich sterbe,

Ihr werdet mich nie mehr Waffen tragen sehen. Hütet Euch vor Mordred! Ihr, der Ihr ohnegleichen seid, werdet von keines andern Menschen Hand fallen! Grüßt die Königin von mir und laßt Lancelot sagen, daß ich ihm verziehen habe.»

König Artus wachte gramgebeugt bei Gawain, er sah seine Wunde am Kopf, die ihm nun das Leben kosten sollte. Kurz vor Mitternacht hörte er ihn sagen: «Herr, mein Gott, richte mich nicht nach meinen Missetaten!» und das war das Letzte, was Herr Gawain auf Erden sprach. Danach lag er still und entschlief mit gefalteten Händen. Draußen rauschte das Meer, und der Wind blies in die Segel des Königsbootes.

Vor Dover warfen König Artus' Schiffe Anker. Die Segel wurden eingeholt, die Taue festgemacht und die Schiffe entladen. Da öffnete die Stadt ihre Tore, und ihre Bewohner zogen König Artus jubelnd entgegen, denn sie hatten ihren König totgeglaubt. Nun zeigten sie die größte Freude und fragten die Krieger, wie es ihnen ergangen war, und ließen sich von ihren Kämpfen erzählen und den Gefahren, die sie bestanden hatten. Am Abend war die ganze Stadt von Fackeln und von Freudenfeuern so hell, als stünde sie in Flammen.

Aber den Rittern des Königs war keine Ruhe gegönnt. Späher hatten Kundschaft gebracht, daß Mordred mit einem großen Heer bei Salisbury stehe und alles zu einer Schlacht gegen den König rüste.

Wohl wußte Artus, daß Mordred zweimal soviele Krieger hatte wie er selbst, denn auch die Sachsen waren zu Mordred übergegangen. Dennoch entsandte er einhundert Reiter, die den in seidene Laken gehüllten Leichnam von Gawain nach Camalot ins Münster bringen mußten. Dort fand das Volk sich noch immer ein, um Lancelots alten Schild zu bestaunen. Als man aber Gawains toten Leib ins Münster brachte, kamen so viele Menschen zusammen, daß man sie nicht zählen konnte, und alle weinten, als man Gawain um die dritte Stunde neben Gaheriet ins Grab senkte.

Unterdessen machte sich Artus mit seinem Heer auf und zog, zum letztenmal, durch die Ebenen von Logres, die grün waren und von schön belaubten Bäumen bestanden. Eine dieser grünen Ebenen sollte nun in Wirklichkeit die Weide werden, von der die Königin von Benoic träumte in der Nacht, in der sie Lancelot empfangen hatte, wo die ungekrönten Tiere die gekrönten verdrängten, und der Leopard arglistig lauerte. Dorthin führte König Artus sein Heer. Von den Beschwernissen des Krieges in Gallien erschöpft, zog es seinen Weg, langsam, die Tiere schonend, immer auf Salisbury zuhaltend, wo es dem Heer Mordreds begegnen sollte. Von diesem Zug wußte das ganze Land. Als die Wiesen von Salisbury erreicht waren, hieß König Artus die Seinen absitzen und ein Lager aufschlagen.

An diesem Abend nach der Beichte, als Artus sich mit seinem Bischof vom Lager entfernte, kamen sie an einen Felsen, worauf sie eine Weissagung entdeckten, vor langer Zeit eingeritzt von Merlins eigener Hand:

IN DIESER EBENE WIRD
DIE SCHLACHT GESCHLAGEN
DURCH DIE
DAS KÖNIGREICH LOGRES
VERWAIST

«Ich sehe es wohl», sagte der König, «das ist das Zeichen, von dem Merlin mir gesprochen hat, als er Abschied von mir nahm und weinte. Und wäre ich nicht schon hier, ich kehrte jetzt noch um! Mir ist so oft und so offenkundig mein Untergang vorausgesagt worden, daß ich nur noch auf Christi Hilfe hoffen kann. Von hier aber weiche ich nicht, bis Gott mir oder Mordred den Sieg verliehen hat. Noch habe ich edlere und kühnere Ritter zur Seite als Mordred!»

«Aber einer fehlt, der Euch Leben und Reich bewahren könnte! Wollt Ihr ihn nicht rufen?»

«Ich werde keine Botschaft an Lancelot senden!» sagte der König.

Darauf schwiegen sie und gingen nebeneinander durch die Wiesen von Salisbury, über die der Nebel sank.

In der Frühe des nächsten Tages, nachdem König Artus die Messe gehört, legte er Stück um Stück seiner Rüstung an und befahl den Seinen, sich in einer Schlachtordnung zu zehn Kampfscharen zu sammeln. Die erste sollte Ywain führen, die zweite König Yon, die dritte König Karados, die vierte König Karabantin, die fünfte König Aguisans von Schottland, die sechste Girflet, die siebente Lukan, die achte Sagremor li Desrée, die neunte Guires de Lambale; die letzte wollte König Artus selbst anführen. Während sie sich ordneten und ihre Lanzen hoben, und König Artus die Feldzeichen wehen und die Waffen blitzen sah, dachte er bei sich: ‹Hätte ich doch Lancelot gerufen!› Dann schritt er von einem zum andern, von Ywain zu Yon und Karados bis hin zu Guires, und beschwor jeden einzelnen, sein Bestes zu tun in der Schlacht.

Als dann Mordreds Heer, das in zwanzig Scharen eingeteilt war, heranrückte, mit zwei prächtig gewappneten Sachsenführern an der Spitze, da stürmte Ywain mit seinen Streitern vor und kämpfte, daß die Sachsen aus den Sätteln flogen und ihre Pferde ohne Reiter querfeldein liefen. Darauf verwundeten die einen die anderen, das Land wurde zerstampft, Ringmaschen, Helmzimiere, Schildstücke und Schwertspitzen häuften sich am Boden, Lanzen zerbrachen und Schwerter spalteten Schilde und Helme. Ywain tötete den ersten Sachsenkönig, und Artus' Ritter jubelten, denn es schien, als wäre Fortuna auf ihrer Seite.

Doch dann traten die Iren aus Mordreds Heer gegen Artus' Krieger an; sie schlugen Ywain vom Pferd, so daß Yon, der Führer der zweiten Streitmacht, ihm zu Hilfe kam, doch wie kühn er sich auch schlug, da war nicht einer seiner Ritter, der nicht getötet oder schwer verwundet wurde, wie es die

Chronik bezeugt. Darin findet Ihr alles aufgeschrieben: wie fünfhundert Reiter über Ywain hinwegjagten und er sich dennoch aufraffte und weiterkämpfte, und wie Yon fiel, und seine Krieger den Toten umstanden und beweinten, und wie Mordreds Leute diese Männer rücklings töteten! Dann stürmte Mordreds schottisches Heer heran, und Heliades von Schottland stellte sich Karados zum Kampf und verletzte ihn schwer, und sie trugen ihn auf seinem Schild zu einem nahen Hügel, wo er starb, während das Morden weiterging, bis die Leiber von fünfhundert Rittern das Feld bedeckten.

Darauf sandte Mordred sein walisisches Heer in die Schlacht, und der Kampf wurde grausam wie nie einer zuvor, und die Blüte der Ritterschaft sank in den Staub, Schlachtreihe auf Schlachtreihe fiel, bis das geschah, worauf sie alle Hoffnung gesetzt hatten: König Artus' Banner wurde aufgehoben und vorangetragen, von einhundert Rittern umschart, den Kühnsten der Tapferen.

Als diese sich Mordred entgegenwarfen, und der seine Nachhut auf den Plan führte, der Himmel sich zu verdunkeln schien und das Brausen der Schlacht wie einst Merlins Feuersturm die Luft durchwogte, da erfüllte sich die Prophezeiung: der Drache kam von Osten über Logres, und unter seinen Flügeln lag die Erde im Schatten und zitterte. Ja, als Mordred sein Schwert gegen Artus erhob, da ging die Sonne wie in einen Sack, ein heulender Wind fuhr über die Ebene von Salisbury, und der Staub stand in Säulen, die Pferde stiegen vor Angst, und man hätte selbst Gottes Donner nicht hören können.

Einmal schrie der König: «Ach, hätte ich doch Lancelot gerufen!» Mordred tötete erst Galegantin und dann Ywain, den Heldenmütigen. Da rief König Artus verzweifelt den Allmächtigen an, aber Sagremor, der ihm zur Seite ritt, schrie ihm zu: «Herr! Das sind die Launen der Fortuna!»

Es ist wahr, Fortuna ließ sich teuer bezahlen für ihre vergangene Gunst. In dem

Gemetzel durchbohrte Mordred Sagremor mit seinem Schwert und traf ihn dann mit einem solchen Schlag, daß sein Kopf bis in die Mitte des Schlachtfeldes rollte. Um ihn zu rächen, stürmte Artus gegen Mordred an, und sie rangen wie rasend, Mann gegen Mann, Vater gegen Sohn; sobald der König Escalibor schwang, da ging von dem guten Schwert ein Leuchten aus, und in dem Licht, das Escalibor verbreitete, vollbrachte König Artus seine letzten großen Taten. Als Mordred der Wucht seiner Schläge nicht mehr entrinnen konnte, stieß Artus ihm das Eisen in den Leib, daß ihm das Blut aus der Wunde brach. Noch hielt Mordred den Schild mit dem Leoparden und schlug mit letzter Gewalt König Artus aufs Haupt, so daß ihn sein Helm nicht mehr schützen konnte. Sie fielen, der Vater über den Sohn, und Mordred hatte nicht mehr die Kraft, sich zu erheben und starb auf der Stelle. So hat der Vater den Sohn getötet, aber auch der Sohn hat den Vater schwer verwundet! Als die Artus-Ritter ihren König sinken sahen, gab es keinen, der nicht seufzte: «Mein Gott, warum hast Du diese Schlacht zugelassen?»

Vor dem Tower war es still geworden. Seit Mordreds Abzug vom Tower wußte Ginevra, daß es König Artus war, dem sich der Verräter entgegenwerfen wollte. Sie war darüber traurig und froh zugleich, froh, weil sie ihre Rettung sah, traurig, weil sie fürchtete, der König könnte fallen. Sie war ohne Nachricht von Artus geblieben, und seit ihre Getreuen fortgezogen waren, um zu seinem Heer zu stoßen, hatte sie ein anderes Gefolge erhalten, das sie nun nicht mehr verließ. Es hieß: Kummer und Sorge, Jammer und Angst. Noch konnte Ginevra nicht wissen, wie die Schlacht von Salisbury geendet hatte, aber in der Stille der Nacht, während sie lauschend lag, hörte sie das Klagen der Diomedischen Reiher, von dem Merlin einst gesagt hatte, es künde den Tod eines Königs an. Und ihr Herz sagte ihr, daß sich Merlins Prophezeiung erfüllt habe.

‹Wenn es geschah, wie Merlin es vorausgesehen hat, dann hat meine Liebe diesem Land den König geraubt, und durch meine Schuld ist das Reich Logres zerstört. Lancelot vom See ist weit weg, in der Verbannung. Um seinet- und meinetwegen ist dieser Krieg über das Land gekommen. Lancelot und Artus und Gawain – ob sie leben, ob sie tot sind, ich habe sie alle verloren.› Ginevra lag schlaflos und sehnte sich nach Frieden. Beim Morgengrauen erhob sie sich von ihrem Lager, weckte ihre Kammerfrau, Lore von Carduel, und das Fräulein Ohnelüge und hieß sie, zum Aufbruch zu rüsten. Als die Sonne aufging, ritt die Königin auf ihrem Zelter mit dem kleinsten Gefolge, das sie je gehabt hatte, aus dem Tower. Zwei Knappen führten auf einem Saumtier die letzte Habe der Königin und was sie an Gold und Silber noch besaß. Sie zog mit ihren beiden Frauen zu einem weit entfernten Wald, in dem die Abtei Amesbury lag, die einst ihr Vater, Leodegan von Carmelide, gegründet hatte. Dort wurde Ginevra empfangen, wie es einer Königin gebührt. Aber als sie die Äbtissin bat, sie in ihren Orden aufzunehmen, sagte diese: «Seht, meine Königin, wenn Euer Gemahl diese Erde schon verlassen hätte, dann würden wir Euch gerne als unsere Mitschwester aufnehmen. Aber wir wagen es nicht, so lange wir nicht wissen, ob er noch lebt. Und dann bedenkt auch, Königin, Ihr werdet das mühselige Leben einer Nonne kaum ertragen können, Ihr, die Ihr alle Freuden dieser Welt genossen habt.» Nachdem aber die Äbtissin aus Ginevras eigenem Mund ihr Unheil und ihre Schuld vernommen hatte, nahm sie Leodegans Tochter in ihren Schutz auf.

König Artus hatte die Nacht sterbenswund und wachend im Gebet in der Schwarzen Kapelle von Glastonbury verbracht. Girflet hatte bei ihm gewacht. Gegen Morgen sagte er zu ihm:

«Herr! Ihr habt geweint heute nacht. Verzeiht mir, daß ich es hörte! Waren Eure Schmerzen so groß?»

«Ja, Girflet, ich dachte an die abertausend Waisen im Lande Logres.»

«Habt Ihr an die Tausende gedacht, die gestern fielen?»

«Ich habe gebetet für sie.»

«Und habt Ihr auch der Königin gedacht, die im Tower auf Euch wartet?»

«Ja, auch der Königin.»

Dann erhob sich Artus und bestieg mit letzter Kraft sein Pferd. «Reite, Girflet, reite mit mir! Wir müssen eilends ans Meer, denn meine Kräfte schwinden, und wir müssen noch heute zum Meer.» Girflet trieb sein Pferd zur Eile an und wunderte sich, daß der König sich noch immer im Sattel hielt.

So ritten sie durch das flache Land voller Weiden und grüner Bäume, bis sie um die Mittagszeit an einen Hügel gelangten, der nahe am Meer lag. Da deutete Artus über das Wasser in die Ferne, wo der Nebel lag, und sagte:

«Dort, hinter den Wogen, liegt Avalon, die blühende Insel. Und ich will nach Avalon fahren, wo kein Hagel fällt, und die Winde schlafen, und die Wiesen sich breiten bis hinunter zur Sommer-See, dorthin, wo der Friede ist und das Glück. Dort wohnt die schönste aller Königinnen, Argante, die Fee. Sie wird meine Wunden heilen, und ich werde liegen und warten auf einer goldenen Bank. Dereinst will ich wiederkommen zu meinem Königreich und mit meinen Briten wohnen in Eintracht und Glück.»

Darauf nahm der König sein Schwert ab, betrachtete es lange und sagte: «Ach, Escalibor, du bestes Schwert, nun gehst du aus meiner Hand. Nie wirst du einen Ritter finden, der dich zu führen vermöchte, wie es nach mir nur Lancelot könnte!» Darauf übergab er Escalibor Girflet und befahl ihm, hinter den Hügel zu gehen und es dort in den See zu versenken. Und Girflet gehorchte und ging; als er aber das kunstvoll geschmiedete Schwert und den Knauf mit den Edelsteinen sah, versteckte er Escalibor im hohen Gras und warf dafür seine eigenes Schwert ins Wasser.

Als er zurückkam, fragte König Artus: «Was hast Du gesehen?» Aber Girflet hatte nichts gesehen als das graue Wasser, und Artus schickte ihn zum zweitenmal, Escalibor zu versenken. Als aber Girflet das Schwert wieder aufnahm, schien es, als ob eine Flamme vom Griff zur Spitze zucke. Da versteckte er es unter einem Baum und warf statt dessen die Scheide ins Wasser.

«Was hast Du gesehen?» fragte ihn der König abermals, und da Girflet eingestand, daß er wieder nichts gesehen hatte, sandte ihn der König ein drittes Mal aus, und dieses Mal gehorchte Girflet und warf klagend Escalibor in den See. Und jetzt sah er, wie

li rois artus uient contre mordret
son fil a bataille

OR dist li contes q̄ tant
tint mordres le siege en
tour la tour que mlt fu
la tour empirie en maint

eine Hand aus dem Wasser tauchte und das Heft ergriff; dreimal schwang die Hand das Schwert und verschwand damit, so daß niemand mehr nach König Artus mit Escalibor die Macht der Welt gewinnen konnte.

«Was hast Du gesehen?» fragte der König, und Girflet erzählte es ihm. Darüber verfiel König Artus in tiefes Nachsinnen. Die Tränen traten ihm in die Augen, und er sagte: «Nun ist die Zeit gekommen, Girflet, daß Du von mir gehen mußt!» Da wollte Girflet seinen Herrn nicht verlassen, aber Artus bat ihn, sich aufzumachen, und als Girflet aufsaß, um davonzureiten, da ging über dem Hügel ein wunderbarer Regen nieder, und über das Wasser nahte ein Boot, gleitend mit den Wellen; darin saßen drei Feen, von Schleiern umweht. Die Eine rief König Artus und winkte ihm mit der Hand. Es war Morgane, des Königs Schwester. Artus erkannte sie und ging ihr entgegen. Er stieg in das Boot und zog sein Pferd am Zügel mit sich. Sie umfingen Artus, trugen ihn sanft und legten ihn nieder. Das Boot trieb vom Ufer weg; kaum war es zwei Bogenschuß weit entfernt, da kam Girflet zurück und sah ihm nach, wie es im grauen Regen entschwand. Einst, bei des Königs Geburt, eine Stunde nach Mitternacht, erstrahlten die Sterne, nun fiel der Regen über das Land, als König Artus nach Avalon fuhr.

In der Schlacht von Salisbury, die im Lande Logres die Kinder zu Waisen gemacht hatte und die Weiber zu Witwen, waren die Großen des Reiches gefallen, und Not war über das Land gekommen. Mordreds überlebende Söhne, die er in Winchester zurückgelassen hatte, bemächtigten sich des Landes. Die Nachricht von König Artus' Tod und dem Raub des verwaisten Reiches erreichte Lancelot zu spät in Gannes, und entsetzte ihn über die Maßen. Dennoch wäre er nicht nach Logres gezogen, hätte nicht Bohort gedrängt und gesagt, sie müßten ihr ganzes Heer, Fußvolk, Reiter und Bogenschützen von Benoic und Gannes aufbieten und übers Meer nach der Großen Bretagne ziehen, um König Artus zu rächen und Frieden zu stiften in seinem verwüsteten Land. So taten sie, wie Bohort geraten, und zogen nach fünfzehn Tagen zusammen über das Meer in ihren Schiffen, die sie in einem einzigen Tag an die Küste der Großen Bretagne trugen. Niemand hatte Lancelot gerufen, König Artus nicht und nicht Ginevra. Er wußte nicht, ob die Königin noch lebte. Von Artus hieß es, er läge für immer in der Schwarzen Kapelle von Glastonbury. Als aber Girflet zu ihnen stieß, hörten sie von ihm, Morgane und ihre Feen hätten König Artus nach Avalon entführt, um ihn von seinen Wunden zu heilen.

Sobald Mordreds Söhne vernahmen, daß Lancelot mit seinem Heer gekommen war, um König Artus' Tod zu rächen, sammelten sie den Rest von Mordreds Kriegern und zogen ihm auf fünf englische Meilen vor Winchester entgegen. An eben dem

Morgen, als Lancelot mit seinen Rittern dorthin unterwegs war, erfuhr er, daß die Königin Ginevra den Schleier genommen und daß noch nie eine so hochgestellte Dame innigere Reue gezeigt habe als sie. Lancelot konnte darauf nichts sagen, ja, er vermochte ebensowenig zu reden wie ein Klumpen Erde. Er sah Ginevra vor sich, sie, die einst die allerschönste Königin gewesen war, ihres Haarschmuckes beraubt, als Nonne gewandet.

In der Schlacht von Winchester, in welcher die letzten Ritter von Logres ihr Leben verloren, kämpfte Lancelot wie ein wildes Tier. Man konnte an den Erschlagenen den Weg sehen, den er genommen. Lionel, den sie schwer verwundet zu einer Ulme trugen, sah noch, wie Lancelot Mordreds beide Söhne verfolgte und sie erschlug.

Dann hat für lange Zeit keiner mehr Lancelot vom See gesehen. Nachdem er den fliehenden Grafen von Gorre in den Wald verfolgt hatte, irrte er umher, wie der Zufall ihn führte. Eines Abends traf er auf einen Knappen, der der Schlacht entronnen war. «Herr», sagte dieser, ohne ihn zu erkennen, «Lancelots Getreue liegen im Blut.» Und er nannte die Namen derjenigen, die er tot gesehen hatte. Lancelot sagte nichts, aber sein Gesicht unter dem Helm wurde ihm vom Weinen naß. «Herr, es ist schon spät», sagte der Knappe, «Ihr seid weit weg von Menschen und Herbergen. Wo gedenkt Ihr Euch niederzulegen?» – «Ich weiß es nicht. Es kümmert mich nicht mehr, wo ich liege.» Der Knappe sah nun, daß dem Ritter nicht zu helfen war, und ging davon. Lancelot ritt weiter; nichts war ihm geblieben auf der Welt als sein Schmerz. Gegen Morgen kam er in eine felsige Gegend und fand dort, weit weg von den Menschen, ein kleines Kloster. Er nahm den Helm ab und trat in die Kapelle, wo er zwei Männer in weißen Kutten vor dem Altar beten sah. In dem einen erkannte er den Bischof von Rochester wieder, denselben, der vorzeiten nach «Joyeuse Garde» gekommen war, um Ginevra und König

Artus auszusöhnen. Der andere war ein entfernter Verwandter von ihm, namens Bleoberis. Beide waren glücklich, Lancelot wiederzusehen und nahmen ihn auf seine Bitte gerne auf, sein Leben mit ihnen im Dienst des Herrn zu verbringen. Von nun an verrichtete Lancelot, der einst König Artus' stolzester Ritter gewesen war, niedere Arbeiten, auch las er in Büchern, diente bei der Messe und läutete die kleine Glocke. Er fastete und betete mit Inbrunst. Er wurde mager und blaß wie zu der Zeit, da er den Gral vergeblich gesucht hatte. Man sagt, Lancelot habe sechs Jahre der Buße in dem Kloster zugebracht und sei alt geworden dabei.

Im letzten Jahr seines Lebens, kurz vor dem Osterfest, hatte Lancelot einen Traum. Er erblickte Ginevra wieder. Ihr Antlitz war weiß wie Schnee, und ihr Mund flüsterte seinen Namen. Diesen Traum hatte er drei Mal in ein und derselben Nacht. Da machte er sich in der Frühe auf den Weg nach Ames-

Or dist li contes q̃ quãt
mordres se fu partis de lõ
dres entre lui & sa com
paingnie el de la tour

bury, wo Ginevra Zuflucht gefunden hatte. Er brauchte zwei ganze Tage, denn er war schwach. Als er am Abend ankam, müde von dem langen Weg und nur von einem Traum gerufen, wurde ihm aufgetan, als hätte man ihn längst erwartet. Aber Ginevra war am Morgen dieses Tages gestorben. Die Nonnen führten ihn in die Kammer der Königin von Logres, und Lancelot sah Ginevra in großem Frieden liegen, lächelnd, so, wie sie vor vielen Jahren nur ihm gelächelt hatte. Ihr Gesicht war weiß wie die weißen Linnen, in denen sie nun schlief. Da kniete Lancelot nieder und barg sein Gesicht an ihrem Lager. Bei ihm war niemand außer dem Fräulein Ohnelüge; das tat noch einmal seinen Mund auf und sprach: «Herr, die Königin hat Euch des nachts gerufen, daß Ihr kommen sollt, doch einmal sagte sie zu mir: ‹Ich bete, daß Lancelot erst kommt, wenn ich nicht mehr lebe, denn ich hätte nicht die Kraft, ihn noch einmal mit meinen irdischen Augen zu sehen.›»

Das war das Letzte, was das Fräulein Ohnelüge sprach. Dann brachten sie die Kerzen in die Kammer und stellten sie zu Häupten und zu Füßen der Ginevra. Lancelot vom See wandte sich seufzend und ging leise hinaus.

Während des Königs Artus Gemahlin, von einhundert Fackelträgern geleitet, nach Glastonbury in die Schwarze Kapelle gebracht wurde, wanderte Lancelot zu seinem Kloster zurück, von dem er gekommen war.

Am fünfzehnten Tag vor Mai wurde er krank. Als er spürte, daß sein Leben zu Ende gehe, bat er Bleoberis, man solle ihn in «Joyeuse Garde» begraben. Fünf Tage danach lagen der Bischof von Rochester und Bleoberis draußen unter einem Baum. Da es ein warmer Frühlingstag war, schlummerten sie ein. Der Bischof von Rochester aber schlief so tief, daß er träumte und auf erstaunliche Weise zu reden begann und gar lachte im Traum. Bleoberis neben ihm erwachte davon und meinte, der Böse Geist sei in ihn gefahren, und er weckte ihn auf. Da sagte der Bischof unwillig zu Bleoberis: «Ach, warum habt Ihr mich geweckt? Ich war einer großen Freude teilhaftig! Denkt, was ich sah: der Himmel war aufgetan, und Engel, so viele, wie ich nirgends Menschen beieinander gesehen, trugen die Seele unseres Bruders Lancelot zum Himmel empor.»

Dann gingen sie in Lancelots Zelle und fanden ihn liegen; die Seele hatte seinen Leib schon verlassen. Aber der Traum hatte ihnen offenbar gemacht, daß Lancelot vom See vergeben war, und sie lobten Gott.

Dann haben beide Lancelot zu seiner Burg, nach «Joyeuse Garde», getragen und ihn dort feierlich begraben. Das Volk aber weinte heiße Tränen um seinen toten Herrn.

Hier endet meine Geschichte von Lancelot vom See, denn es sind alle Dinge so, wie sie geschehen sind, zu Ende berichtet. Würde ich noch mehr erzählen, so wäre der Rest gelogen. Darum seid Gott befohlen, Ihr Herren, und mögt Ihr mich in gutem Gedächtnis behalten!

NACHWORT

DIE QUELLE

Einmal, vor Zeiten, hat der um 1225 in altfranzösischer Prosa abgefaßte Lancelot-Roman die ganze mittelalterliche Welt entzückt. Dante schätzte die «ambages pulcerrime Arturi regis», Chaucer pries den Lancelot in den «Canterbury Tales», und noch im 15. Jahrhundert versprach Sir Thomas Malorys englische Version den «noble lords and ladies», sie würden darin Rittertum und Edelmut, Menschlichkeit, Freundlichkeit, Kühnheit und Liebe, Freundschaft, Feigheit, Mord, Haß, Sünde und Tugend finden – das heißt, eine höfische Welt und darüber hinaus menschliche Schicksale. Noch heute gibt es eine große Zahl wenn auch zum Teil unvollständiger Manuskripte, deren Ausmalung und kalligraphische Noblesse auf reiche Auftraggeber und hochgestellte Leser schließen lassen.

Der Gefährte Tristans und Percevals, der tragisch liebende Lancelot, war einst die Hoffnung der Ritterschaft und brachte ihr Enttäuschung und Leid. Aber den Damen schien er entschuldbar, und sie hielten ihn in hohen Ehren, denn er hätte nicht um des Todes und nicht um des Lebens willen je seine Königin verlassen, und er zog um der Liebe willen freventlich aus, den heiligen Gral zu suchen. Trotzdem war Lancelot, der Held, der anders als Tristan liebte – ohne Zaubertrank, eigenverantwortlich und unrettbar –, bei uns eines Tages vergessen. Die Handschriften waren schwer zugänglich, die höfische Welt als Ideal versunken, und der Roman, an dem mündliche und schriftliche Überlieferung beständig fortgesponnen, wurde nurmehr als ereignisüberwuchertes, ungeheures Konglomerat empfunden.

In der Tat umspannt diese riesenhafte Kompilation, «The Vulgate Version of the Arthurian Romances» genannt, einen großen Teil der «Matière de Bretagne», jenes Stoffkreises, dem die Geschichten um König Artus und seine Ritter angehören: die Romane von Gawain, Tristan, Ywain, Perceval, die Legenden vom Gral, die Geschichten um den Zauberer Merlin – alles Erzählungen, die vielfach auf keltischen Motiven beruhen und die in der Bretagne (Britannia minor) sowie in England (Britannia maior) mündlich überliefert wurden.

Die sich wie eine Chronik gebenden Geschichten um König Artus erheben sich auf schmalem historischem Grund: Artus war, wenn er überhaupt je gelebt hat, ein siegreicher Heerführer der keltischen Briten gegen die Sachsen und wurde im Jahre 537 in der Schlacht von Camlan in Cornwall tödlich verwundet. So berichtet die «Historia Britonum», die dem Waliser Nennius (um 800) zugeschrieben wird. Dieser historische Kern wird durch die unterworfenen, nach Wales und in die Bretagne zurückgedrängten Kelten mit Sagen umwoben, und Artus wächst zum keltischen Nationalhelden, ja zum mythischen Halbgott empor, der von seiner Reise nach Avalon, der Apfelinsel, dereinst wiederkehren und mit den Briten wohnen wird in großer Wonne, wie es heißt.

Diesen Artus-Mythos fand der Waliser Geoffrey of Monmouth vor, als er um 1136 die «Historia regum Britanniae», die keltische Vorgeschichte Britanniens, in lateinischer Sprache verfaßte. Gestützt auf ein «liber vetustissimus», ein ehrwürdiges, altes Buch, führte Geoffrey Artus als den größten der britischen Könige in die Geschichte ein, vergleichbar Alexander und Karl dem Großen; denn Geoffrey wollte die normannischen Herrscher Englands als legitime englische Könige erscheinen lassen. Die «Historia» erlangte Berühmtheit, ihr Inhalt wurde von Chronik zu Chronik übernommen, sie galt endlich als Geschichtswerk, auf das man sich im Parlament berief.

Einzelne Züge der Sage, wie die Wiederkehr des Königs Artus und das Motiv der Untreue der Königin Ginevra, wurden von Anbeginn beibehalten. Zwar ist noch Mordred der Geliebte der Königin, aber «de hoc quidem Gaufridus Monemutensis tacebit».

Geoffreys große Pseudohistoria ist der Wurzelgrund des über die mittelalterliche Welt verbreiteten Artus-Romankreises. In Frankreich erschien das lateinische Œuvre in 15000 Verse von Wace übertragen unter dem Titel «Brut» (nach Brutus, dem Sohn des Äneas, von dem sich der Sage nach die englischen Könige herleiten), unterhaltsamer und höfischer als Geoffreys Werk und um eine wesentliche Zutat bereichert: die ritterliche Tafelrunde. Auf Wace fußend, nahm der um 1200 schreibende Engländer Layamon in seinem «Brut» den Artus-Stoff wieder zurück nach England und bot ihn – erneut unhöfisch und in der Haltung ähnlich wie Geoffrey – als eine Art Nationalepos in 32000 mittelenglischen Versen dar.

ENTWICKLUNG DES LANCELOT-ROMANS

Der Roman von Lancelot wächst aus anderem Stamm in das Gezweig der König-Artus-Sage hinein. Es ist Chrétien de Troyes, der Lancelot in die höfische

Literatur einführt. Erst nennt er ihn mit Namen im «Erec», dann im «Cligés», im Rang Gawain und Perceval nachstehend; doch im «Chevalier de la Charette» (vor 1173) erschien Lancelot als der Geliebte der Königin Ginevra. Chrétiens Karrenritter – nach einer für einen Ritter beschämenden Episode so genannt – entstand im Auftrag von Marie de Champagne, die den Zauber der geheimen, mit der Ehe unvereinbaren «amour courtois» besungen haben wollte. Und Chrétien stellte Lancelot noch über Tristan:

Onques del brevage ne bui
Dont Tristan fu enpoisonez
Mes plus me fet amer que lui
Fins cuers et bone volentez.

Außer in diesem Versroman von Chrétien de Troyes lebte Lancelot noch in einer Anzahl «lais» und in einer verlorenen nordfranzösischen Dichtung fort, die Ulrich von Zatzikhoven vorgelegen hat. Dieser Schweizer Leutpriester aus Lommis bei Zezikon im Thurgau bezieht sich nämlich bei seiner Abfassung des «Lanzelet» auf ein «welsches buoch», das ihm Hugo von Morville übermittelte, als dieser von Richard Löwenherz dem Herzog Leopold von Österreich als Geisel zugestellt wurde. Doch Ulrich von Zatzikhoven hat den Rohstoff seiner Vorlage nur ungefüge zu behandeln vermocht und das «liet von Lanzelet» mehr spielmännisch als höfisch in mittelhochdeutsche Verse gebracht, unter bedenkenloser Häufung von Abenteuern, die sein Held Lanzelet alle besteht, ohne jedoch der Geliebte der Ginevra zu sein, vielmehr vier derben Herrinnen untertan.

Aber einen unvergeßlichen Zug hat Ulrich von Zatzikhoven dem Stoff mitgegeben, einen Zug, der aus keltischen Anfängen der Geschichte heraufragt: Ulrichs Lanzelet wird von einer «merfeine» entführt und in ihrem Reich unter den Wellen aufgezogen:

ez hât ein vrouwe genomen
ein wîsiu merminne
die was ein küniginne
baz dan alle diu sint.

Ihr Schloß erhebt sich auf einem kristallenen Berg in einem Land voller blühender Bäume, Blumen und freundlicher Geister in ihrem durch eine Mauer abgeschirmten Reich unter den Wellen. Dieses Reich der Frau vom See ist nach keltischer Überlieferung ein Stück «Anderwelt», so wie Avalon eine Jenseitswelt ist, ohne ein Totenreich zu sein.

In unserer Quelle, dem eingangs genannten, anonymen altfranzösischen Prosaroman, ist die Meerfrau nüchterner erfaßt. Der Zaubersee, in den sie mit Lancelot hinabtaucht, ist lediglich eine Luftspiegelung. Auch sie unterweist Lancelot in seiner der Wirklichkeit entrückten Jugend in den ritterlichen Tugenden, von ihr erhält er seine Rüstung und zum Abschied einen Zauberring, mit ihrer Hilfe erobert er Joyeuse Garde. In manchen Manuskripten, auch in der Bonner Handschrift, wird die Fee mit Viviane vom See gleichgesetzt, der Freundin Merlins, die den Geliebten in einen Turm aus luftigen Mauern verbannt.

Unsere Quelle, das Buch von 1225, das nun Artus-Sage und Lancelot-Roman vereinigt und worin Lancelot vom See der Geliebte der Königin Ginevra ist, wurde neben dem Tristan der mittelalterliche Liebesroman schlechthin. Er hat vielfache Nachahmung, Übersetzung, Bearbeitung erfahren und beeinflußte in Italien die Tavola Ritonda, in Holland die umfängliche niederländische Lancelot-Kompilation, in Deutschland den von R. Kluge nach der Heidelberger Pergamenthandschrift edierten Lancelot-Roman und in England vor allem den von Sir Thomas Malory in Gefangenschaft geschriebenen «Morte D'Arthur». Diese englische Fassung des Lancelot-Romans behielt ihren Reiz bis auf unsere Tage durch ihre altertümliche, kadenzenschöne, unvergängliche Sprache.

Trotz einer schottischen Übertragung und eines mittelenglischen strophischen «Morte Arthur» wurden die Geschichten von Lancelot spärlicher, bis sie im 19. Jahrhundert im englischen Sprachbereich, meist in Versform, erneut auflebten; so in Bearbeitungen von Lord Tennyson («The Lady of Shalott», 1832; «Lancelot and Elaine» und «Guinevere» in «Idylls of the King», 1859), von William Morris («Defence of

Guinevere», 1858), Swinburne und John Masefield – und im 20. Jahrhundert auch in Amerika, besonders durch E. A. Robinson, bis hin zu so modernen Bearbeitern wie T. H. White (1958). Über das Fortleben des Stoffes berichtet M. J. C. Reid in «The Arthurian Legend» (1960).

So blieb Lancelot vom See in König Artus' Gefolge im englischen Sprachbereich weit lebendiger als bei uns, wo er vergessen wurde. Der Lancelot-Stoff hat nicht das Glück gehabt, einen Meister wie Gottfried von Straßburg oder Wolfram von Eschenbach zu finden. Darum haben bei uns die Geschichten von Tristan und von Perceval die Zeit überdauert und erhielten neues Leben durch Wagners Opern; Lancelot aber wurde auch in modernen Nachdichtungen beiseite gelassen, und gerade er erscheint als der problematischste der Helden.

LANCELOT, TRISTAN, PERCEVAL

Durch Lancelots Hereinnahme in die Artus-Geschichte wurde sein Geschick mit dem des Arthurischen Reiches verbunden. Er war der Inbegriff des höfischen Ritters, Idol der Ritterschaft, er überragte Gawain, des Königs Verwandten, aber durch seine Schuld brach die Arthurische Welt zusammen.

Als Liebesroman schien «Lancelot» dem «Tristan» den Rang streitig zu machen. Dante erblickte in

Lancelots Verzicht beispielhaften Wert, aber die Lektüre des Lancelot hat Paolo und Francesca zur Liebe verführt (Inferno V, 127 ff.).

In beiden Romanen, im «Tristan» und im «Lancelot», werden dem Mittelalter vertraute Motive angeschlagen, wenn auch verschieden verwendet: das Blutspurmotiv bei der Entdeckung der Liebenden, der falsche Eid Isoldens, dem Lancelots Schwur gegenübersteht. Isolde und Ginevra werden beide für schuldig befunden und verurteilt; sie werden vom Tode gerettet durch das Eingreifen ihrer Geliebten. Dem Waldleben von Tristan und Isolde entsprechen Flucht und Aufenthalt von Lancelot und Ginevra in Joyeuse Garde. Tristan wird aus Cornwall verbannt, Lancelot aus Logres.

In der Verwendung des Liebestrankmotivs weichen die Romane entscheidend voneinander ab. Zwar wird auch Lancelot durch einen Zaubertrank betört und zeugt Galaad in jener Nacht mit des Fischerkönigs Tochter. Aber die Wirkung des Tranks erlischt, und Lancelot gehört der Königin unwandelbar an. Er sündigt wissentlich und unentschuldbar. Daß den Liebenden die Eigenverantwortlichkeit bewußt ist, erhellt aus einem verzweifelten Gespräch, in dem die Königin wünscht, nie geboren zu sein, da sie Lancelot daran gehindert habe, den Gral zu finden. Aber Lancelot, der Artus zugetan ist, so wie Tristan Marke, ist der Königin verfallen. Nichts vermag ihn zu retten, keine Gralsuche und nicht die Begegnung mit dem Mädchen von Escalot. Die «folle amour» (gesetzlose Liebe) ist eine furchtbare Gewalt. Sie macht Lancelot wortbrüchig, meineidig, ehrlos; im Tristan hingegen entschuldet der Zaubertrank die Liebenden, ihre listenreichen Zusammenkünfte, den Brautunterschub, Brangänes Rolle; sie gehören bis in den Tod einander an. Tristan und Isolde ruhen miteinander in einem Grab, denn Marke hatte von ihrem Liebestrank gehört und ihnen verziehen.

Lancelot und Ginevra enden ihr Dasein in einem Leben der Buße. Eine spätere Fassung hat noch eine letzte Zusammenkunft im Kloster hinzugefügt: Nach der Schlacht von Winchester gelangt Lancelot, vom Läuten einer Glocke geführt, zu Ginevras Kloster und nimmt dort Herberge. Sie erzählen einander ihr Schicksal und weinen zusammen. Ginevra könnte, nachdem Lancelot Mordreds Söhne getötet hat, wieder Königin sein, aber sie bleibt im Dienst des Herrn. «Vous savez bien que nous avons fait moi et vous telle chose que nous ne dussions avoir fait ...», sagt sie zu Lancelot. Nach drei Tagen nimmt er Abschied, und die Königin weint sehr.

Wenn auch unsere Quelle auf dieses erbauliche Ende verzichtet, so wird doch in einer zerrütteten Welt die höhere Ordnung wieder hergestellt durch die Sühne. Und am Ende ruht Ginevra im gleichen Grab mit König Artus, ihrem Gemahl.

Aus dem weltlich-politischen Raum ragt die Lancelot-Gestalt in den geistlichen Bezirk des Gralromans hinein, wodurch seine Geschichte mehr als eine Liebesmär mit reuevollem Ausgang wird. Der Lancelot-Roman wird Teil einer Legende von Erwählten, das Leben tiefer Begreifenden, und die Gestalt des Lancelot vom See rückt zwischen Tristan und Perceval.

Die Geschichte des Gralritters «Perceval le Gallois», von Chrétien de Troyes im Französischen eröffnet und von Wolfram von Eschenbach in deutscher Sprache am schönsten durchgeführt, zeigt eine steigende Vergeistigung und endliche Läuterung. Nie kann hingegen Lancelot die reine «tumbheit» und den höchsten Lohn für seine «triuwe», die Gralritterschaft, erwerben. Beider frühe Jahre sind nicht ohne Ähnlichkeit: Percevals geprüfter Mutter Herzeleide entspricht die schmerzensreiche Königin, und Percevals weltentrückter Jugend Lancelots verborgenes Heranwachsen bei der Zauberin vom See. Beide – auch Lancelot – von einer gewissen Herzenseinfalt erfüllt, wissen ihre Namen nicht. Perceval erfährt ihn durch Sigune, Lancelot wird seines Namens gewahr durch den Zauber in Joyeuse Garde. Aber während Perceval der Liebe religiöse Würde verleiht, liebt der unglückselige Lancelot mit der «folle amour»; während Perceval zu einer stufenweisen Bewältigung des Diesseits emporgeführt wird und halb unwissend sündigt, sündigt Lancelot schicksalhaft, um das Böse wissend, ohne der Leidenschaft widerstehen zu können. Entscheidend bleibt, daß Perceval ein persönliches Geschick erfüllt, eine nachgerade rituelle «aventiure» besteht, während Lancelot den Untergang eines Zeitalters verschuldet. Dies begreiflich zu machen, gelingt in unserer Quelle mit einem Aufwand von fünf zu einem Zyklus verschmolzenen Teilen, der erwähnten «Vulgate Version of the Arthurian Romances».

DIE VULGATA-VERSION[1]

Unser altfranzösischer Roman beginnt mit der Geschichte vom Gral, fährt mit dem Buch Merlin fort, bringt nach dem Kern, den man den «Lancelot propre» nennt, die Suche nach dem Gral und endet mit dem Tod des Königs Artus. Der Name des Verfassers oder der Verfasser ist nicht auf uns gekommen. Zwar beruft sich der Kompilator auf den lateinischen Schriftsteller Walter Map, Archidiakonus von Oxford, dem man Romane und Vagantenlieder zuzuschreiben pflegte, aber die Nennung eines Gewährsmannes war im Mittelalter üblich; auch Wolfram hat Kyot, den «meister wolbekannt», vermutlich erfunden.

In seiner Studie über den Lancelot-Roman hat F. Lot unter Heranziehung von Daten und Tagen eine wohlüberlegte Chronologie und eine enge Ver-

[1] The Vulgate Version of the Arthurian Romances, herausgegeben von H. O. Sommer, 8 vols., Washington 1908-13, Carnegie Institution.

flechtung anscheinend unabhängiger Episoden nachzuweisen gesucht und gelangte zu der inzwischen angefochtenen These von der Autorschaft eines einzelnen Dichters. Indessen gilt sein Nachweis nur für ein Segment aus dem Artus-Sagenkreis, für den «Lancelot propre». Die großen Teile: «L'Estoire del Saint Graal», «L'Estoire de Merlin», «La Queste del Saint Graal» und «La Mort le Roi Artu», beziehen sich zwar aufeinander, ohne sich jedoch leitmotivisch zu durchdringen. So wurden auch chronologische Widersprüche, Wiederholungen von biblischer Auslegung, apokryphe Ornamentation und, im weltlichen Bereich, Motivdoppelungen und Motivhäufungen erzählfreudig weitergetragen. Dabei wurden ursächliche Zusammenhänge manchmal aus dem Auge verloren und scheinbar beliebig wieder hergestellt. Dem mittelalterlichen Erzähler ging es nicht darum, einen Handlungsablauf, etwa die Lancelot-Geschichte, folgerichtig zu entwickeln, er kann nichts für sich, nichts ohne vielfältige Zusammenhänge betrachten. Schon Robert de Boron, der Ende des 12. Jahrhunderts einen Gral-Roman schrieb, sagte, er müßte hundertmal so lang sein, wenn alle Begebenheiten treu berichtet werden sollten. Doch bricht sein Fragment gebliebenes Werk frühzeitig ab.

Die unseren Zyklus eröffnende *L'Estoire del Saint Graal* ist von Robert de Borons Roman, den Apokryphen und orientalischem Erzählgut beeinflußt. Sie legte die Geschichte Christi und die von Wundern durchflochtene Vita des Joseph von Arimathia dar, jenes ersten Bischofs der Kirche, der die Heidenkönige von Sarras bekehrte. Ferner wird die Geschichte seiner Verwandten und Nachkommen, der künftigen Gralhüter, die den Gral nach England brachten, ausführlich berichtet. Daran schließt sich die weitausgreifende Bekehrungsgeschichte Britanniens; sie handelt von Kriegen und Schwertwundern und ist trotz abseits führender Seitentriebe nicht zu isolieren, denn sie enthält, eingewebt, Prophezeiungen, die sich nach Jahrhunderten erfüllen sollen, und Schicksale von Geschlechterreihen, an deren Ende Lancelot und Galaad stehen. Durch die allzu umfassende Vorgeschichte wird in dem Leser dennoch die Vorstellung eines ganzen Zeitalters geweckt.

Die anschließende *L'Estoire de Merlin* gibt sich als Geschichtswerk, dem unter anderem die in lateinischen Versen um 1148 geschriebene «Vita Merlini» des Geoffrey of Monmouth vorausgegangen ist. Es bietet die Frühgeschichte der britischen Könige dar, und Merlin greift, als Werkzeug der Vorsehung handelnd, in diese Geschichte ein. Seine Künste sind bei den ersten Schlachten der Könige im Spiel, bei Artus' Zeugung und bei seiner Königswahl. Die Herkunft Merlins ist unheimlich, sein Wirken aber immer zum Guten und sein Verschwinden ein beliebtes Versromanmotiv. Auch diese Erzählung von Merlin steht mit den folgenden Teilen im Zusammenhang, denn Merlin bestimmt Uter Pendragon, die runde Tafel zu gründen, und Merlin ist es auch, der die ersten Tafelritter auswählt. Es wird in diesem Teil des Zyklus manches verheißen und auf die Erfüllung hin erzählt, die sich erst in einem fernen Zeitalter begibt. Aber der Erfüller der Prophetie ist nicht Lancelot, wie es zuerst geschienen, sondern sein Sohn Galaad.

Li Livres de Lancelot: Bemühten sich die Romane vom Gral und Merlin um das Hinbreiten eines gewissen Geschichtsbildes, so gibt der «Lancelot propre» die genealogische Filiation der ganzen Lancelot-Verwandtschaft, die Geschichte Bans von Benoic und seiner beschwerlichen Kämpfe gegen Claudas, die Geschichte seines Oheims, Bohort von Gannes, der die Schwester von Lancelots Mutter zur Frau hatte und gleichfalls sein Land an Claudas verlor, die umfängliche Jugendgeschichte von Lancelots Vettern Bohort und Lionel, bis sie in die Obhut der Frau vom See gelangten, dann die Geschicke der Gefährten der Tafelrunde mitsamt ihren Verwandten und Geliebten, der Sippe des Königs, Gawains und seiner Brüder, ihre Eigenheiten, wie Gawains mit dem Stand der Sonne steigende und abnehmende Kraft und des Seneschalls Schwatzhaftigkeit – kurz, es werden alle Erfahrungen und Abenteuer der Ritter und der Namenlosen mit nie versagender Geduld beschrieben. Aber trotz aller Umschweife und vielleicht durch das Aufgebot vieler Menschen, die man aus den Augen verliert und denen man wieder begegnet, ergibt sich aus der Lektüre des Originals etwas Unnachahmliches, der Eindruck: Hier existierte eine Welt.

Die Quelle begnügt sich aber nicht mit der Beschwörung von Geschlechterreihen und Sippen jener versunkenen Zeit. Sie bietet zur Intensivierung Doppelungen auf: Es gibt eine zweite, vom König von Carmelide mit der Frau seines Seneschalls gezeugte Ginevra und damit einen eigenen Erzählbezirk um die falsche Ginevra, die von König Artus zeitweilig als die wahre anerkannt wird, während die echte Ginevra ihrerseits Lancelot die schönsten Bewährungsmöglichkeiten bietet. Lancelot wird dreimal wahnsinnig, sieht durch Betörung auch Elaine wieder, sitzt mehrfach gefangen und wird befreit; und auch der unantastbare Artus hat ein Seitenabenteuer mit Camille, was ihm Gefangenschaft einträgt, aus der ihn Lancelot befreit. Dies sind alles Züge, die zusammen mit den Requisiten der Rittergeschichten, wie Zauberbetten, Zaubertürme, blutenden Köpfen und blutigen Bahren, wunderbaren Heilungen, Kämpfen mit wilden Tieren, Treffen mit unerkannten Verwandten ... den Ritterroman recht eigentlich auszumachen scheinen. Dennoch ist in dieses verwirrende Relief Lancelots Liebe zur Königin einprägsam eingelassen, und in dem Wust der Begebenheiten geschehen zwei Dinge, die die Fortsetzung der Bücher von Lancelot bedingen. Einmal die Zeugung Galaads: mit seiner Erscheinung wird im folgenden das weltliche Geschehen abgelöst von dem geistlichen Roman der Gralsuche. Zum andern entledigt sich Lancelot während seiner Gefangenschaft in Morganes Schloß seiner Sehnsucht und Ängste, indem er seine und der Königin Geschichte auf die Kerkerwände malt. Und ihre Entdeckung, einige hundert Seiten später, im letzten Buch vom Tod des Königs Artus, führt zum Verhängnis.

In der *Queste del Saint Graal* knüpft sich der Motivstrang aus der einleitenden «Estoire del Saint Graal» im geistlichen Bereich des Zyklus fort. A. Pauphilet vermutet in seiner Studie in dem Verfasser einen Zisterziensermönch, der für seine erbauliche Botschaft die in Mode befindliche Form des höfischen Romans verwendete und aus den strahlenden Artus-Rittern, die zwar in ihrer jeweiligen Eigenart kenntlich bleiben, demütige Ritter des Grals machte.

Mit der Erscheinung des Grals an König Artus' Tafel in Camalot bricht die asketische Welt in die höfische ein, werden die Ritter der irdischen Ruhmsuche für ein geistliches Abenteuer begeistert. Die Rückführung des Grals wird mit dem Eifer eines Kreuzzuges vollbracht, morgenländische Bestandteile der Mythe werden erklärlich, und ein Blick auf die Entstehungszeit der Queste macht ihren theologischen Gehalt vollends verständlich: Man setzt sie auf 1220 an. Das ist fünf Jahre nach dem 4. Laterankonzil (1215), auf dem unter Papst Innozenz III. die

Transsubstantiation zum Dogma erhoben wurde. Von diesem Augenblick an wird die geweihte Hostie nach der Wandlung vom Priester sichtbar gezeigt. In der Gralmythe ist dieses Moment des Erblickens, des schauenden Innewerdens des Heiligen, von größter Bedeutung, denn die Ritter der Tafelrunde ziehen aus, das Geheimnis zu schauen, «ce que cuers mortex ne porroit penser», wie der Mönch schreibt, «quod nec in cor hominis ascendit», wie Bernhard von Clairvaux sagt.

In Chrétiens Perceval bedeutet der Gral noch eine dingliche Schüssel und nicht das mystische Gefäß, dessen Rätsel erst seit Robert de Borons «Estoire dou Graal» die Menschen beunruhigt. Auch in unserer «Queste» wird der Gral weder in Corbenic noch in Sarras ganz beschrieben. Aber fest steht, daß das Gefäß, sei es Schüssel oder Kelch, immer das Behältnis war für das Mysterium der Gnade. In den Bildern unserer Handschrift erscheint der Gral als Kelch. Auch im Verlauf der Legende wird er dem Abendmahlskelch immer ähnlicher, und das Geheimnis des Grals ist kein anderes als das der Eucharistie. Im Gral selbst sind die Eigenschaften der Gnade symbolisiert: er ist allgegenwärtig, allmächtig und unerschöpflich.

Neben dem Gral hat die mystische Lanze schon immer zu denken gegeben. Der Verfasser unserer «Queste» hat nicht gewagt, sie ganz wegzulassen, doch unterdrückt er ihre symbolische Bedeutung;

er erwähnt sie mehrfach und vergißt sie des öfteren. Sie erscheint auch nicht an jenem auf das Jahr 454 datierten Pfingsttag am Artus-Hof, an dem der Gral sich zeigt, worauf die Ritter die hohe Suche geloben.

Auch auf der Gralsuche gibt es Turniere und zu erobernde Schlösser, aber die jeweiligen Abenteuer haben eine auszulegende Bedeutung, und diese wird stets von einem der weißen Mönche, einem Zisterzienser, gegeben. Nichts geschieht, was im Widerspruch zu ihren Ordensregeln stünde. Weltliche Liebe ist aus der «Queste» verbannt. Ihr Ideal ist die Askese; Wollust ist Todsünde, Keuschheit oberste Tugend. Die Damen und Fräulein bleiben an König Artus' Hof zurück, die Königin Ginevra erscheint als Werkzeug des Versuchers. Die Ritter zeigen sich ihrer Geschichte beraubt, ohne Zusammenhang mit ihrer Sippe. Sie bestehen in der Vereinzelung ihre Proben. Ihre Wege kreuzen sich gelegentlich, oft ohne daß sie einander erkennen. Erst zum Schluß finden sich Galaad, Perceval und Bohort zusammen in Corbenic ein und erleben – als Erwählte – das Wunder.

Galaad ist der Reinste, der Unversuchbare, einem Heiligen Ähnliche, ja ein Nachfolger Christi. Perceval ist der Argloseste, von kindlicher Einfalt, ohne Ahnung von der symbolischen Bedeutung seiner Abenteuer. Bohort steht der Welt am nächsten, ein bemühter Heiliger, der das Paradies erreicht, «mit dem Schweiß auf der Stirn». Lancelot hingegen bleibt der menschlichste der Gralsucher, weil er der anfälligste ist, die

Vollkommenheit nie ganz erreichend. Auch er begegnet der Gnade, aber er versäumt sie, denn er schläft in seiner Seele. Alle seine Tugenden sind durch seine Liebe zu Ginevra zunichte gemacht. Darum ist er unfähig, sich zu erheben, als ihm der Gral begegnet. Der einst überragende Ritter kommt – als Büßer – noch einmal nach Corbenic, aber ohne Ehre, heimlich und zu spät. Längst haben dort die Auserwählten ohne ihn dem Gral gedient.

So verschiebt sich das Gewicht von Lancelot auf Galaad, den messianischen Helden der «Queste». Er wird durch das Schwert erwählt, er fügt die beiden Schwerthälften, die bei Josephs von Arimathia Verwundung entstanden, wieder zusammen, und er führt Davids Schwert, dessen Gehänge Percevals Schwester aus ihren Haaren flicht. Doch wollte man solche Hauptmotive der «Queste», ferner Galaads Heilung des 400 Jahre alten Roi Mahaignie und seine Reise auf dem von König Salomo erbauten Schiff wiedergeben, wollte man die Geschicke Percevals und seiner rührenden Schwester, die ihr Blut einer aussätzigen Schloßherrin gibt und stirbt, ausführlich berichten, so würde unsere Erzählung zur Galaad-Legende und zu einem neuen Perceval-Roman anschwellen und mehr sein als ein Zweig aus der Geschichte des Lancelot vom See. Zudem ist die Übertragung dieser «Queste del Saint Graal» in modernes Französisch von A. Béguin (1945) und P. Moisy (1946) geleistet.

Mit Galaads Erfüllung der Prophetie ist der religiöse

Teil des Zyklus geschlossen. Aber die Tafelrunde kommt wieder in Camalot zusammen, und der Bericht der ferneren menschlichen Schicksale derer, die bisher erwähnt wurden, bildet den Inhalt des letzten Teils unseres Romans.

In *La Mort le Roi Artu* kann die Quelle gradliniger verfahren. Es ist, als träte man aus dem Irrgarten, durch den sich der «Lancelot propre» winden mußte, in ein geordnetes Drama ein, in dem sich die Geschicke notwendig vollenden. Dieser Schlußteil – in unserer Fassung dem Untergang des Reichs entsprechend – ist erstaunlich sorgfältig strukturiert. Ereignisse und Reaktionen sind so logisch verkettet, daß hier der Lancelot wie ein psychologischer Roman wirkt. Gerechtfertigt erscheint das jeweilige Mißtrauen gegen Lancelot, und gleichfalls gerechtfertigt erscheint das Vertrauen zu ihm. Als Agrawain vermutet, Lancelot bleibe um der Königin willen in Camalot zurück, kommt dieser gerade zum Turnier. Nachdem Morgane dem König Lancelots Malereien, sein offensichtliches Bekenntnis, gezeigt hat, und er seiner Liebe überführt erscheint, bleibt Lancelot nach seiner Rückkehr nur wenige Stunden in Camalot, ohne daß ihn die Königin empfängt, und ihren Gemahl müssen neue Zweifel befallen.

Die Menschen jener Zeit empfinden trotz des höfischen Rahmens elementar. Sie lieben leidenschaftlich, sie hassen tödlich, sie bereuen inständig.

Lancelots Liebe zur höchstgestellten Frau, der Königin von Logres, ist die schmählichste, denn er ist König Artus' Untertan. Dagegen hilft auch nicht die entschuldigende Variante, daß er das Schwert, statt vom König, aus der Hand der Königin empfängt. Lancelot wird versehentlich an Gaheriet, den er am meisten liebt, zum Mörder, und an der Wunde, die Lancelot ihm beigebracht, geht Gawain zugrunde. Andererseits verfolgt Gawain, der früher Lancelot ehrlich geliebt, ihn mit schicksalhaftem, an Hybris grenzenden Haß und wird mitschuldig am Untergang des Reiches. König Artus selbst wird von der Höhe des Ruhms in Tod und Untergang gestürzt.

Diese Spannung zwischen Liebe und Haß, Leben und Tod macht das Ende des Lancelot-Romans zum dramatischsten Teil des Zyklus. Formal wirkt sich das in einer Anzahl dramatischer Reden aus und in längeren Selbstgesprächen, den ersten Monologues intérieurs im alten Roman. So spricht die Königin, die sich niemandem mitteilen kann, einsam in ihrer Kammer ihre Empfindungen aus. Und Lancelot teilt auf dem Schiff, das ihn in die Verbannung bringt, leise vor sich hinredend, seine gramvollen Reflexionen mit.

Diesen in einem alten Roman auffallend modernen Zügen stehen die Merkmale der Zeit gegenüber: Farbsymbolik, Zahlenmystik, die Zuordnung der Ereignisse zu bestimmten Tagen und Festen. Bei der Wiedergabe der Geschichte sind solche Angaben weitgehend gewahrt worden. Lancelot wird auf Sankt Johann zum Ritter geschlagen, die Schlacht bei Winchester findet an einem Dienstag statt, und der Gral erscheint am Tag der Ausgießung des Heiligen Geistes, zu Pfingsten. Den Farben kommt besondere sinnbildliche Bedeutung zu. Nicht nur das Azurblau der in den Grabstein für das Fräulein von Escalot gemeißelten Lettern erinnert an ihre Treue, die Farben von Lancelots Rüstungen deuten den jeweiligen Stand seiner Liebe an. Er kämpft als weißer (reiner) Ritter in der Rüstung der Frau vom See, um Douloureuse Garde zu erobern, er kämpft als roter (liebender) Ritter in der Rüstung des jungen Herrn von Escalot im Turnier von Winchester, und er kämpft als schwarzer Ritter im Turnier nach seiner Rückkehr von der Gralsuche. König Artus betet todwund in der Schwarzen Kapelle, wobei das Schwarz nicht nur als Farbe erloschenen Lebens, sondern auch als Farbe des Heilzaubers steht.

Eingreifender als solche der mittelalterlichen Erzählung vertraute sinnbildliche Details ist das Hereinwirken des Übernatürlichen. Bis zuletzt noch gibt es prophetische Träume, auch das Rad der Fortuna erscheint im Traum, König Artus' Ängste sinnbildhaft anzeigend. Vor seinem Untergang findet König Artus noch eine letzte Weissagung Merlins, des längst entschwundenen Sehers. Aber bis auf seine Handschrift in dem Felsen schweigt dieser letzte Teil der Vulgata-Version von Merlin, und er, sowie

Viviane vom See und der Pfaffe Guinebaus, scheinen vergessen wie das ganze Völkchen der keltischen Sagenwelt; nun rückt eine Verwandte von ihnen in den Vordergrund: Morgane, die Fee. Auch des Königs Schwester kann, so wie Viviane vom See, Menschen in magischen Schlaf versetzen, sie heilen und verbannen; Morgane ist unter den Frauen, die König Artus in ihrem Zauberboot nach Avalon holen. So ist des Königs Heimgang wie seine Herkunft von Geheimnis umhüllt. Immer wieder durchzieht der Zauber das psychologisch erklärbare Geschick.

Aber wenn auch Merlin die Geschichte durchgeistert, Fortuna das Geschehen kreuzt und Morgane bis zuletzt ihren Zauberfaden in den Stoff webt, das letzte Wort behält doch der Allmächtige. Erst von seinem Ende her ist der Gehalt des Romans ganz greifbar, ist die Überwölbung des Geschehens durch das christliche Gesetz sichtbar. Nicht Untergang und Verderben stehen an seinem Schluß, sondern der göttliche Wink, die Fügung, die Lancelot auf seinem Ritt in die Irre nach der verlorenen letzten Schlacht zu einer Einsiedelei führt. Von nun an beugt sich Lancelot einem inneren Gesetz und verbringt den Rest seines Lebens im Dienst des Herrn. Lancelots Ende, die Aufhebung seiner Seele durch eine Engelschar, wird von seinen Mitbrüdern im Traum gewahrt. Damit wird als Gewißheit empfunden, daß Lancelot, der des Grals nicht würdig gewesen, nach Jahren der Reue der himmlischen Seligkeit teilhaftig wird. So ist die weltliche Geschichte des Lancelot vom See von der Heilsgewißheit überkrönt; und mit seiner Vergebung fällt auch ein Schein der Gnade auf die Arthurische Welt.

BIBLIOGRAPHISCHE HINWEISE

Nach dieser Auffaltung der altfranzösischen Quelle, die in Teilen neu ediert wurde («La Mort le Roi Artu» 1954 von J. Frappier und «La Queste del Saint Graal» 1923 von A. Pauphilet), bleibt noch hinzuweisen auf die zur Ergänzung herangezogene lateinische «Vita Merlini» (1148) des Geoffrey of Monmouth (gedr. in: E. Faral, La Légende Arthurienne, Paris 1929, und von J. J. Parry, Urbana, Ill. 1925), sowie auf die Vorgeschichte des Grals von Robert de Boron (um 1183) «Le Roman de L'Estoire dou Graal» (hsg. von W. A. Nitze, 1927).

Bis ins 19. Jahrhundert war der Lancelot-Zyklus vergessen. Der erste, der sich seiner wieder annahm, war der Konservator der Manuskripte in der Pariser Bibliothèque Nationale, Paulin Paris. Ihm folgten mehrere Übertragungen in modernes Französisch, diejenige von J. Boulenger (1959 von J. Cocteau eingeleitet). Schon früh (1901) trug J. L. Weston mit «The Legend of Sir Lancelot du Lac» zur Einzelforschung bei, die unter anderem F. Lot mit seiner «Etude sur le Lancelot en Prose» (1918) umfassend fortsetzte, worauf die Studien von J.D.Bruce (1923 bis 1924), J.Frappier (1936), P.Zumthor (1943 über Merlin), E.A.Paton (1960 über «Fairy Mythology»), um nur die wichtigsten zu nennen, folgten. Den gesamten Stoff überblickte J.Marx in seiner Preisarbeit (1952).

Auch der Gral ist seit A.Birch-Hirschfelds (1877), R.Heinzels (1892), L.E.Iselins (1908) Abhandlungen Gegenstand der Literarhistorie geblieben. Von den zahllosen Aufsätzen, besonders in der «Romania», sei der von E.Gilson (1925) genannt. Der Nachweis morgenländischer Ursprünge, der Vergleich mit Ausgrabungen in Azerbeidjan (1951 durch L.I.Ringbom), die Rückführung auf heidnische Fruchtbarkeitskulte (1913 durch J.L.Weston), seine Betrachtung aus psychologischer Sicht (1960 durch E.Jung und L. v. Franz) erklären hinreichend, daß die Gralmythe Thema ganzer Kongresse wurde.

Seit 1948 in Quimper die Société Arthurienne gegründet wurde, gibt sie neben Parry jährlich bibliographische Bulletins heraus. Über den derzeitigen Stand der Forschung gibt die 1959 von R.S.Loomis herausgegebene Gemeinschaftsarbeit «Arthurian Literature in the Middle Ages» richtungweisenden Überblick.

Was die verschiedenen Betrachtungsweisen und Standpunkte überhaupt erst möglich macht, ist die Vielgestaltigkeit der Quellen, die Ankristallisation der Teile, die abwechselnde Sorgfalt und Sorglosigkeit der Struktur, ihre verschütteten Zusammenhänge, der Hauch von Zauber darin und daneben die überraschend frühe Psychologie. Angesichts der dem Stoff gewidmeten Forschung ist es erstaunlich, daß das Original selten und in deutscher Sprache nie vermittelt wurde. Um den heutigen Leser anzusprechen, galt es, den Wald zu lichten und die überwucherten Pfade wieder gangbar zu machen, damit die ursächlichen Zusammenhänge sichtbar würden. In der vorliegenden Fassung, die Dr. Walther Meier mit seinem Rat begleitete, wurde es gewagt, auf verhältnismäßig geringem Raum den Stoff in schlichter Sprache frei nacherzählend zu bewältigen und seine schönsten Züge zu erhalten.

DIE MINIATUREN

Vor nunmehr 675 Jahren, genau: am 28. August 1286, hat Arnulfus de Kayo aus Amiens die letzten Worte seines Artus-Romans niedergeschrieben und dann die Feder aus der Hand gelegt, mit der er an die tausend Seiten mit je drei Kolumnen beschrieben hat. Außer seinem Namen ist uns von dem Schreiber nichts überliefert, wir wissen nicht, ob er gleichzeitig der Maler der mehreren hundert etwa 6 × 6 cm großen Miniaturen war, die der Bonner Handschrift «tout leur éclat primitif» verleihen. Sie sind von bemerkenswerter Einheitlichkeit des Stils, zeigen alle Kennzeichen der pikardischen Illuminationstechnik des 13. Jahrhunderts, sind bewundernswert erhalten und in ihrer perspektivelosen Direktheit, Frische und archaischen Kraft überraschend. Das Sinnbildliche ist auffällig dominierend: So der Becher, den Ginevra König Artus reicht und der Gralkelch mit dem Kreuz darüber, den Lancelot im Traum erblickt; er erscheint in Josephs Gefängnis und an der Graltafel mit Galaad, Perceval und Bohort. Die Lanze zeigt sich zweifach in Bohorts Abenteuer. Neben Becher, Kelch und Lanze stehen Ring und Rose, Krummstab und Schwert. Der Ring erscheint in der Mitte des Lancelot- und Ginevra-Bildes und in der Botinnenszene, und die Rose, Symbol von Sehnsucht und Hoffnung, zeigt sich fast so hoch wie das Schloß vor dem gefangenen Lancelot. Das Schwert des Gralritters wird auf dem Prunkblatt «Lancelot gürtet Galaad mit dem Schwert» sichtbar, und die Lanzen, mit denen Artus und Mordred einander tödlich verwunden, durchschneiden symmetrisch das Bild. In der letzten Miniatur erscheint fordernd der Krummstab der Äbtissin, dem sich Ginevra am Ende reuevoll beugt.

Von den vielen noch bestehenden Handschriften gibt es nur wenige, den ganzen Zyklus umfassende, die dem 13. Jahrhundert angehören; die Bonner ist also eine der ältesten, sie befindet sich im Besitz der Universitätsbibliothek (Sign. S. 526), und der Verlag weiß ihrem Direktor, Herrn Prof. Dr. Viktor Burr,

Dank für seine freundliche Genehmigung zur Reproduktion. Die Handschrift entstammt dem einstigen Besitz der Grafen von Blankenheim-Manderscheid in der Eifel und wurde aus Privathand im Jahre 1835 in Münstereifel zu dem selbst für damalige Verhältnisse unglaublich niedrigen Preis von 35 Reichstalern erworben. – Habent sua fata libelli.

R.S.

Verzeichnis der Illustrationen

Farbige Abbildungen

Abbildungen im Text

Inhalt